高职高专能力导向市场营销学科规划教材

GAOZHI GAOZHUAN NENGLI·DAOXIANG
SHICHANGYINGXIAO XUEKE GUIHUA JIAOCAI

# 网 络 营 销

(美) 布拉德·阿伦·克兰丁尔 (Brad Alan Kleindl)　著
詹姆斯·L·伯罗(James L.Burrow)

张卫东　编译

E-Commerce Marketing

电子工业出版社·
**Publishing House of Electronics Industry**
北京·BEIJING

Brad Alan Kleindl and James L. Burrow

E-Commerce Marketing

9780538438087

Copyright © 2005 by South-Western, a part of Cengage Learning.

Original edition published by Cengage Learning. All Rights reserved.

本书原版由圣智学习出版公司出版。版权所有，盗印必究。

PHEI is authorized by Cengage Learning to publish and distribute exclusively this simplified Chinese edition. This edition is authorized for sale in the People's Republic of China only (excluding Hong Kong, Macao SAR and Taiwan). Unauthorized export of this edition is a violation of the Copyright Act. No part of this publication may be reproduced or distributed by any means, or stored in a database or retrieval system, without the prior written permission of the publisher.

本书中文简体字翻译版由圣智学习出版公司授权电子工业出版社独家出版发行。此版本仅限在中国大陆（不包括中国香港、澳门特别行政区及中国台湾）销售。未经授权的本书出口将被视为违反版权法的行为。未经出版者预先书面许可，不得以任何方式复制或发行本书的任何部分。

**本书封面贴有 Cengage Learning 防伪标签，无标签者不得销售。**

版权贸易合同登记号　图字：01-2009-5174

**图书在版编目（CIP）数据**

网络营销 ／（美）克兰丁尔（Kleindl,B.A.），（美）伯罗（Burrow,J.L.）著；张卫东编译. —北京：电子工业出版社，2010.10

书名原文：E-Commerce Marketing

高职高专能力导向市场营销学科规划教材

ISBN 978-7-121-11227-0

Ⅰ. ①网…　Ⅱ. ①克…　②伯…　③张…　Ⅲ. ①电子商务－市场营销学－高等学校－教材

Ⅳ. ①F713.36

中国版本图书馆 CIP 数据核字(2010)第 124639 号

策划编辑：晋　晶
责任编辑：曹　坤
印　　刷：北京市顺义兴华印刷厂
装　　订：三河市双峰印刷装订有限公司
出版发行：电子工业出版社
　　　　　北京市海淀区万寿路 173 信箱　邮编 100036
开　　本：787×980　1/16　印张：16.25　字数：322 千字
印　　次：2010 年 10 月第 1 次印刷
定　　价：35.00 元

凡所购买电子工业出版社图书有缺损问题，请向购买书店调换。若书店售缺，请与本社发行部联系，联系及邮购电话：(010) 88254888。

质量投诉请发邮件至 zlts@phei.com.cn，盗版侵权举报请发邮件至 dbqq@phei.com.cn。

服务热线：(010) 88258888。

# 前　言

　　迈入 21 世纪，我们的世界正在走向知识经济和经济全球化的时代。不出国门，我们已身处全球竞争、科技变革的时代大潮中，对我们现有的生活和思维方式都产生了重大影响，也促使网络营销活动的发展步伐不断加速，企业想象力和创新、市场预测与洞察力、对环境的敏感和适应性，将日趋重要。

　　本书紧紧围绕工学结合专业人才整体解决方案，构架以能力培养为核心的知识、能力、素质并重、满足市场营销岗位技能要求的课程体系和课程标准，积极推动市场营销专业的教学进行卓有成效的改革。

　　本书具有如下特点。

　　**职业导向　工学结合**　本书教学内容设计以网络营销职业为导向，围绕如何开展企业网络营销这个总任务，循序渐进地展开教学。各章开篇设有"章节纵览"，简要介绍各章学习任务，各节设有"学习目标"，指导教师明确教学任务与学生学习目的。教学内容设计注重基本知识与基本概念，简明扼要，注重应用。

　　**能力导向　任务驱动**　本书以职业能力训练为导向，全书各章依次设计有角色扮演团队实践项目和案例分析，逐层深入，直至完成网络营销计划书的编写。各章从任务驱动开始，到工学结合训练结束，各节内设有"课内测试题"，各节后设有"课后测试题"，各章后设有"本章复习测试题"，理论知识讲授与职业技能检测交替进行，具有较强的职业技能训练性。

　　**理论阐述和实际操作相结合**　本书在阐述理论的同时，在每个章、节后均辅以"评估练习或测验"，鼓励学生进一步探索和运用网络营销课程的基本概念，让学生以各种方式展示他们的营销策划能力。同时，每章评估测验中的认证考试题型与试题，可以帮助学生准备认证考试。

　　**编写体例的创新**　加入大量"网络营销误区"、"网络视点"、"网络知识"、"课外资料"等特设栏目，介绍了许多前沿的网络营销资料，探析了许多网络营销实践中的热点问题，生动活泼，可以有效地拓展学生的职业知识和有效地深化学生的职业能力。

　　**提供立体化的教学资源**　为方便老师备课和教学，提供教师用书、课程计划、教学 PPT、视频案例等立体化教学资源。

　　本书由太原大学张卫东教授编译，其中第 8 章由山西国际商务职业学院段丽青讲师翻译。限于编者的水平和能力，本书有不当之处，敬请批评赐教。

# 目　　录

# 电子商务与市场营销

## 在线设计飞机

你在网上买过能载 250 位乘客的飞机吗？大多数航空公司是不会有的，多年来，即使是一个飞机模型在网上也是买不到的。

波音公司是世界上主要的民用和军用飞机生产厂家之一，也是世界上最大的航空制造公司和著名跨国公司。主要业务是开发、生产和销售空中运输装备，提供相关的支持服务及研究、生产各种战略战术导弹和空间开发产品。波音 787 又称"梦想客机"（Dreamliner），属于 200 座至 300 座级客机，航程随具体型号不同可覆盖 6 500 至 16 000公里。波音 787 在 2005 年 1 月 28 日拥有正式名称之前被称为 7E7。2004 年 4 月，随着全日空确认订购 50 架波音 787 飞机，该项目正式启动。波音 787 原型机 2006 年开始生产，2009 年 12 月 15 日成功试飞，预计 2010 年可以交付使用。

然而，早在 2003 年，波音公司就开始在其网站上通过广告宣传其新的 7E7 客机，这是为什么？

波音公司是全球 B2B 网络营销的领导者之一。但是，波音公司对 7E7 客机的网络营销是直接面向消费者的，而不是面向企业用户。投资开发一款新型客机的设计有着巨大的风险。为了在 20 年内，销售 3 000 架飞机，波音公司希望在航空旅客中为这款飞机建立知名度和兴奋感，并希望 7E7 客机能被人们看做舒适与人性的结合。

波音公司已经与美国在线时代华纳建立了联盟。AOL 订购者可以参与 7E7 开发和设计及最终建成的过程。如果你是 AOL 的订购者，还可以特别获得新模型的照片，波音还会邀请你参与为了满足消费者需要给客机命名和设计的调研活动中。调查的参考者提交他们电子邮件地址和确定年龄分组，并因此获得前往西雅图旅行的机会，最终获胜者还可以操作训练波音飞行员的飞行模拟器。

### ➲ 辩证性思考

1. 虽然一般网络用户不能购买新型 7E7 飞机，对于波音公司而言，其网络广告具有什么积极作用？

2. 你建议该客机如何命名？这个名字将如何促进客机的销售？

# 1.1 市场营销基础

**教学目标**

1. 讲解企业商务活动中市场营销的作用。
2. 定义市场营销的 7 项职能。

**任务驱动**

IM 是 Instant Messaging（即时通信）的缩写，它是一种可以让使用者在网络上建立某种私人聊天室的实时通信服务。大部分即时通信工具提供显示联络人名单、联络人是否在线及能否与联络人交谈等状态信息。目前，在互联网上受欢迎的即时通信软件包括百度 Hi、Calling、UcSTAR、QQ、MSN Messenger（Windows Live Messenger）、AOL Instant Messenger、Yahoo! Messenger、NET Messenger Service、Jabber、ICQ、飞信、Skype、新浪 UC、网易泡泡、TM、Google Talk、阿里旺旺等。

除了文字外，在频宽充足的前提下，大部分 IM 服务事实上也提供视频通信的能力。实时传讯与电子邮件最大的不同在于不用等候，不需要每隔几分钟按一次"传送与接收"，只要两个人同时在线，就能像多媒体电话一样，传送文字、档案、声音、影像给对方，只要有网络，无论对方在天涯海角，或隔得多远都没有关系。

使用 IM 服务，你可以即时加入家人、朋友和同事之间的对话交流，你可以观看到有哪些人在线，并同时与其中一个或一群人对话。

IM 可以用在工作和亲人间的对话交流。现在有许多公司使用 IM 来推广它们的产品。美国国会唱片公司使用 IM 介绍它们的新唱片，并向音乐爱好者和旅游爱好者促销。粉丝可以获得预告信息与问题解答。ELLEgirl 网站直接向十几岁的女孩推出一种即时通信工具，从而使浏览该网站的人数增长了 83%。

根据中国互联网信息中心（CNNIC）第 25 次中国互联网发展状况统计报告，截止 2009 年底，中国大陆地区即时通信用户达到 2.7 亿人，使用比例达到 70.99%，是使用率排名第三的网络应用国家。

与同学一起讨论，无论是在工作中还是在家庭中，即时通信工具为什么如此的普及。当企业使用 IM 推广其产品时，可能会遇到哪些问题？

## 1.1.1 市场营销的作用

美国市场营销协会对市场营销下了一个完整的定义：市场营销是规划和实施创意、商品和服务的设计、定价、促销和分销，并为实现个人或组织目标而创造交换机会的过程。这些词汇描述了每一个企业商务活动复杂而重要的组成部分。市场营销包括各种类型活动和经济活动中大量的商务活动。市场营销是发展和维持企业与消费者之间满意的交换关系的活动，这是解释市场营销更为简单的定义，同时也强调了市场营销的重要作用。

### 1. 市场营销活动

市场营销每时每刻发生在我们的周围。一些营销活动是明显的，当我们看电视、听广播或者在影院等候电影开始时，我们会看到或者听到产品广告。我们甚至还可以在我们或者我们朋友的衣服上发现营销信息。当我们逛商店时，商品陈列、产品包装及销售导购等都是市场营销的例子。

不明显但同样重要的营销活动。例如，商品从远方通过卡车、火车、轮船和飞机运输到顾客所在的城市。大量市场营销活动甚至不是直接面向最终消费者的，企业主要是通过 B2B 市场实现营销的，包括制造企业把产品销售给那些在企业经营活动中使用其产品或服务的企业，进而，这些企业再把产品生产成能满足消费者需要的产品或服务，然后卖给最终消费者。银行贷款给零售商，以求这些零售商能够从制造商处购买商品转售给他们的顾客。保险公司为了减少可能因事故、产品损坏及盗窃而产生的财务风险而销售保险给企业等。

### 2. 网络营销

当前，许多传统的营销活动都还在继续发生。但是，互联网正在改变这些活动的完成过程，也为企业带来许多新的市场营销机会。使用互联网和相关技术完成重要的营销活动被称为网络营销或电子营销。

登录互联网，浏览某个网站，我们可能立即就被针对典型访客的产品或服务的网络广告轰炸。通过网络，我们可以申请获得信用卡，可以比较产品价格，或者通过电子邮件和在线聊天室与客服代表谈话，航空公司可以把近期旅行的电子机票交付给旅客。

 **网络知识**

当今的技术，新发行的电影、现场音乐会及整版的报纸杂志都可以在家中的计算机上看到。这些技术避免了消费者去电影院、去音乐会现场和购买送到家中的报纸杂志等需要。

**➲ 辩证性思考**

1. 使用互联网，查询 10 个可以在网上获得电影、音乐、图书、报纸和杂志的例子。
2. 分别从企业和消费者的角度讨论，通过网络提供这些产品的优势和劣势？

使用互联网，企业可以开展调研，处理顾客订单，划拨资金给供应商，在银行开设账户。企业也可以提供 1 周 7 天，甚至 1 天 24 小时与客服代表沟通的机会。如果使用得当，网络营销提高了企业和消费者之间交易的效率。但是，当企业或消费者滥用互联网，反而会导致问题、抱怨和不满的产生。

网络商务的规模每年在快速地增长。据估计,消费者每年在网上购物的数额已经超过 500 亿美元。与 B2B 每年 2 万亿的交易规模相比要小的多。随着更多的消费者舒适地进行网上购物和更多的企业转移或扩张进入互联网,网上销售在急剧地增长。

**■ 课内测试**

描述几种网络营销方式。

 **课外资料**

男性网民和女性网民会浏览不同的网站吗?在中国,令人惊奇的是男性和女性浏览的前三个网站是相同的,分别是腾讯网、百度和新浪网。除此之外,男性被凡客诚品吸引,而女性则愿意在淘宝网购物。

## 1.1.2 市场营销的职能

市场营销活动每天发生在我们周围。许多活动对我们而言是重要的,但我们却常常不认为它们是市场营销活动的一部分。当我们听到"市场营销"这个词时,常常会想到广告或销售人员,其实,市场营销远比这些表象复杂得多。概括而言,市场营销活动由 7 项职能组成(如图 1-1),每一营销职能发生在产品或服务被开发或销售过程之中。当消费者实施购买行为时,消费者就是实施一项或多项营销职能。

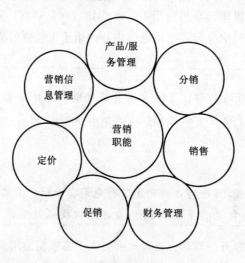

**图 1-1　市场营销 7 项职能**

### 1. 产品(或服务)管理

产品或服务管理是设计、开发、维护、改进并获得产品或服务,以满足消费者需要的活动过程的总称。生产者和制造商需要开发一个新产品,但是,另外一些购买产品然后进行转卖的企业,也需要进行产品/服务管理。

### 2. 分销

分销是指有关决定以最好的方式和流程供消费者查询、获得及使用组织产品或服务等的活动。有效的分销活动包括产品的精心运输、装卸和储存。

### 3. 销售

销售是直接与潜在顾客进行沟通以有效评估和满足他们需要的活动过程。销售可以是面对面的,例如,消费者访问企业,企业销售人员前往潜在顾客的企业或家中进行产品推销。销售工作也可以通过电话、即时通信、视频会议等网络工具,以及其他技术手段完成。

### 4. 营销信息管理

营销信息管理是指获取、管理和使用市场信息以促进企业营销决策及其实施的活动过程。这项职能包括市场调研和开发具有有关产品、顾客与竞争者信息的数据库等工作。

### 5. 财务管理

财务管理包括为营销活动制订预算,筹集企业运营所必需的资金,提供信贷援助给购买本企业产品或服务的顾客。

电子商务中的顾客必须能够方便安全地进行支付,电子商务中的企业必须确保它们能收到顾客支付的货款。

### 6. 定价

定价是针对潜在顾客树立和沟通产品或服务价值的活动过程。消费者希望知道,他们所付出的货币能够获得公平的价值回报。因此,顾客必须能够容易地识别他们感兴趣的或计划购买的每一款产品的价格。定价管理工作:一方面要做到所定价格足够低以保证顾客能够接受,另一方面要做到所定价格足够高以保证企业有利可图。

### 7. 促销

促销是企业通过广告和其他促销方式,与潜在顾客进行有关产品和服务的信息沟通,以激励潜在顾客产生购买行为的活动过程。广告沟通可以通过各种媒体实现,可以利用的媒体包括广播、电视、报纸、杂志、直邮和网络。其他可以实施的促销方式有消费竞赛、产品陈列、赞助和公共关系活动等。

■■ **课内测试** ■■■■■■■■

列举 7 个市场营销职能。

## 评估练习

正确领会网络营销基本概念，将下列问题最正确的答案选出来。

1．简单而言，市场营销就是（　　）。

    a．说服消费者购买的过程

    b．提供优于竞争的用以销售的产品

    c．面向消费者和企业的服务的计划、开发和分销

    d．发展和维持企业与消费者之间满意的交换关系的活动

2．下列选项不属于市场营销 7 项职能之一的是（　　）。

    a．产品或服务管理

    b．销售

    c．财务管理

    d．采购

### 分析思考

尽可能完整地回答下列问题。

3．描述电子商务企业如何完成市场营销 7 项职能中的每一个。

4．沟通　你的一个做兽医的邻居向你求助，希望你给他提供一些借助互联网推广其业务的建议。撰写一份计划书，说明该企业能够通过使用网络赢利的可行方案。

## 1.2 企业与市场营销属性的变化

### 教学目标

1．讨论互联网如何改变企业的属性。

2．明确规划形成市场营销战略的步骤。

### 任务驱动

eBay 成立于 1995 年，是全球最大的在线交易社区，全球的个人用户和企业用户可以通过 eBay 在线平台进行货物和服务交易，每日通过 eBay 进行销售的产品达上千种、数百万件，eBay 已经成为全球中小企业和个人用户从事跨国贸易的首选平台。

eBay 把一种最古老的营销形式应用到互联网上——通过拍卖进行谈判形成产品的销售价格。eBay 称自己为全球最大的在线交易社区。在这个交易平台，人们可以购买所有想要的东西，销售其拥有的物品，还可以交一些朋友。

eBay 能够成功的一个原因是它为消费者购买独特产品提供了一个便利的平台和方式。eBay 已经成就了成千上万的创业者，这些创业者都是在 eBay 上实现创业和运营小企业的渠道。他们将产品陈列在网上以待销售。有时，他们所销售的产品是他们自己生产的。不过更多的情况是他们通过其他来源购买新的或二手的产品，再拿到 eBay 上转手卖出去以此获得利润。

1999 年 8 月，易趣在上海创立。2002 年，易趣与 eBay 结盟，更名为 eBay 易趣，并迅速发展成国内最大的在线交易社区。秉承帮助几乎任何人在任何地方能实现任何交易的宗旨，不仅为卖家提供了一个网上创业、实现自我价值的舞台，品种繁多、价廉物美的商品资源也给广大买家带来了全新的购物体验。2006 年 12 月，全球最大的电子商务公司 eBay 和中国国内领先的门户网站、无线互联网公司 TOM 在线携手组建合资公司，并于 2007 年下半年推出为中国市场定制的在线交易平台易趣（www.eachnet.com）。

与同学一起，讨论为什么 eBay 是为数不多的从创立之初就实现赢利的电子商务企业。对于买卖双方而言，什么因素使得参与 eBay 拍卖活动如此富有吸引力？浏览 eBay 易趣（www.eachnet.com）网，看看有什么独特产品在那里被拍卖？

## 1.2.1　企业与经济

企业是我们经济生活的重要组成部分。通常，我们并不会觉察到那些提供给我们产品的许多企业的存在。即使是在一个小社区，我们都会看到许多企业的实例，如生产产品、提供运输服务和供应电力的公司。我们也可以看到，其他一些企业，如提供娱乐、卫生保健，以及在社区内销售产品和服务的企业。除此之外，这些企业还提供了就业机会，缴纳税款，支持它们所在社区的经济增长与发展。

有许多类型的企业提供产品和服务。生产商和制造商将原材料转变成消费品。批发商和零售商等渠道商完成产品从生产者到消费者流转过程中的销售和物流等各种商务活动。服务企业不提供有形的产品，但它们为其顾客提供完整的有价值的活动。服务提供者包括理发师、旅行社、花店、会计师、航空公司和音乐家。

### 1. 变革中的企业

现在的企业不同于 15～20 年前的企业。企业间的竞争在全球范围内展开。它们与全球范围内的企业进行着购买或销售产品与服务的商务活动，面临着来自其他国家企业的竞争。环境问题要求企业节约资源、减少污染和为员工提供健康的工作环境。新技术在企业中的应用结果往往就是缩减员工数量，与此同时，企业对员工知识和技能的要求却在提高。

### 2. 网络的影响

几乎没有什么事物能比网络的发展对我们的生活及许多企业的经营方式产生如此显著而立竿见影的影响了。消费者现在可以坐在计算机前很快查到几个企业。他们足不出户就可以访问企业的网站，比较产品和价格，以及做出购买决策。如果在营业时间之外出现了有关产品的问题，顾客还能够与企业在线联系及时解决问题。

企业可以在许多方面从互联网的应用中受益。现在，周游世界的员工可以和他们的公司保持联系。他们能够通过网络连接获得所需信息。当货物发运后，制造商可以随时跟踪客户订单。网络可以使企业快速地获得政府部门或高校的研究成果。企业可以通过它们供应商的网站及时订购原材料、半成品或其他所需物品。企业使用互联网支持或完成商务交易事务的活动过程称做电子商务。网络使企业之间的竞争更加激烈，同时也提高了业务的速度。

**■ 课内测试**

列举网络促使企业发生改变的 3 个方面。

 **课外资料**

受教育水平的不同造成网络使用方面的差异。

中国 CNNIC《第 24 次中国互联网发展状况统计报告》资料表明：中国网络用户中，小学及以下学历占 7.6%，初中学历占 26.3%，高中学历占 41%，大专学历占 12.7%，大学本科及以上学历占 12.4%，网民中大专及以上学历人口进一步下降，高中、初中学历所占比重继续提升，互联网日益向低学历人口普及。

研究发现：网民学历越高，电子邮件使用率越高。学历对比来看，手机网民中低学历群体所占比例更大。学历越高，搜索引擎使用率越高。搜索引擎应用人群的特点决定了它在互联网领域的高商业价值。

## 1.2.2　市场营销基础

随着企业转向电子商务，一些市场营销活动的实施方式也发生了改变。但是，市场营销的基本原理并没有发生本质的改变，仍然被应用。电子商务企业必须理解并有效应用市场营销基础知识，以成功实现其经营目的和有效实现利润。

### 1．市场营销规划

成功的市场营销活动促成企业与消费者都满意的交易。企业提供能够满足它们消费者需要的产品和服务，消费者得到产品和服务后向企业支付货款，从而形成企业的销售收入。企业必须进行认真的市场营销规划，以有效辨识既能够满足顾客需要，又能够生产出来，还能够实现销售以获取利润的产品和服务。企业辨识如何通过市场营销活动实现其经营目标的计划活动称做市场营销战略。成功的企业做出营销决策时，首先应该考虑到顾客的需要和欲望。

### 2. 规划营销战略

规划市场营销战略需要两个阶段。第一阶段是识别目标市场。目标市场是具有相似需要和欲望的特定的消费者群体。许多企业试图在面对需要和欲望具有很大差异的广大受众时推广它们的产品。显然，要想满足所有消费者的需要是十分困难的，其结果必然是许多消费者不会接受企业的产品或者对企业的产品不会满意。致力于具有特定需要的目标市场，使得能够满足消费者需要的产品和服务更容易地得到开发。

规划市场营销战略的第二个阶段是创建市场营销组合。市场营销组合是产品、分销、价格和促销四类营销要素的组合应用。成功的市场营销组合既能满足目标顾客的需要和欲望，也能为企业产生利润。

索宝吧是成功规划市场营销战略的电子商务企业实例。这个网站销售各种各样的玩具，使得具有不同需要的顾客更容易发现他们所需要的产品。网站浏览者可以通过分类搜索，包括学习玩具、收藏品或者视频游戏，每一类产品吸引着具有特定需要的不同的目标市场，顾客甚至还可以根据年龄段进行玩具查询。

索宝吧市场营销组合首先从产品开始。在该网站可以买到各种名牌玩具。分销是直接将产品运送到顾客家中。当顾客提交订单后，送货政策被解释，也可以计算送货成本。为了实施对购买行为的奖励，有些购买行为还会得到免费送货的优惠。每一件产品的价格都清晰地标示出来。消费者开始搜索查询时，还可以选择他们愿意在一件玩具上花费的金额。促销主要是通过详尽的产品介绍和诱人的玩具图片实现的。

### ▓ 课内测试 ▓

规划市场营销战略的两个步骤是什么？

 **工学结合**

李阳是一位刚刚毕业的大学生，具有很好的人际关系和沟通技能。李阳计划将这些技能投入到他的第一份全职工作之中。他决定在本地电子商务企业寻求一个客户服务职位。

在电子商务企业，顾客关系销售专员是一个重要的职位。电子商务企业希望顾客能够舒适地完成在线购物，如果他们遇到问题还可以得到及时的支持。顾客关系销售专员负责监测顾客订单，通过电子邮件或电话与顾客进行沟通，跟踪顾客订单以保证顾客对所购物品及购物体验的满意。顾客关系销售专员还会提交建议给网络营销经理，提出改进订单流程途径，以及如何满足特定顾客的需要和要求等。

要想成为一名有效的顾客关系销售专员，你必须能够通过写信或电话交流的方式，与顾客实现简短而良好的沟通。你应该目标明确地提供高水平的顾客服务，成为一个能提出有效决策的问题解决者。另外，你也需要具备熟练使用计算机数据库、文字处理、沟通交流等软件的技能。

　　因为这是李阳的第一份全职工作，对于顾客关系销售专员这个职位，他还是刚刚入门的初级水平。因此，他只是负责少量的产品和不太复杂的客户支持工作。随着李阳工作经验的积累，他能提供更广泛的与更多技术产品相关的客户服务。

### ⊃ 辩证性思考

1. 什么类型的问题可能是像李阳一样的顾客关系销售专员每天需要处理的？
2. 为什么有效的决策技能是顾客关系销售专员职位一项重要的要求？

## 评估练习

正确领会网络营销基本概念，将下列问题最正确的答案选出来。

1. 制造商主要的责任是（　　　）。

　　a. 把产品配送给消费者

　　b. 提供服务给顾客

　　c. 将原材料转化成可以消费的产品

　　d. 通过促销活动吸引顾客

2. 规划市场营销战略的两个步骤是（　　　）。

　　a. 开发产品和策划广告

　　b. 选择顾客和识别竞争者

　　c. 辨识目标市场和策划营销组合策略

　　d. 选择市场营销职能并与顾客沟通

### 分析思考

尽可能完整地回答下列问题。

3. 通过企业名录、电话号码本或者网络等方式，对于制造商和生产者、渠道成员和服务企业等每一种主要的企业类型，辨别确定一个本地性企业、全国性企业或国际性企业的实例。

4. 查询一个能有效识别其目标市场的企业网站，尽可能详细地描述该企业目标市场的基本状况及目标市场的需要和欲望。解释这个企业如何通过其产品和服务满足目标市场的需要及欲望。

## 1.3 改善 B2C 交易

**教学目标**

1. 讲述市场营销观念。
2. 解释市场营销如何提高企业和顾客的满意度。

**任务驱动**

机场的安保措施使旅行更耗费时间和增加许多困难。航空公司把长时间的登机手续作为旅客获得座位和登机牌的条件。精明的乘客可以简化这一过程，一些航空公司在网上提供座位选择服务。乘客通过网站输入航班号，可以查看所乘飞机内部可供选择的座位。乘客也可以确认自己想要的座位，在家里打印登机牌。乘客在机场还可以绕过换登机牌的队伍径直走向机舱。在机舱入口，乘客拿出身份证和预先打印好的登机牌扫描审验。

与同学一起，确定并讨论网络能被用来减少顾客旅行过程中出现问题的其他途径有哪些？在线购买机票有什么风险？

### 1.3.1 有效市场营销的必要性

在企业经营管理活动中，市场营销发挥着重要的作用。但是，仍然有许多企业人员和顾客并不知晓如何才能有效地发挥市场营销的作用。有些人认为，市场营销仅仅是广告和销售而已，劝说性广告或者强势的推销人员可以使消费者购买并不需要和想要的东西。

企业必须获取利润，它的市场营销才是成功的。提供最大利润的顾客是那些对企业及其产品满意的顾客，这些顾客会成为企业的回头客并不断地购买企业的产品。不满意的顾客一方面不可能再购买企业的产品，另一方面还会把不满意转告给其他人。因此，企业必须努力提高它们顾客的满意度，有效的市场营销是提高顾客满意度的重要组成部分。

#### 1. 市场营销观念

许多企业决策时只考虑它们的产品。它们认为，它们知道消费者想要什么，而并须要不听取消费者意见。它们一般是把产品配送到消费者能够购买该产品的地方，它们确信只要能吸引消费者注意力的就是好广告。它们相信，只要企业完成这些活动，消费者就会购买它们所生产的任何产品。实践证明，这种经营哲学是错误的，许多产品堆放在商店货架上并不能卖出去，还有许多产品因不能有效满足顾客需要而被退货。

一种新的产品规划和市场营销导向是市场营销观念。市场营销观念是企业以顾客需要为中心，规划其产品或服务的生产、分销和促销的一种经营哲学。成功的企业首先想到的是顾客及其需要，而不是企业想要出售的产品。遵循市场营销观念的企业市场营销活动，必须考虑以下 3 个因素：

- 识别它们的顾客及其需要；
- 经营活动有利可图；
- 开发、营销那些顾客认为比其他选择更优的产品和服务。

### 2. 市场营销观念与电子商务

早期的网络企业经营者对市场营销和市场营销观念往往知之不多。他们认为，新技术轻易地把他们的产品推广到大量潜在顾客面前，而这些顾客会发现，通过互联网下订单是十分方便的。一个著名的案例是 Pets.com，这家公司计划在互联网上销售宠物食品和宠物用品。这个公司有充足的资金创立，有易于识别的名称，有由大量宠物所有者组成的潜在市场；甚至还有一个可爱的宣传形象——会说话的、爱吃零食的木偶狗。当公司决定花费 300 多万美元投资于一则在 2000 年美式足球超级杯期间播出的 30 秒钟电视广告时，公司的前景令人兴奋。然而，经过两年的无利经营后，这家公司倒闭了。

Pets.com 失败的主要原因是缺乏对市场营销观念的贯彻和应用。虽然有许多购买宠物食品和用品的宠物拥有者，但他们感觉网上订购不方便。他们不愿意要等几天的送货，在他们居住的社区有许多地方也可以买到宠物食品和用品，而且，这些地方所售产品的价格和 Pets.com 一样或者更低。

为了获得成功，电子商务企业必须识别那些既需要它们的产品又愿意在线购买的顾客。电子商务企业必须提供充分的信息帮助顾客做出购买决策，顾客应该能够咨询相关问题并让企业工作人员做出回答。电子商务网站设计的订单流程必须是容易使用且保证安全的。企业还必须能够配送产品给顾客，能够给顾客提供服务和解决购物过程中发生的问题。在电子商务企业完成这些所有事务的情况下，它们还要实现赢利。由此可以看出，电子商务不是一件轻而易举的事，它要求管理人员和职员必须知晓商务和市场营销。

### ■ 课内测试 ■

当企业遵循市场营销观念时，集中考虑的中心问题是什么？

## 1.3.2　令人满意的商品交换

市场营销是一种商品交换活动过程。企业为消费者生产、销售产品和服务，再通过交换获取货币，其目标是抵补企业运营成本并通过产品销售获得利润。消费者具有企业试图满足的需要和欲望，消费者用货币购买他们认为能够为他们的货币支出带来最人满足感的产品或服务。如果企业不能通过产品的生产和销售获利，它们不会满意。如果消费者发现他们所购买的产品和服务不能满足他们的需要，或者他们发现他们可以以更低的价格购买到同样的产品和服务，他们也不会满意。

 **网络营销误区**

　　许多企业在使用互联网营销他们的产品和服务过程中，采用误导性策略吸引顾客的注意力，它们认为这些策略对企业是有益的，事实上却常常疏远了顾客。弹出式广告显示，消费者赢了比赛，可以通过点击企业网站上的链接兑换奖品。电子邮件通知消费者被选为研究小组的成员，即所谓的在线调研其实上是变相的促销信息。

　　⊃ **辩证性思考**

　　1. 某个电子商务企业发送一些误导信息，你会产生什么样的感觉？
　　2. 采用误导性策略会对企业产生什么样的危害？

### 1. 经济效用

　　经济学中有一个讲述企业如何增加顾客满意度的理论。经济效用是从产品或服务的使用中获得的满足感。一件产品提供的满足感越大其经济效用也越高，一件产品提供的满足感越小其经济效用也就越低。在诸多产品的购买选择中，消费者总是根据多项标准去选择提供最大效用的产品作为购买目标。效用最大化是消费者选择产品的首要原则。效用的评价，既取决于厂商所提供的产品使用的实际效用，也取决于消费者进行的效用对比评价。消费者的购买决策是建立在效用与费用双项满足的基础之上的，其购买决策的基本原则是选择用最少的货币换取最大效用的产品或服务。

　　企业可以通过改变产品的形态、时间、地点和占有方式改进经济效用和顾客满足感。

　　（1）形态效用。产品的形态效用是指以制造、生产和组装来增加产品的价值，即改变产品形态可以增加消费者满足感。使一件产品更好看或更易于使用，来增加产品的形态效用。如果一件产品使用持久，具有重要的功能，或者以被期望的规格和数量出售，消费者就会获得较高的满足感。例如，不同的原料按照技术要求组合成为产品，这就产生了形态效用，计算机制造商将硬盘、主板、光驱、显示器、键盘等零部件组装在一起制成计算机，这种组装过程使产品形态发生了变化，并且这种变化增加了产品价值，也就产生了产品的形态效用；制作具有可写入和删除功能的光盘与那些只是记录音乐或视频内容的光盘相比是形态的一个重要改进。

　　（2）时间效用。产品的时间效用即使新产品能尽快被消费者认知，使消费者及时买到适当的产品。消费者希望在他们需要时能够购买到产品，如果顾客不得不等待产品的运送，或者不能在方便的时间收到产品，他们将不满意。

（3）地点效用。消费者可能希望在特定的地点获得产品和服务。如果消费者必须搜索产品，必须长途驱车，或者不能在同一地点买到相关的其他产品，他们的不满意感将随之增加。

（4）占有效用。产品的占有效用是指消费者因拥有产品而获得的满足感，市场营销使商品从生产者手中流转到消费者手中，从而使消费者获得占有效用。占有形式不同，消费者获得的占有效用也不同。如果消费者因买不起而得不到产品，他们对产品的需要就得不到满足。企业可以通过提供信贷、允许消费者选用多种支付方式赊销等几种方式增加消费者的占有效用。消费者可能通过租赁得到房屋或汽车的使用权，而不是购买增加每月的开销。音像制品店和有线电视服务将电影胶片租给消费者，那么消费者观看一次的成本要比购买便宜的多。

**2．经济效用与电子商务**

互联网为企业提供了许多增加经济效用和顾客满足感的机会。改善最明显的要属时间效用与地点效用。1 年 365 天，1 天 24 小时，任何时候都可以获得信息和购买产品。购买行为完全可以发生在消费者的家中。

一些产品的形态因网络的使用而改进。电子图书、电子票证、数码照片、电子支付等都是传统产品形式改变的例子。一些消费者对这些新形式的产品更满意，而另外一些消费者则喜欢原有形式的产品。

地点效用方面难以处理的是电子商务企业在将产品配送给顾客方面很难比当地企业做得更好。例如，一个常用物品在本地商店中就可以以合理的价格买到，尽管网上购物是便利的，如果消费者还必须亲自驾车去取货或者在家中花几天的时间等待送货上门，显然，消费者实施网上购买行为是没有意义的。

占有效用可能会阻碍电子商务的发展。支付方式几乎仅限于信用卡，一些顾客可能担心网上输入他们信用卡账号的安全性。电子商务企业使顾客可以轻易地与竞争者产品价格进行比较，也可以让顾客计算拥有和租赁产品所获得的占有效用的差异有多大。

**课内测试**

企业改进经济效用的 4 种方式是什么？

 **课外资料**

截止 2008 年年底，中国互联网普及率全国平均水平为 22.6%，北京为 60%，上海为 59.7%，广东为 48.2%，天津为 43.5%；而贵州为 11.5%，安徽为 11.8%，甘肃为 12.5%，河南为 13.7%，江西为 14.0%。

截止 2009 年年底，中国互联网普及率达到 28.9%。中国城乡网民比例分别为 72.2%和 27.8%。

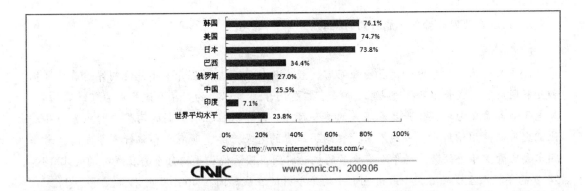

## 评估练习

正确领会网络营销基本概念，将下列问题最正确的答案选出来。

1. 贯彻市场营销观念，成功的企业最关心（　　　）。

　　a. 顾客及其需要

　　b. 竞争者

　　c. 利润

　　d. 它们计划销售的产品

2. 经济效用的 4 种形式是（　　　）。

　　a. 计划、生产、促销和销售

　　b. 形态、时间、地点和占有

　　c. 电力、天然气、水和下水道

　　d. 不在上述选项中

### 分析思考

尽可能完整地回答下列问题。

3. 分析思考你曾经购买过的比较满意的一件商品，描述 4 种经济效用是如何提供的？哪一种经济效用使你最满意？

4. 沟通　你正在努力确定一家新餐馆潜在顾客的需要。规划一次调查活动，这次调查活动包含 5 个有助于确定该餐馆如何适应顾客需要的问题。

## 1.4　网络营销的优势与挑战

### 教学目标

1. 认识电子商务在哪些方面使市场营销发生了改变。

2. 描述企业网络营销可能遇到的挑战。

## 任务驱动

许多人认为，对于电子商务企业而言，最有价值的顾客群是青少年，他们伴随着计算机和互联网成长而成长，且精通技术。但是，在美国，50 岁以上的老年人逐步成为在线购物者，是电子商务希望为之提供产品和服务的典型顾客。老年人往往有更高的购买力购买奢侈品，他们更可能使用信用卡。一般而言，在购买昂贵的电子产品、新汽车和旅行服务方面，老年顾客要比青少年更频繁。老年人有更多的机动时间，因为他们平均每个月在线时间要比 18～24 岁的年轻人至少多 6 天，或者他们平均每个月的在线时间在 40 个小时以上。

在美国，年龄在 50 岁以上的中老年网民占网民总数的比列被统计国家之最，紧随其后的是瑞士和英国，排在第三位的是澳大利亚。在巴西，年龄在 12～17 岁的少年网民占该国网民总数的比最高，而中国的情况则是年龄在 18～34 岁的青年网民占国内网民总量的比最高。（资料来源：Nielsen NetView，2009）

根据中国 CNNIC《第 24 次中国互联网发展状况统计报告》中国网民结构在年龄上不断优化，呈现成熟化趋势。其中，60 岁以上的人占 1.7%，50～59 岁占 4.0%，40～49 岁占 9.9%，30～39 岁占 20.7%，20～29 岁占 29.8%，10～19 岁占 33.0%，10 岁以下占 0.9%。与 2008 年年底相比，30～39 岁网民所占比重明显增大，40 岁以上的网民规模整体有上升趋势，10～29 岁的年轻群体总比下降明显。

与同学一起讨论，为什么老年人常常不被看做电子商务企业理想的潜在顾客。假如你拥有一个新的电子商务企业，并想吸引老年人，你应该注重什么类型的产品？使用什么类型的推广诉求方法？

## 1.4.1　市场营销面临的挑战

市场营销对于电子商务企业和传统企业而言是同等重要的。当企业通过互联网开展业务时，许多营销流程会发生改变。并非所有的营销活动都可以在互联网上完成。作为网络营销的组成部分，那些不以互联网为基础的营销活动也可能会有所不同。随着电子商务的到来，发生变化的营销活动领域主要有竞争、顾客关系、数据管理及促销和沟通。

### 1. 电子商务竞争

对于那些参与传统营销活动的企业而言，绝大多数竞争来自地理上相近的企业。通常情况下，规模相当的企业之间展开竞争。随着电子商务产生与发展，一些人有机会使用计算机网络成为潜在的顾客。一些通过互联网提供同类产品的企业成为竞争者。竞争者的数量不再局限于企业的地理位置和规模。

**课外资料**

2003 年，美国网民平均每个月花在上网方面的时间为 100 小时以上。而英格兰和澳大利亚的网民每个月花在网上的时间分别为 11 小时和 13 小时。

中国 CNNIC《第 24 次中国互联网发展状况统计报告》资料表明：中国网民上网频率相对较高，每周上网 6~7 天的网民占比达 39.5%。网民上网时间也较以前明显延长，人均周上网时间为 18 小时。

以 2009 年 2 月情况为例，中国人均月上网时间为 11 小时左右，美国人均月上网时间为 60 小时左右，英国人均月上网时间为 56 小时左右，澳大利亚人均月上网时间为 41 小时左右，德国人均月上网时间为 37 小时左右，瑞士人均月上网时间为 31 左右，巴西人均月上网时间为 33 小时左右。（资料来源：Nielsen NetView，2009.）

### 2. 顾客关系

企业希望得到长期发展，必须建立良好的顾客关系。它们希望顾客能够满意并重复购买它们的产品。顾客可以使用互联网随时与企业联系，并希望接收相关信息，咨询得到解答，问题得到解决。网络营销要求企业了解顾客希望在什么时候、以什么方式与它们联系；顾客希望在什么时候、以什么方式接受什么信息。更进一步，企业需要了解顾客在收集信息、订购产品和服务及与客服人员沟通方面愿意花多少时间。一些顾客愿意在互联网上与企业完成所有的商务活动，而另外一些顾客则愿意使用电话或者实地访问企业进行面对面的商谈。

### 3. 数据管理

有效的市场营销活动离不开信息的支撑。企业需要弄清它们的顾客是谁，清楚顾客的邮件和电子邮件地址及电话号码。保存顾客以前的购买行为、支付方式、独特需要和偏好的记录也是十分重要的，了解什么类型的信息曾经有助于顾客做出购买决策也是有用的。

有关市场竞争方面的信息是同样重要的，企业需要收集有关竞争者产品、价格、优势和劣势的信息。企业需要了解它们的顾客把哪个企业作为最佳替代者考虑，哪家企业有效地实施了电子商务。

最后，企业需要获得有关营销环境的信息，具体包括国民经济状况、与企业运营有关的法律法规、新产品研究、科技发展等信息。电子商务提供了独特的数据收集机会，企业通过互联网可以获得大量竞争者和市场营销的信息，许多电子商务企业还开展了网上营销调研活动。许多网络交易活动要求顾客提供可以被识别身份的信息，其实，当顾客与企业网上互动交流时已经给企业提供了许多信息。顾客填写并提交订单后，订单信息就被自动记录并输入到计算机数据库之中，这个数据库还储存着包括订单处理、货物运送及客户服务等信息。

**4．促销和沟通**

网络对市场营销产生最显著影响的方面很可能是促销和其他市场营销沟通活动。互联网为企业提供与潜在顾客直接互动、沟通的途径。当顾客在互联网上搜索有关信息时，他们的请求可能引发弹出式广告、链接企业网站或者其他信息页面。如果网络用户浏览/访问企业网站并发出数据请求或订购产品时，企业可以立刻跟进，提供详细产品信息、与其建立联系及提供特别优惠。电子邮件、即时信息沟通工具、实时音视频链接等都提供了普遍而有效的网络沟通方式。

■■■ **课内测试** ■■■■■■

列举电子商务企业市场营销活动已经发生变化的 4 个领域。

## 1.4.2　网络营销挑战

电子商务给市场营销带来了新的挑战。总体而言，许多网络企业在 20 世纪 90 年代失败的原因，就是对市场营销的重要性和市场营销如何相应发生变革方面缺乏足够的理解和认识。并不是所有开展电子商务的企业都完全依赖互联网。一些企业一直以传统的方式服务许多顾客和实施多种营销活动。尽管市场营销变化可能不是引人瞩目的，但企业经营活动变得更加复杂了，感觉好像公司在同时运营着原来的企业和新创的网络企业两个不同的企业一样。

电子商务企业将主要面对源自消费者、客户服务和技术的 3 个营销挑战。

**1．新型消费者**

企业向互联网的经营扩展与延伸，意味着将为企业带来大量的潜在顾客。网络顾客有着与传统顾客不同的需要和期望。

网络顾客为电子商务企业带来了物流配送的挑战，因此，企业必须决定是否服务所有的网络顾客而不考虑它们所处的地理位置。顾客的订单可能要求运送所购产品到其他省市或地区，有时甚至是其他国家。如此一个可以覆盖全球的顾客范围可能迫使企业必须面对一些新的问题。例如，不同国家或地区可能会有不同的法律法规、税收税率，企业还必须考虑接受外国货币的支付方式。

虽然，电子商务可能延伸企业的市场范围，但是，它也会阻隔一些消费者成为企业顾客的可能。许多人对网上购物和网络支付仍然感觉并不舒适，如果企业将所有的经营活动都搬到网络上去，势必就会使这部分顾客流失。因此，许多企业提供可以由顾客选择的购物方式，和不要求一定通过网络的购买方式。

## 2．客户服务

实现有效的客户服务是电子商务企业面临的最大挑战之一。顾客希望能够容易地浏览网站，获得购买决策需要的信息，提交订单时不必担心安全和信息被泄露。顾客需要货物能够快速地配送，得到及时的技术支持和产品修理，对所购物品不满意时也可以容易地退换货物。

高质量的网站设计是网络营销重要的方面。在高质量的网站上，信息必须被科学组织和易于查找，顾客能够容易地在网页之间跳转，产品信息和图片足以吸引顾客的注意力。

电子商务企业面临的主要挑战是要做到无论任何时候，顾客需要时都可以找到客服人员和技术支持人员。客服人员和技术支持人员必须具有专业知识及有效的人际关系处理技能和沟通技巧。

## 3．技术

综上所述，一个电子商务企业要想实现成功，其网站必须能够有效运行。网站的运行稳定，即不能因为用户过多而反应变慢或服务器荡机（服务器无法为客户机提供服务）。网页的源程序不能有导致订单信息漏损或者与其他网页形成不良链接的漏洞。另外，如果网站技术过分超前导致因不能与大多数客户机的软硬件匹配而不能正常运行，企业的电子商务也很难成功。计划参与电子商务的企业需要投资高品质的技术，并拥有相关专家以保证技术按计划和顾客期望工作。

**课内测试**

3 个主要的市场营销挑战是什么？

 **现实视点**

互联网提供了一个快速的而且往往是非正式的沟通方式。有时，人们撰写并发送一份电子邮件，但没有认真考虑接受这封信的人会如何理解。发送电子邮件时，应该铭记在心的准则有以下三方面：

- 要专业于你所说的事；
- 要谨慎使用幽默；
- 不转发未经原发件人许可的邮件。

⊃ **辩证性思考**

1．为什么人们使用电子邮件要比使用其他沟通方式更可能发送不适当的信息？

2．电子邮件沟通还有哪些重要的准则需要注意？

## 评估练习

正确领会网络营销基本概念，将下列问题最正确的答案选出来。

1. 电子商务企业与传统企业营销活动相比，一项重要的区别是（    ）。

　　a. 许多顾客在地理位置上可能远离企业

　　b. 对于同类产品而言有很少的竞争对手

　　c. 企业与所有顾客的联系在网上发生

　　d. 上述所有选项

2. 电子商务可能阻隔了一部分顾客，这是因为（    ）。

　　a. 有些国家或地区有禁止电子商务的法规

　　b. 电子商务运营成本要高于传统业务

　　c. 有些顾客感觉网上购物不舒适

　　d. 许多产品不能通过网络分销

### 分析思考

尽可能完整地回答下列问题。

3. 辨析在客户服务方面，电子商务企业与传统企业相区别的两个方面。电子商务企业应该如何保证其客户服务满足其顾客需要。

4. 沟通　查询一个能与消费者有效沟通的企业网站，再查询一个没有实现与消费者有效沟通的企业网站。分析哪些因素决定了网站沟通的有效或无效。

## 第1章　评估测验

复习网络营销基本概念，将每个词汇前的字母写在与之相匹配的定义前。

（　　）1. 企业使用互联网支持或完成商务交易事务的活动过程。

（　　）2. 设计、开发、维护、改进并获得产品，以满足消费者需要的活动过程。

（　　）3. 从产品或服务的使用中获得的满足感的总量。

（　　）4. 企业以顾客需要为中心，规划其产品或服务的生产、分销和促销的经营哲学。

（　　）5. 使用互联网和相关技术完成重要的营销活动。

（　　）6. 企业辨识如何通过市场营销活动实现其经营目标的计划活动。

（　　）7. 针对潜在顾客树立和沟通产品或服务价值的活动过程。

（　　）8. 发展和维持企业与消费者之间满意的交换关系的活动。

（　　）9. 决定以最好的方式与流程供消费者查询、获得和使用组织产品和服务的活动。

（　　　）10．直接与潜在顾客进行沟通以有效评估和满足他们需要的活动过程。

a．分销

b．电子商务

c．经济效用

d．网络营销

e．财务管理

f．市场营销

g．市场营销观念

h．营销信息管理

i．市场营销组合

j．市场营销战略

k．定价

l．产品或服务管理

m．促销

n．销售

o．目标市场

将下列问题最正确的答案选出来。

11．为了实现成功，企业必须（　　　）。

　　a．发现新顾客代替那些不满意的顾客

　　b．不断增加销售

　　c．获取利润

　　d．转移到电子商务

12．组成市场营销组合策略的四个营销要素是（　　　）。

　　a．经济、技术、顾客和竞争

　　b．产品、分销、定价和促销

　　c．销售、广告、公共关系和宣传

　　d．电子商务、网络营销、互联网和安全指令

**分析思考**

13．为什么说，如果电子商务企业的竞争是在全球范围内而不是仅仅在它们的母国市场，电子商务企业的运营就必须有所不同。提供几个电子商务业务活动随着全球化经营而改变的实例。

14．为什么说，如果在开发准备出售的产品和服务前缺乏对顾客需要和欲望的考虑，企业就不太可能成功。辨析一家你认为贯彻市场营销观念比较好而又实施电子商务的企业实例。说出支持你选择的两个依据。

15．有人请你为一家新创的电子商务企业提供一些如何运营才能成功的建议。请列举你

的三项建议，并分析论证你的回答。

16．什么是有效的顾客关系？电子商务企业顾客关系与传统企业顾客关系在哪些方面有所不同？

### 工学结合

17．营销算术　黎明想要购买一台数码照相机。在本地照相机商店所销售的他想要的照相机定价为 2 890 元/每台，他还需要另外缴 6%的消费税。他发现在某一网店所销售的同样的照相机报价 2 540 元，而且不需要交纳消费税，只要他支付 110 元的运费和手续费便可。计算产品实际成本的差异以及黎明从两个零售商购买相机的总成本。计算黎明从总成本最低的零售商那里购买相机会节约费用的百分比。

18．技能　顾客使用互联网的优势在于容易获得企业所售特定产品的信息。确定一件你感兴趣的学习用品，使用搜索引擎工具，确定利用电子商务销售该学习用品的三个企业，对于每一家企业，记录下企业名称、网址及企业地址等信息。

19．沟通　一些消费者不愿网上购物，请你写一封信给某一企业的顾客，鼓励他们尝试从该企业网站上购买所需商品。

20．使用 Word 软件设计两个表。一张表为比较企业使用互联网销售产品和服务的优势及劣势，另一张表为比较消费者使用互联网购买产品和服务的优势及劣势。

## 项目导向

成为企业主是许多人的梦想。互联网为创业者开创企业提供了新的机会。但是，电子商务还是有风险的，20 世纪 90 年代许多.com 公司的失败就是例证。开创电子商务企业，必须在对电子商务机会和风险充分认识的基础上，做出谨慎的规划。

通过.com 项目，你和小组同学将做出有关一个新创网络企业的决策。在每一章内容之后，你将应用你所学知识完成一系列有关你新创网络企业的计划活动。与团队成员一起完成下列活动。

1．每位团队成员应该能够独立的确定他们认为企业应该销售的主要产品或服务。写一份包含两段内容的建议：一部分是产品或服务说明，另一部分讨论你认为电子商务企业应该优先考虑销售这些产品或服务的理由。

2．每位同学应该提交一份建议给小组。提交建议后，讨论并决定你们团队.com 项目计划重点销售的产品或服务。

3．列举对你们产品或服务可能感兴趣的几个顾客群。列举的顾客群可能是最终顾客，也可能是其他企业。从顾客群列表中优选两个顾客群作为你们的目标市场。写出对每一顾客群的详细分析以及选择该顾客群的理论依据。

4. 通过电话簿或企业名录确定来自你们社区销售同样产品或服务的企业。然后通过网络查找使用电子商务销售同样产品或服务的企业。形成一份包括每个竞争者的公司名称、邮件地址和网址的清单。

5. 为你们的企业选一个名称，这个名称应该有助于顾客识别和记忆你的企业，并且对你的企业及其产品形成独特而积极的印象。通过网络搜索确认，没有其他企业叫同样的名字。

### 📖 课外资料

中国在商品流通领域征收的流转税，主要有消费税、增值税和营业税三类。并不征收销售税。

2009 年 1 月 1 日起施行的《中华人民共和国增值税暂行条例（修订）》规定：在中华人民共和国境内销售货物或者提供加工、修理修配劳务及进口货物的单位和个人为增值税的纳税人，应当依照本条例缴纳增值税；销售自己使用过的物品、避孕药品和用具、古旧图书等商品免征增值税。

纳税人销售额未达到国务院财政、税务主管部门规定的增值税起征点的，免征增值税；达到起征点的，依照本条例规定全额计算缴纳增值税税额。

美国销售税是由州政府征收的地方税。基本上是对绝大多数商品在零售环节按其销售价格采用比率税率以价外税的形式征收。

网上购物是否征收销售税在美国并不相同。例如，美国纽约州立法机构 2008 年 4 月 9 日通过了增收网络销售税的规定，这一举动将会强制要求纽约州以外的网络零售商向其纽约顾客收取网络销售税。截止 2008 年年底，亚马逊书店仅在美国的四个州收取网络销售税。

### 案例分析

## 利用电子商务

企业既可以利用网站销售从玩具到古董的产品给消费者，也可以用来销售复杂的产品和专业化的服务给其他企业。

网站可以成为 B2B 交易有效的媒介。成功依赖于拥有适合于网络的销售方法。企业必须考虑它们一直是如何销售产品和服务的，许多企业已经实践了销售它们产品或服务最好的技术。企业不应仅仅因为销售媒介的改变就放弃过去成功的做法。

### 尽情享用一切

许多 B2B 网站销售页面构成就像沙拉酒吧，所有内容都是相互独立地完美地呈现在用户面前。顾客凭借过去的经验寻找他们所需要的产品并最终做出购买决定，其结果是内部联系松散。组织信息个性化地陈列不一定就是不好的策略，但是，一条积极的信息发送给顾客，让他们在 5 分钟之内就可以获得需要的信息，而不是在一些不相关的信息中花费大量时间。

Success Plush 是一家通过 filorlstuff.com 网站成功地将电子商务纳入其销售计划的批发商。产品既体现个性化的特色，又被巧妙地融为一体，并传递给潜在顾客丰富的创意。filorlstuff.com 证实了产品如何被归类才可以获得成功的销售，也将沙拉酒吧推向更长远的发展。

### 个性化的销售

有许多企业通过网站销售产品和服务给其他企业的例子。早期的成功主要是被那些熟悉企业及其产品的顾客所点燃。技术方面复杂程序的应用，使得企业顾客可以在许多点与其他企业的网站互动。网页设计则要呈现各部分信息，然后剪裁以符合顾客需要。将销售程序从信息收集的自我服务模式转变到更加个性化的销售技术被期待。

### ⊃ 辩证性思考

1. 利用互联网实施 B2B 交易的挑战是什么？
2. 叙述当企业试图通过互联网将产品销售给其他企业时通常会出现的错误。
3. 访问阿里巴巴网站。评价该网站对于 B2B 销售的可能性以及面向个人诉求的可能性。

## 实践准备

### 网络营销管理团队决策

你是伊顿园艺中心营销顾问，业主希望你能为企业提出有关网站建设方面的意见。

伊顿园艺中心是一个经营达 70 多年的企业，从事高品质产品的批发和零售业务。主要包括家庭自用和商店零售的多年生植物、一年生植物、蔬菜植物、球茎植物、种子和切花等产品。

伊顿也销售草皮、根篱、泥土、肥料、喷水器和园艺作品，在假期，该商店突出独特的植物、花卉及家居装饰相关物品。

伊顿园艺中心位于一个发展快速的农村社区。当地人知道伊顿优质优价。员工是为顾客提供建议和回答咨询的友好的专家。商店买的园艺技巧提示印刷物陈列在商店各个地方。伊顿也组织免费的有关园艺和环境美化主题的每周研讨会。

在伊顿园艺中心，生意是不错的，但是，因为人口的快速增长，一些巨大的本国竞争对手很快涌入当地。在这个地区几乎没有广告媒介，业主认为，还有一些人不知道伊顿高质量的植物和服务。业主考虑，一个具有园艺技巧提示和相关信息及一些待售产品信息的网站，将会告知顾客关于伊顿的信息。业主也意识到，在线销售所有的产品是不可行的，因为，极容易腐坏物品的运送成本将大幅度增加商品成本。

设计网站的目的是为了促进伊顿的销售业绩，你将决定该网站的内容和外观。同时需要决定哪些产品适合在该网站上销售。你希望在本国连锁店进入当地市场之前，培育具有成长性的基础市场。在伊顿召开的一个会议上，你将提交你的创意给业主。

### 评价指标

1. 理解伊顿园艺中心面临的挑战与机遇。
2. 解释通过网站扩展伊顿园艺中心目标市场的需要。
3. 解释网络营销活动中个性化营销策略的应用。
4. 描述伊顿园艺中心网站应包括的信息。
5. 描述顾客通过伊顿园艺中心将了解到哪些信息。

### ➲ 辩证性思考

1. 为什么说，在一个小型社区应用电子商务是敏捷的？
2. 多大竞争者可能会很快进入社区？它们胜过伊顿的优势是什么？
3. 在伊顿园艺中心网站上，伊顿的什么特性应该被强调？

# 电子商务与网上零售

## 亚马逊

　　杰夫·贝佐斯（Jeff Bezos）是当之无愧的亚马逊网站创始人。1986 年，贝佐斯以优异的成绩毕业于普林斯顿大学，并获得美国大学优等生荣誉学会最高荣誉，以及电机工程与计算机科学学位。毕业之后，贝佐斯就职于一家评估与计算机相关的业务的投资公司，他协助公司管理着 2 500 多亿美元资产并成为公司最年轻的副总裁。在 20 世纪 90 年代初，贝佐斯认识到互联网正以每年 2 300% 的速度增长，并可能是一个理想的商业渠道。

　　贝佐斯谨慎地选择产品。从产品列举的邮购目录清单中的前 20 名，他发现了一种能通过互联网实现选择、便利和低价以提供大量顾客满意的产品。他认为，图书是消费者熟悉又不必进行实地检查就购买的产品。于是，贝佐斯在一个只有三个工作站和几张木门改造而成的办公桌的汽车库里开始了亚马逊的创业路程。

　　亚马逊网站于 1995 年 7 月 6 日发布后，很快成为在美国商业历史上增长最快的公司之一。到 2003 年，它已经有了 40 亿美元的收入，并以每年 23% 的速度增长。卓越网成立于 2000 年 5 月，是中国当时最大的网上书籍与音像零售商，同时也在网上销售软件、化妆品及礼品玩具等。2004 年 8 月亚马逊全资收购卓越，使亚马逊全球领先的网上零售专长与卓越丰富的中国市场经验相结合，进一步提升客户体验，并促进中国电子商务的成长。

　　亚马逊的设计目的并不是为了取代类似巴诺（Barnes & Noble）一样的许多传统书店或超市的图书零售商。顾客在本地零售书店购物最有可能寻求一种不同类型的购物体验。无论如何，在线销售已经促使一些图书零售商跟进学习亚马逊模式。巴诺也发布了自己的网站，提供了许多和亚马逊一样的优势。

　　按照地域划分，亚马逊收入分为北美地区营收与国际部门营收两部分，其中，亚马逊北美地区营收占总营收的 52%，国际营收占总营收的 48%。亚马逊发布的 2009 财年第四季度财报显示，亚马逊第四季度净利润 3.84 亿美元，较去年同期的 2.25 亿美元增长 75%；净销售额 95.2 亿美元，较去年同期的 67.0 亿美元增长 42%。

> ⊃ **辩证性思考**
>
> 1. 分析顾客愿意通过亚马逊购买图书的原因有哪些方面，列举至少三个。
>
> 2. 亚马逊所销售的产品已经不再局限于图书。为什么说这有可能是一个明智的战略选择？

## 2.1 电子商务基础

**教学目标**

1. 列举买卖双方不同组合参与电子商务的模式。

2. 解释为什么许多完全在线的电子商务公司遭遇失败，而传统企业却增加了电子商务业务。

**任务驱动**

商务活动中，商品买卖的过程不断演变与扩张延伸。商务贸易历经从乡村广场到小商店、百货商店、折扣店、购物中心、目录邮购，到近年来兴起的互联网。电子商务的出现并不一定意味着传统零售体系的消失。相反，许多企业正以多样化的方式向它们的目标顾客开展销售活动。百货商店和折扣店同时以传统店铺与在线销售两种方式销售自己的产品。目录邮购公司允许顾客通过电话或网络订购产品。甚至一些乡村广场的交易也可以在一些类似 eBay 的网站上发现。企业作为商务活动的参与者，正确理解电子商务的角色任务是至关重要的。

与同学一起分析传统零售商店面对电子商务分别有哪些优势与劣势。

### 2.1.1 电子商务的类型

电子商务是指通过互联网的使用促使买卖双方参与商务贸易的活动过程。电子商务活动中的买卖双方可以是企业或个人。最基本的电子商务模式有三种类型，即在网络在线环境下，可以实现企业将产品销售给最终消费者（B-to-C，B2C），消费者将产品最终销售给消费者（C-to-C，C2C），以及企业将产品销售给企业（B-to-B，B2B）。

消费者可能因广告、个人的在线产品搜索与购物体验而对 B2C 最为熟悉，但这种类型的在线零售在每年数十亿美元的网络贸易花费中却占有很小的百分比，而绝大多数在线销售发生在 B2B 市场上，花费较多的消费者的商务贸易发生在 C2C 站点上。

电子商务并不只是被那些完全在线的公司所实践，许多企业借助互联网支撑它们传统的商务活动。

#### 1. B2C 电子商务

B2C 销售是一种最容易识别的电子商务模式。亚马逊、戴尔是典型的完全在线公司，B2C

有铺天盖地的宣传广告并拥有较大的市场份额。相比之下，传统零售企业的营销是在建筑物内实现的，被称做砖头加水泥的店铺。许多过去一直使用店铺或邮寄目录销售产品的企业，也已经把电子商务纳入到它们多渠道战略的一部分。这些既提供传统销售业务，又提供网络销售业务的企业，被称做砖头加鼠标的企业。

### 2. C2C 电子商务

eBay 是一个拍卖网站，是提供 C2C 电子商务服务的典型公司，在 eBay 上，个人以电子方式提交或发布自己的产品。购买者通过特征搜索发现自己想要的产品，然后，他们加入到针对某一产品竞价购买的拍卖活动之中。成功竞买者必须相信卖方会发货交付产品。eBay 是一个最大的在线 C2C 拍卖网站。其他的许多电子商务网站也运用拍卖的交易方式联结买卖双方的交易。

其他类型的 C2C 电子商务业务包括在线交流等内容。理想的交易市场可以让消费者与其他消费者实现图书、游戏、影片和碟片等各种产品的交易。

### 3. B2B 电子商务

B2B 销售在电子商务美元交易总量的比例最大。企业市场不同于消费者市场。平均销售额要高得多，对产品规格有着更高的要求，公司常常希望它们的库存系统与供应商系统实现有效对接。网络环境有助于信息在企业购买者到供应商之间的快速传递。

B2B 电子商务网站提供了许多与 B2C 网站相同的功能，包括订单处理、库存监测和在线支付等功能。

B2B 电子商务公司也可以使用拍卖的方式实现产品销售。采购商也可以促使供应商通过反向拍卖的形式竞价获取客户大额订单。

**课内测试**

列举买卖双方参与电子商务可能出现的各种组合。

**课外资料**

超过 50%以上的消费者实施多渠道的购物策略。线下店铺也发现大约 45%的消费者在做出购买决策前要通过互联网浏览查看替代产品信息。这一变化趋势迫使企业必须转移足够的营销活动投到互联网上。

## 2.1.2　从完全在线到砖头加鼠标

目前，电子商务仍处于其早期的发展阶段。首先，许多传统企业把电子商务看做一种效果未经证实和代价高昂的接近顾客的方式。这使电子商务对那些开始创办自己公司的个人开放。

在 20 世纪 90 年代，完全在线的电子商务企业试图完全在线销售从食品、杂货到家居、住房等所有物品。这些企业为了形成一个在线电子商务环境，不得不开发所有的营销功能，而全然没有建立关联公司或形成品牌名称的优势，它们必须自己建立分销和仓储体系及用于沟通订货的商务网站，它们必须努力推广网站和说服顾客在线购买产品。许多完全在线的网络公司迫于强大的价格竞争压力，试图服务于同一市场。许多早期的完全在线电子商务企业由于高昂的启动成本和少得可怜的顾客而未能存活下来。

 **网络知识**

　　在美国大约有一半的成年人是网络用户，其中有 80%以上的成年网民有过网上购物经历。传统零售商获得这些统计数据并把在线销售加到它们的商务战略之中。

　　根据中国 CNNIC《第 24 次中国互联网发展状况统计报告》，中国网民在网络娱乐、信息获取和交流沟通类网络应用上使用率较高，除论坛/BBS 外，这三类网络应用在网民中的使用率均在 50%以上，网络购物、网上支付等商务交易类网络应用使用率相对较低，网络购物的用户规模为 8 788 万人（见表 2-1）。

表 2-1　中国第 24 次互联网发展状况统计报告

| 排　名 | 应　用 | 使用率（%） | 类　别 |
| --- | --- | --- | --- |
| 1 | 网络音乐 | 85.5 | 网络娱乐类 |
| 2 | 网络新闻 | 78.7 | 信息获取类 |
| 3 | 即时通信 | 72.2 | 交流沟通类 |
| 4 | 搜索引擎 | 69.4 | 信息获取类 |
| 5 | 网络视频 | 65.8 | 网络娱乐类 |
| 6 | 网络游戏 | 64.2 | 网络娱乐类 |
| 7 | 电子邮件 | 55.4 | 交流沟通类 |
| 8 | 博客应用 | 53.8 | 交流沟通类 |
| 9 | 论坛/BBS | 30.4 | 交流沟通类 |
| 10 | 网络购物 | 26.0 | 商务交易类 |
| 11 | 网上支付 | 22.4 | 商务交易类 |
| 12 | 网络炒股 | 10.4 | 商务交易类 |
| 13 | 旅行预订 | 4.1 | 商务交易类 |

　◆ **辩证性思考**

1. 讨论　为什么传统零售商希望将电子商务纳入其商务战略之中？

2. 解释　如果传统零售商不参与到电子商务之中，它们的竞争能力将有何变化？

传统企业逐渐看到一个巨大而不断增长着的，能够接受电子商务的市场正在形成。几乎所有的大企业为了服务于它们的目标市场，都增加了基于互联网的营销职能。这些多渠道经营的传统企业与那些新型的完全在线企业相比，有着更多的优势：已经建立起自己的分销配送体系，已经具备专业的产品知识，并有着现存的市场关系等。

传统市场上的成功并不能保证网上市场的成功。例如，尽管沃尔玛有着较大的顾客基础，但其网站的用户总数却要比亚马逊、雅虎、eBay、shopping、MSN Shopping 等网站少得多，沃尔玛为了增强其网站的市场吸引力，已经不止一次地重新设计它的网站。

一些小企业意识到仅凭自己的力量是难以实施电子商务的，于是，这些企业就通过一些电子商务服务提供商来规划、实施它们的电子商务功能。

### ▓ 课内测试 ▓

解释为什么许多早期的完全在线的电子商务企业没有存活下来。

## 评估练习

正确领会市场营销概念，将下列问题最正确的答案选出来。

1．电子商务可以使买卖行为发生在（　　　）之间。

　　a．企业和消费者

　　b．消费者和消费者

　　c．企业和企业

　　d．上述选项全对

2．多渠道运营企业得以成功的主要原因在于（　　　）。

　　a．建立有分销配送体系

　　b．具有专业产品知识

　　c．具有现成的市场关系

　　d．上述选项全对

**分析思考**

尽可能完整地回答下列问题。

3．列举 20 个电子商务企业，分析认定这些企业分别属于 B2B、B2C、C2C 电子商务模式中的哪一种？

4．思考为什么沃尔玛网站并不像亚马逊网站那样流行？

## 2.2  在线商务战略

**教学目标**

1. 叙述在线企业实施的电子商务职能。
2. 介绍可以在线销售的产品类型。

**任务驱动**

电子商务企业必须进行战略规划进而比竞争对手更好地服务其目标市场。京东商城是一个现实的电子商务企业实例，该企业在网络市场上采用了许多竞争战略，其网站有着良好的沟通，而且可以实现在线库存查询与在线订购。为了降低成本，其分销配送系统和大量销售的实现是面向最终消费者的。顾客可以通过电话、传真、网络、邮件下订单。客服部门1周7天通过电子邮件或电话提供不间断的服务。京东商城承诺在1天之内处理订单，根据顾客的货运偏好安排货物配送时间为1~7天。为了使顾客能够重复购买企业产品时查询之用，顾客的订单信息被储存起来，所有信息都没有密钥，当顾客重复购买本企业产品时，可以根据需要对这些信息做出调整。

与同学一起浏览一个电子商务网站。根据该站点的搜索查询系统、在线购物的容易程度、通过电子邮件与客服机构联系获得服务的可能性等评价该站点。

### 2.2.1  电子商务职能

网络环境下，企业参与电子商务必须承担7项营销职能。电子商务企业必须设计能够有效沟通并能实现产品查询和网上订购的网站，必须能够及时处理订单和送货单，而且能够满足顾客的个性化需要。在多数情况下，网站是企业与顾客建立联系的主要窗口。企业网站必须具有能让顾客查询产品和服务、安排货物配送、传递价值、实现产品的促销、收集有关买主的信息、展示价格和实现在线支付等功能。

#### 1. 电子商务网站设计

消费者在线购物和在传统企业购物的决策程序是一样的。顾客在购买之前，最可能希望浏览产品、比较价格和评估服务项目。电子商务网站必须能够实现这些活动项目。

电子商务企业使用网站、搜索系统、数据库和电子邮件协助购物流程等技术方面具有能力优势，网络在线环境强调信息搜索和产品与价格比较的能力。

典型的B2C电子商务交易一般由以下步骤组成。

（1）购买者把网站作为获取企业及其产品信息的主要来源。

（2）购买者通过网站查询功能在网站上查找所需的产品。网站搜索引擎具有通过输入关键词查询特定产品、搜索引擎链接存货数据库的功能。

（3）购买者通过另外一些电子商务企业搜索查询相同或相近的产品，然后进行产品与价格的比较。

（4）购买者使用信用卡支付货款。信用卡公司充当购买活动的收款人。

（5）企业发送电子邮件与购买者沟通确认订单。

（6）作为服务的一部分，当货物被装运和应该到货时，企业发送电子邮件通知购买者。

（7）为了有助于以后面向该购买者的营销活动，企业数据库收集相关的交易信息。

 **网络营销误区**

不断发展的电子数据处理技术，可以对个人资料进行全面的记录，经计算机处理后，得以大量且迅速传递及利用，一旦有误用或滥用，将对个人隐私或人格造成比传统社会大得多的危害。

许多电子商务网站为了未来营销目的收集顾客信息。一些站点把收集的顾客信息销售给那些正在寻求商机的企业。这些实践可能会把潜在的顾客吓跑。个体消费者最关心的两件事：他们可能收到垃圾邮件和信用卡信息变得不安全。美国联邦贸易委员会要求，如果企业收集顾客数据，应该发布隐私声明。在美国70%的网络顾客表明，他们在意个人隐私，而只有40%的网络顾客曾经不屑于网站发布的隐私声明。

美国加州《在线隐私保护法案》规定，任何商业网站运营者必须"在网站首页醒目位置张贴其隐私保护政策"，以使用户了解到该网站将如何收集个人隐私数据。

**⟳ 辩证性思考**

1. 列举企业通过收集顾客信息所获得的优势，列举个人有关企业收集信息所关心的问题。你认为企业的数据收集在某些方面也能给顾客带来好处吗？解释你的回答。

2. 访问一个电子商务网站，浏览其隐私声明。你能感觉到该企业在保护你的隐私吗？为什么是或不是？

3. 登录星巴克大中华区网站（www.starbucks.com.cn），了解星巴克收集一些什么样的个人信息？星巴克在什么情况下要求你提供该类信息？如何使用这些信息？分析星巴克在哪些情况下可以未经消费者本人许可就把其个人信息透露给第三方？

### 2. 个性化服务

贯彻市场营销观念，理解并满足顾客的需要。从个人层面上了解个体消费者是实体企业的一个优势。数据库有助于电子商务企业服务个体消费者。像亚马逊这类的公司根据顾客过去在网站上的互动与购买行为为个体消费者改进其自身网站。

网站个性化服务是指网站使用收集的顾客信息提供特定内容给个体消费者。网站可能会推荐产品或提供个体消费者感兴趣的信息。个性化服务可以增加企业未来的销售机会。例如，当顾客订购一款服装时，网站会弹出该服装配件的页面。亚马逊陈列顾客所购买产品的同时，还会陈列其他顾客购买过的相关产品。当顾客再次访问该网站时，和顾客以前的订单一样，该网站最初的产品陈列和产品推荐会以同样的分类或编排方式出现在顾客面前。

在线个人信息的收集已产生有关隐私的问题。在美国，企业收集的数据属于企业所有，企业可以销售该信息。在欧洲共同体，信息属于个人，没有消费者的许可，企业不能出售该信息。

### 3. 门户网站

一些网站充当着在线内容窗口的角色。类似 AOL、MSN 或 Yahoo！的顾客门户网站，就是可以让个人用户找到包括此内容的各类门户网站。这些门户网站一般通过广告和产品销售获利。

类似亚马逊和 buy.com 等购物门户网站可以让消费者在线查询与购买产品。专业化的门户网站可以让个人更专业地、准确地查询信息。例如，汽车之家提供的信息主要包括汽车的价格、评论、提示和建议，也可以让购买者查询到本地经销商销售的小汽车。

许多门户网站希望与顾客建立长期的关系，为了有助于这一目的的实现，它们根据消费者个性化的个人资料，建成并定制网站。

### 4. 实施系统

所有的企业都需要提供地点效用。作为零售店铺的传统企业可以使顾客当时购买并立刻收到产品。在线企业也必须做到及时交付产品，这对 B2B 企业而言是特别现实的问题。

企业通常希望它们所订购的产品或零部件能够及时送达，或者正好在生产制造流程需要前到货。这样，企业就可以延迟付款或者减少库存零部件的空间占用。

实施系统或者订单交付流程的运作，对于个人购买者或者企业购买者通常是一样的。购买者通过在线搜索系统查询产品信息。人们通常把购物车作为订购产品的网上订单表格。当顾客提交订单后，第一份确认该订单的电子邮件通知单被发送给购买者。一旦该订单准备送货，第二份电子邮件通知单就会告知顾客预计的收货时间。所运送货物就会自动从库存记录中扣除。随着存货减少到一定程度，将形成补充库存产品的采购单。这个实施过程的设立是有效的，但其建立和实施却可能是昂贵的。仅亚马逊所拥有的 6 个仓库中的一个，其使用面积就超过 84 万平方英尺。

## 现实视点

许多网站提供的共享工具和文件下载看上去并没有什么问题。这些文件常常包含其原作者拥有版权的材料，它们的原作者并不愿意它们被免费传播。

唱片业尝试了许多对策来限制非法的音乐下载。它力求使 MP3 播放器非法，它起诉了 Napster 等公司并以约束文件限制资源共享，而且它还开放了自己的付费下载的音乐网站。但这些对策一直没有阻止个人下载音乐的行为。在美国在线，超过 4 000 万人曾经从资源共享网站上下载过音乐。结果，唱片公司经历了一个在线销售音乐的困难时期。有高达 84% 的下载音乐的人们表明，他们不愿意为此付费。

如果网络用户通过网络下载并传播那些未经授权的音乐，将触犯版权保护的相关法规，而法规的具体规定在各个国家又有所不同。例如，在加拿大，通过 P2P（Pay-to-Play）下载版权音乐是合法的，但是未经授权上传它们违法；在美国则严厉得多，复制版权音乐就属违法。根据美国联邦法律，受到侵权的唱片公司将获得每首歌 750 美元到 3 万美元不等的赔款。如果侵权方是"蓄意侵权"，那么每首歌的罚款将高达 15 万美元。

2009 年 6 月，美国明尼阿波利斯的联邦法庭裁定一名 32 岁的女子为在互联网非法下载 24 首歌曲支付 192 万美元罚款——这是美国首次控告个人并成功定罪的音乐下载案件。2009 年 8 月初，美国波士顿大学一名 25 岁的研究生因为下载和分发 30 首歌被联邦陪审团下令向 4 家唱片公司赔偿 67.5 万美元。

一些坚决支持免费、自由下载的法国人认为，不以赢利为目的进行文化产品分享的行为不应该认定违法。他们认为文化产品是特殊商品，即使不付钱也有权利享受。他们强烈要求非营利性的 P2P 网站合法化。

### ⊃ 辩证性思考

1. 你认为人们应该被允许从网络上下载免费音乐吗？说出你的理由？
2. 解释人们目前对在线音乐付费的态度会怎样制约在线电影及其他数字产品的发展？

## 课内测试

解释决定电子商务成功的重要职能体现在哪些方面？

## 课外资料

目前，对数字娱乐收费，仍然有相当大的阻力。超过 47% 的个人认为，大多数网络内容应该免费提供。

2009 年 7 月，迪士尼（Disney）首席执行官 Robert Lger 表示：人们愿意花每小时 5 美元看电影，每小时 75 美分阅读书籍或杂志，每小时 50 美分看有线电视，却只愿意付每小时 25 美分给网络服务提供者。对于人们在网络上所做的事情来说，提升花费的空间还很大。

不能因为网络上很多事情是免费的，就认为要收取费用不可能。免费内容并不是现在唯一能够操作的手法。人们愿意花钱买质量及换取便利。

## 2.2.2　电子商务产品

电子商务产品的类型包括有形产品、数字化产品和数字化服务 3 类。通过互联网销售的有形产品与我们在一些零售点看到的有形产品并没有什么不同。数字化产品包括多媒体娱乐、在线信息服务、出版物、游戏、音乐和视频，数字化产品可以直接通过互联网销售与转移给消费者。数字化服务可以在线销售与提供。许多服务性企业，如银行、股票经纪人和学校，正努力实现顾客可以方便地通过互联网接受的它们的服务。

互联网可以直接将数字产品交付给用户，但是，侵权行为和人们不愿为数字内容付费使得这一市场增长缓慢。仅有不到 10% 的 12 岁以上网络用户为他们下载的音乐付费。2001 年，音乐销售总额下降了 10%，这主要是因为在线下载所致。

类似网上银行的服务出现全球性增长。在美国，超过 17% 的银行用户使用网上银行业务。在一些欧洲国家，这个比例会更高，高达 40% 的顾客使用网上银行业务。

### ■■■ 课内测试 ■■■

列举电子商务产品的类型，辨析哪一类产品更适合于在线销售？

## 评估练习

正确领会网络营销基本概念，将下列问题最正确的答案选出来。

1. 电子商务企业关注的市场营销职能有（　　　）。

　　a. 一个可以实现有效沟通、库存查询和订单处理的网站

　　b. 个性化服务

　　c. 顾客订单处理系统

　　d. 包括上述三项内容

2. 下述项目不能看做数字化产品的是（　　　）。

　　a. 多媒体娱乐　　　　b. 音乐　　　　　c. 小汽车　　　　　d. 游戏

### 分析思考

尽可能完整地回答下列问题。

3. 分销管理　规划一套营销战略以确保公司交付数字化产品后获得付款。

4. 技能　试想，你要开创电子商务业务。你的网站将包括哪些内容？决定是否必须有个性化服务内容。介绍你将如何实现产品订单处理。

## 2.3　网上零售

**教学目标**

1. 介绍电子商务在零售环节的作用。
2. 辨析限制或促进全球电子商务的因素。

**任务驱动**

曾几何时，本地旅行社出售几乎所有的机票。而到 2002 年，几乎所有的机票是通过互联网销售的。旅客通过类似携程网的门户网站核对票价和航行时间。除此之外，大量航空公司也开始通过互联网直接销售机票给顾客。这些公司提供查询、服务和在线机票交付等功能。航班时间发生变化时，顾客会得到电子邮件通知。

与同学一起分析，在线旅行站点与本地旅行社相比有哪些优势。本地旅行社是否可以竞争过航空公司直接销售机票或者类似携程网的机票销售门户网站，解释你的理由。

### 2.3.1　多渠道经营

在美国，在线零售总额 2002 年超过 1 000 亿美元，虽然这个数字看上去是庞大的，其实它还不到 2002 年零售总额的 2%，完全电子商务公司销售额则只占到其中的 28%，多渠道企业在电子商务方面获得了明显的优势。2006 年，美国网上零售额达到了 2 200 亿美元，比上年增长 25%，占全美零售总额的 7%。

对于顾客而言，网络提供信息的能力是重要的。有 45% 的消费者在购物之前会上网查询相关信息。

 **课外资料**

根据艾瑞咨询统计数据，2008 年中国网络购物交易额规模突破千亿元大关，达 1 281.8 亿元，相比 2007 年增长 128.5%。艾瑞研究认为，网络购物已经成为传统零售市场强有力的补充，网上购物已成为年青一代主流的购物方式。随着网民数量的增长和用户群体的扩大，2008 年第四季度，网络购物占传统零售额比重逐步提升，达到 1.39%。

甚至一些高校也采用多渠道方式。在全球，远程教育正在校园中兴起。远程教育把互联网当做传递课程的平台，讲稿和作业通过网络下发。学生通过电子邮件提交作业和采取能够得到及时反馈的互动式问答学习。教授同学生通过电子邮件和聊天室进行互动交流。在北美，有 80% 以上的高校院系认为网络有助于学生的学习。

机票在网上零售销售额占据最大的比例，排在第二位的是服装，主要的在线服装公司都采取多渠道经营，这些企业大多数都是从传统的实体店铺或目录营销企业发展到网络之上的。

### 1．传统零售商

传统零售商已经逐步适应了新的网络经营环境。在 19 世纪，西尔斯利用刚刚发展的铁路系统和目录接近新顾客。在 20 世纪的后半期，西尔斯通过改良的道路系统和郊区建店获得优势以服务于新兴市场。现在，西尔斯希望其顾客能够借助网络或电话在店铺中购物。西尔斯高达 40% 的在线销售额来自其本地商店。

传统零售商已经发现规划和管理电子商务企业需要不同的技能。网上零售商或者电子零售商，必须将库存编目输入数据库，设计网站，规划订单处理系统，开发顾客数据库，具有直复营销的专业知识。创办成本可能会很高，获利也会有所延迟。为了避免高额的开创成本，一些零售商使用淘宝、当当等已有的电子零售商平台。许多传统零售店铺的管理者没有电子商务的专业知识与专业技能，于是，这些传统企业常常聘用新的管理人才经营电子商务部门。

小型零售商在多渠道经营环境下，可能会有最大的优势。小型零售商常常缺乏开发电子商务网站所需要的人力资源和资金。如果小型零售商延伸业务到电子商务，这些企业应该服务于狭窄的目标市场。

### 2．目录零售商

直复营销者通过目录或直邮等无店铺商店直接把产品销售给消费者。比较而言，这些零售商更熟悉电子商务技能；因为它们可能已经开发形成了库存和顾客数据库、订单处理系统及直复营销管理经验。目录零售商已经发现其印刷目录可以形成邮购订单，网络销售和店铺销售。这些目录零售商常常使用其顾客数据库发送电子邮件给那些对它们产品感兴趣的顾客。

网站可以使目录零售商提供各种服务和定制功能。Lands'end 公司成立于 1963 年，是一家在服装、箱包和日用百货方面领先的老牌零售商，是世界上 15 家最大的邮购公司之一，在电子商务方面一直处于领先地位。1995 年，它首次引入了具有交互能力的 B2C 网站，它开设有面向美国及另外 6 个国家的网站，其网站可以实现个性化服务，包括个性化的虚拟模型、个性化服装购物顾问，顾客可以通过聊天室与客服代表谈话和定制服装。

### 3．完全在线的电子零售商

完全在线的电子零售商必须通过在线销售支撑其整个企业。这一挑战要求它必须具有大量独特的目标受众或者与其他网站形成较大差异的访客群。amazon 和 eBay 已经"捕获"大量独特的受众，其用户都已超过 1 600 万人。大多数完全在线零售商发觉，依赖完全在线的大企业或多渠道经营企业获得市场营销成功是不容易的，因此它们聚焦许多更小的受众群。

**■■■ 课内测试 ■■■■■■■■■■**

列举企业希望实施多渠道零售战略的原因。

 **课外资料**

根据瑞典研究所发布的《2007 年世界电子商务准备度排名》，瑞典电子商务准备度 2007

年位居世界第二，2006 年为第四。该报告表明，一个国家的电子商务准备度是衡量其电子商务环境，显示一国基于互联网商业机会准备程度的多种因素的集合，还显示个人和商家对数码产品和服务的消费量。这意味着瑞典准备快速增长电子商务。这一措施需要考虑一个国家的互联网基础设施、商务环境、消费者和企业对电子商务的接纳程度、文化接受程度和有利的法律环境。

## 2.3.2　国际电子商务

目前，美国是电子商务消费总额的领导者。但是美国市场占全球在线消费额的比例还不足一半。而在其他国家，电子商务消费额在快速地增长。随着欧洲人均消费额日益接近美国的人均电子商务消费额，欧洲正在赶上美国。

全球电子商务的增长并不意味着电子商务被全球任何一个地方都接受。有大量文化、政治和法律因素限制了电子商务在许多国家的发展。

### 1. 从区域经济到全球化电子商务

由于网络使用的高速增长和人们对新技术的接受更加方便，美国、加拿大、澳大利亚和斯堪的纳维亚地区具有最高的电子商务发展潜力，其发展潜力是巨大的。现在，世界上还有许多地区没有网络接口或必要的基础设施完成网上订单。

许多国家设置发展电子商务的政治和法律壁垒。一些国家网络广告受到一定限制。例如，广告不能以儿童为目标受众；信用卡不通用且不被信任；及时将产品交付到顾客个人家中的货运系统不存在或者极其昂贵；不可以退货、换货的规定可能会使那些并没有看到实物而购买产品的顾客感到不舒服。

**课内测试**

限制全球电子商务发展的因素有哪些？

 **工学结合**

珍妮一年后将从大学毕业，她正准备寻求一个电子商务职位。她了解许多电子商务方面的空缺职位，这些职位强调求职者必须具有规划组织人力与财务资源的技能；需要接触许多业务部门，有过硬的沟通技能；求职者必须能够研究网络消费者行为；审查网站建设技术；撰写各方面的战略性文件。另一方面，雇主也在寻求那些具有很高主动性和精力集中的、对网络与市场营销具有激情的人才。

珍妮对下边一则广告产生兴趣并做出回应。

我公司正在寻求一名具有积极主动精神、勇于承担各种任务的员工，工作内容包括网站维护、数据库管理、项目营销、PowerPoint 演示文稿制作、公司文献生成及与供应商及渠道成员沟通，并能够与营销管理人员紧密协作规划形成一系列营销计划材料。该职位适合那些有着良好的计算机基础文化，具有辨识细节的眼力和富有首创精神的人。应聘者还必须具有灵活而积极的心态和团队意识。

┌─────────────────────────────────────────────────────────────────┐
│ ⊃ **辩证性思考**                                                   │
│　1. 你如何看待电子商务雇主在这则广告中提到的技能?                    │
│　2. 分析电子商务企业中的这个职位与传统实体企业中的类似职位相比有何不同,并做│
│出解释。                                                            │
└─────────────────────────────────────────────────────────────────┘

## 评估练习

正确领会网络营销基本概念,将下列问题最正确的答案选出来。

1. 下述各项中哪一项属于零售商采取多渠道战略的原因(　　　)。

　　a. 多数零售销售是通过完全在线公司形成的

　　b. 购买者在购买之前通过网络查询产品信息

　　c. 许多国家或地区要求零售商使用不止一个店铺

　　d. 上述选项都不是

2. 下列各项关于国际电子商务叙述正确的是(　　　)。

　　a. 美国市场占全球在线消费额的比例不足一半

　　b. 在美国,在线消费增长最快

　　c. 世界上许多国家使用电子商务

　　d. 中国是电子商务准备度最高的国家

**分析思考**

尽可能完整地回答下列问题。

3. 举一个使用多渠道体系购买产品的例子。列举各个渠道都是顾客购买过程组成部分的原因。

4. 假设当地一个实体零售商向你征求一些有关在线销售的建议。辨识该零售商在实施在线销售之前,需要考虑的所有因素。

## 第2章　评估测验

复习网络营销基本概念,将每个词汇前的字母写在与之相匹配的定义前。

(　　) 1. 传统零售企业经营的顾客来购物的建筑物。

(　　) 2. 买卖双方使用互联网进行商品交易的活动过程。

(　　) 3. 实体店铺或目录营销增加电子商务的战略。

(　　) 4. 既提供传统业务又提供网络销售的企业。

(　　) 5. 网站使用收集的顾客信息提供特定内容给个体消费者。

(　　) 6. 可以让个人用户找到在其网站上或其他网站上各种各样网络内容的网站。

（　　）7．电子商务交易过程中，订单传递交付与处理的过程。

（　　）8．网上订单表现形式或存在形式。

（　　）9．网上在线零售企业。

（　　）10．一个网站与其他网站形成较大差异的访客。

a．鼠标加水泥企业

b．实体店铺（砖头加水泥企业）

c．电子商务

d．电子零售商

e．订单处理系统

f．多渠道战略

g．个性化服务

h．门户网站

i．逆向拍卖

j．购物车

k．独特受众

将下列问题最正确的答案选出来。

11．企业针对顾客订单竞相出价称做（　　　）。

　　a．拍卖　　　　　　　　　　　b．反向拍卖

　　c．电子商务　　　　　　　　　d．上述选项没有正确答案

12．认为实施电子商务有一定困难的小企业可能希望通过（　　　）。

　　a．门户网站　　　　　　　　　b．电子商务服务提供商

　　c．电子零售商　　　　　　　　d．上述选项没有正确答案

13．电子商务产品包括（　　　）。

　　a．数字化产品　　　　　　　　b．数字化服务

　　c．有形物品　　　　　　　　　d．上述选项都正确

**分析思考**

14．与其他同学一起，用 5 分钟的时间讨论多渠道零售的优势，至少列举 5 个优势，然后与班上同学共享交流所完成的作业。

15．列出你所在地区当地企业的名单，辨析这些企业是否提供 B2B、B2C 或 C2C 销售，解释说明其中哪个企业是合适的电子商务备选者，说明你的理由。

16．列举消费者和企业在他们国家通过电子商务可以获得的优势。讨论如果一个国家不发展或者不能紧跟电子商务技术将会怎样？

17．营销算术。你的电子商务企业希望确定其独特受众的规模。你收集到的数据表明，你网站每年的访问量为 140 000 次。研究表明，有 10%的访问者一年内访问你的网站 3 次，20%的访问者一年内访问你的网站 2 次，另外所有的访问者一年内访问你的网站仅 1 次。那么你网站的受众规模有多大？

18．研究　通过网络访问某一电子商务企业网站，评价该企业是如何通过网站设计、个性化服务和订单处理流程实施市场营销职能的。与同学比较你的分析结果。

19．沟通　你工作在一家当地的传说企业。你正向店主建议实施多渠道发展战略。引用本章内容，列举你所提建议的理由。

20．沟通　与小组同学一起，想一些你上网购物的网站。当你再次访问这些网站时，这些网站中有几个能够识别出你是回头客的店铺？描述这些网站为你提供个性化服务的方式。这些网站有几个会发送你感兴趣信息的电子邮件？你乐意接受这些邮件还是觉得受到这些邮件的干扰？你关心有关隐私的问题吗？与小组成员讨论上述问题。总结你的分析结果，形成网站有关个性化服务与隐私的一般性建议。

# 项目导向

项目的这部分内容集中在如何将网站内容传递给目标市场。与团队成员一起完成下列活动。

1．在第一章项目导向部分，你们团队已经确定了一个企业。在此，则需要你制定该企业的电子商务战略。撰写一份一页内容的战略摘要。说明该企业的电子商务模式类型。说明你是赞成完全电子商务战略还是多渠道电子商务战略，解释你的决策。

2．通过网络分析评价竞争环境。每位团队成员查询一个与你企业一样，属于相同电子商务模式、销售同样产品或服务的网站。打印每一网站的主页，辨析这些网站具有的个性化服务、搜索功能和订单处理等。设计一个你企业网站计划具备功能的列表。解释电子邮件在企业电子商务战略中所发挥的作用。

3．画出你希望的企业网站外观草图。说明这些设计将如何形成企业超过竞争者的优势并诉求于其目标市场。

4．评价你的企业是否应该选择国际市场为目标市场。列表分析开展国际化营销之前需要考虑的因素，说明你最后的决策。

## 案例分析

### 找到你的潜在顾客

在正确的时间找到正确的顾客是销售工作的关键。如果你能在顾客积极寻找你所销售的产品的关键时刻出现在顾客面前，成功的机会将大大增加。

#### 将你的公司加入列表（分类目录）

网络搜索引擎列表是集聚买卖双方的有效工具。许多顶级目录销售商、连锁商店和全国性零售商都有效地使用搜索引擎列表。搜索引擎列表可以使企业在顾客最可能产生购买行为的关键时刻，自动出现在顾客面前。

列表被发布在许多主要的相关搜索引擎门户网站上。搜索引擎列表的收费依据点击次数而定，企业只需为将顾客引入其网站的行为付费。

在美国，每天 2.8 亿次网络搜索行为中有 40%是在搜索查询产品或服务信息。搜索引擎列表给企业带来的曝光率可想而知。

随着电话服务遍布全国，黄页列表也得到迅速增长。网站搜索引擎列表预计将赶上互联网应用的巨大增长步伐。购物搜索引擎列表以每年 200%的速度在增长。搜索引擎列表预计将成为几十亿美元的行业。

#### 列表的付费

企业可以在两类列表中进行选择。获得在网页上突出而高能见度的列表位置，需要支付额外的费用。支付混合列表可以加大在互联网上的推广力度。许多企业为它们的网站同时选择了这两种类型的列表。

一些主导品牌发觉网上销售服装是容易的，但需要支付额外的突出列表费用，或者需要提供类似免费送货等特别的优惠，以实现电子销售。多渠道零售商常常使用混合的列表，把他们全部的存货展示在主要的搜索引擎网站，以低成本扩大其网上展示。企业使用列表寄希望于通过增加网络曝光率最终获得更高的销售。

#### ➲ 辩证性思考

1. 什么是网络搜索引擎列表？
2. 网络搜索引擎列表应该能够通过店铺名称或商品类型查询到企业。为什么？
3. 什么类型的企业最适合网络搜索引擎列表？为什么？
4. 企业如何告知潜在顾客其网站可以通过网络搜索引擎列表查询到？

## 实践准备

### 网络营销管理团队决策

你和一位同伴担任北京某地毯销售中心的营销顾问，店主希望得到你的建议，该中心是否应该拓展其网上业务及如何拓展网上业务。

该中心能够提供 20 多种不同样式的地毯，每一种样式的地毯具有各种颜色和尺寸。价位因尺寸、款式和厂商而不同，在 400 元到 10 000 元之间。

该中心的目标市场是以商店为中心，半径为 50 英里范围之内的，对高品质室内装饰感兴趣的，中产阶层及以上的家庭用户。其销售代表负责访问顾客并收集地毯色彩与样式的建议。但是，大多数顾客会雇用自己的室内装饰设计师做有关购买地毯的决策。

该中心已经在品质和个性化客户服务方面赢得了良好的声誉。地毯可以根据家庭的装饰进行定制，顾客可以试用几种不同的地毯，以最终确定最适合他们室内装饰的地毯。

该中心虽然现在利润还可以，但它希望能有更高的全国性的曝光率和销售的增加。该中心的店主已经认识到电子商务的重要性，但需要你的专业知识。

你必须分析该商店并决定它如何才能从实施电子商务中获利。你的报告应该包括电子商务概述及其对商店的影响，其他议题应该包括法律因素、成本因素及来自其他网站和零售商店的竞争因素。必须给店主足够的信息以帮助他做出合理的决策，在商店办公室的会议中，将你的建议汇报给该店主。

### 评估指标

1. 认识到该中心面临的机会和挑战。
2. 解释通过网站拓展该中心目标市场的必要性。
3. 说明该中心网站应该包括的信息。
4. 说明顾客通过该网站了解到哪些信息。
5. 解释通过网络搜索列表获得更具针对性的目标顾客。

### ➲ 辩证性思考

1. 公司如何才能通过网络进行全国性推广业务？
2. 在该中心网站上，顾客应该能够看到什么类型的图片？
3. 商店虚拟旅游对网站有好处吗？解释你的答案。

# 构建企业基础

## 随时随地网络冲浪

互联网开辟了获取世界各地信息的途径。用户接入互联网的技术可以分为有线接入和无线接入两大类。计算机与互联网接入服务商建立有线连接，接入方式可以是电话线或光缆。

保证随时随地接入互联网的新技术是 Wi-Fi（无线保真技术）。Wi-Fi 是一种无线联网技术，它也是一种短程无线传输技术，能够在数百英尺范围内支持互联网接入无线电信号。以前通过有线网络连接计算机，而现在则是通过无线电波来联网，即计算机使用高速无线网卡上网而不是有线连接。常见方法就是使用一个无线路由器，在这个无线路由器电波覆盖的有效范围内都可以采用 Wi-Fi 连接方式进行联网。如果无线路由器连接了一条 ADSL 线路或者别的上网线路，一般称能够访问 Wi-Fi 网络的区域为一个热点。当一台支持 Wi-Fi 的设备遇到一个热点时，这个设备就可以通过无线方式连接到那个网络。计算机用户可以通过无线技术在这些热点区域的任何一个地方以极快的速度登录互联网。

大部分热点都位于供大众访问的地方，如机场、咖啡店、旅馆、书店和校园等。许多家庭和办公室也拥有 Wi-Fi 网络。在可以获得可靠的 Wi-Fi 的情况下，商务旅行者可以快速地接入他们的网络。学生可以在校园内随处打开他们的计算机，然后连接到图书馆或在线作业。度假者可以坐在旅馆的池塘边发送电子邮件或网上购物。

虽然有些热点是免费的，但是大部分稳定的公共 Wi-Fi 网络是由私人互联网服务提供商（ISP）提供的，因此会在用户连接到互联网时收取一定费用。

**➲ 辩证性思考**

1. 如果你拥有一个餐馆或书店，你会向顾客提供 Wi-Fi 接入服务吗？说出会或者不会的理由？

2. 除了上述提到的企业外，哪些类型的企业会考虑向他们的顾客提供 Wi-Fi 接入服务，为什么？

## 3.1 商业经济学

**教学目标**

1. 解释经济生活中需求与供给的作用。
2. 描述市场营销作用的变化。

**任务驱动**

WebVan 是 20 世纪 90 年代后期成立的但现在已经注销的一家网络公司。WebVan 希望成为未来的虚拟超市。在这个公司的网站，人们可以订购所有的食品杂货，所订购的物品将方便地从该公司的一个大型仓库配送到订购者的家中。但是，企图创立一个全新的企业并依赖网络顾客实现产品销售，对 WebVan 来说是不成功的。这是因为，大部分食品杂货的售价只能有一小部分利润，大多数超市依赖薄利多销战略才得以成功发展。但是，WebVan 开发一个新品牌业务所包括的仓储与配送服务成本要比预期的高得多。

尽管 WebVan 失败了，一些传统的实体超市仍然在将业务扩展到互联网上。这些企业有固定的销售场所，它们可以面向传统顾客及网络顾客同时销售产品，因此，它们拥有了实施砖头加鼠标战略获取利润的机会。

与同学一起，查找一个或几个提供网上订购业务的超市网站，讨论顾客网上购买食品杂货的优势与劣势有哪些。

### 3.1.1 供给与需求

#### 1. 供给定律

企业可以自由地决定生产什么产品或服务，以及生产多少。企业通常会提供它们认为能够获得最大利润的产品或服务。如果它们预测到某种产品十分有利可图，就会大批量地生产。如果它们认为这种产品利润很小，它们通常会生产更少量的这种产品，转而增加更有利可图的另一种产品的生产。价格与生产决策之间这种关系被称为供给定律。只要有可能，企业就会利用其资源生产产品或服务，并通过控制其价格以获得最大利润。

#### 2. 需求定律

消费者希望通过自己有限的资源满足他们无限的需要和欲望。因此，在他们消费支出过程中，试图做到以最低的成本获得最大的满足。如果所需产品或服务的价格下降，消费者会购买更大量的产品或服务，此时，需求增加。当价格上升，需求会因消费者购买更少量的产品或服务而减少。当价格上升到一定程度，消费者会试图寻求更低廉的选择。价格与购买决策之间的关系被称为需求定律。消费者通常会为产品或服务支付最低可能的价格，以使他们花费的货币实现价值最大化。

### 3. 供需平衡

在私有企业经济体制下，有成千上万的消费者与企业。当所有想要购买某一具体产品的消费者被汇总时，就决定了有多少产品或服务将被消费，同时也决定了消费者愿意支付的价格水平的高低。当所有提供同一产品或服务的企业决策被汇总，就决定了会有多少产品或服务将被销售，同时也决定了企业能够收取的价格高低。如果市场上产品或服务供过于求，企业就会通过降低价格以刺激需求的增长。如果市场上产品或服务供不应求，产品或服务价格就会上升。

### 4. 网络市场供给与需求

供求定律适用于现代网络企业和传统的实体企业。但在互联网上，供应商与消费者的组合是不同的，不同的组合将导致不同的供求关系。因此，电子商务企业产品或服务的定价必须谨慎从事。

在网络购物过程中，消费者可以轻而易举地发现提供同一产品的若干个企业，比较不同企业产品定价有何不同也不是一个复杂的过程。类似淘宝等网站还专门提供搜索比价服务。传统的网下购物，消费者只能在本地企业中进行选择购买，而网上购物，消费者常常有机会面对更大范围的产品供应进行选择。

同样地，网上销售也为企业开辟了新的消费者市场。如果企业愿意，可以将产品销售到全国或者全球。虽然市场规模更大了，但在某些方面竞争却更严峻了。网络消费者有着更多的产品选择和更容易的信息查询及价格比较能力。

**课内测试**

描述供给定律与需求定律。

 **课外资料**

雅虎（Yahoo!，Nasdaq：Yahoo）是美国著名的互联网门户网站，20世纪末互联网奇迹的创造者之一。其服务包括搜索引擎、电邮、新闻等，业务遍及24个国家和地区，为全球超过5亿的独立用户提供多元化的网络服务，迄今为止，仍保持全球第一门户搜索网站的地位。

1999年9月，雅虎中国网站开通。2005年8月，中国雅虎由阿里巴巴集团全资收购。中国雅虎（www.yahoo.com.cn）开创性地将全球领先的互联网技术与中国本地运营相结合，并一直致力于以创新、人性、全面的网络应用为亿万中文用户带来最大价值的生活体验，成为中国互联网的"生活引擎"。

2008 年 6 月，中国雅虎和口碑网整合，成立雅虎口碑网，正式进军生活服务领域。以全网搜索为基础，为生活服务消费者打造出一个海量、方便、可信的生活服务平台——雅虎口碑网。网站一经推出，就确立了在同行业的领先地位。

## 3.1.2  市场营销的演变

现在，企业的市场营销活动发挥着与以往不同的作用。在 20 世纪初，市场营销甚至不被看做企业经营活动的一部分，当时最重要的营销职能是分销。由于缺乏良好的交通与运输方式，企业很难保证将它们的产品及时运送给顾客。随着铁路与公路的不断扩张与改善，企业可以面向更多的顾客。

在 20 世纪早期，许多企业并不象现在一样具有相同的市场观念。它们认为，只要产品生产出来，顾客就会购买。企业的竞争者相对较少，顾客的选择也不多。因此，适应消费者需要的必要性也不大。但是，我们可以思考 60 年前就已经存在的一种软饮料与今天相比发生了多大的变化。概括而言，市场营销的演变主要经历了下述两大阶段。

### 1. 促进销售

在 20 世纪中期，人们的生活水平不断提高，消费者在产品或服务上的支出也日渐增加。随着分销方式的改进，企业可以接触更多的顾客。科技发展也增加了产品生产的数量与质量。企业也为获得顾客的钱而使竞争更激烈了。企业为了吸引顾客注意并使顾客相信它们所提供的产品是最好的，增加了销售人员与广告投入。这时，销售与促销也就是最常用的营销职能。

随着竞争的深入，企业不会永远都能售出它们的产品，由此经营者产生了为促进其产品销售的压力。为了尽力说服消费者购买某一特定品牌的产品，销售人员和广告有时是不诚实和客观的，因此，顾客对许多企业变得不再信任，市场营销形成了不良的声誉。

### 2. 适应顾客需要

竞争持续增加，消费者对企业失去信心。不道德的企业试图通过欺骗性的定价、低劣的服务、降低产品质量从顾客身上谋利。另外一些企业则意识到要实现赢利并取得成功，顾客满意度是非常重要的，市场营销的变迁正是源于这个意识。

20 世纪 50 年代以前，企业一直是首先决定生产什么，然后再尽力说服消费者购买。在 20 世纪 60 年代和 70 年代，市场营销活动的数量开始增加，市场营销活动的方式是规划与管理变化。企业开始通过营销调研来研究顾客需要和欲望，它们希望了解所发现的所有满意和不满意的顾客，然后开发顾客需要的产品和服务，除此之外，它们提供有效的客户服务以确保消费者满意。

不论选择什么样的销售渠道，市场营销对于企业成功和顾客满意都是关键的。当前，许多企业已经认识到营销观念的重要性。它们为了追求利润，实施七个市场营销职能中的每一个来满足顾客的需要。

### ▰ 课内测试

描述市场营销在 20 世纪是如何演变的。

### 网络知识

中国互联网信息中心（China Internet Network Information Center，简称 CNNIC）是经国家主管部门批准，于 1997 年 6 月 3 日组建的管理和服务机构，行使国家互联网信息中心的职责。作为中国信息社会重要的基础设施建设者、运行者和管理者，中国互联网信息中心（CNNIC）以"为中国互联网用户提供服务，促进中国互联网健康、有序发展"为宗旨，负责管理、维护中国互联网地址系统，引领中国互联网地址行业发展，发布权威的中国互联网统计信息，代表中国参与国际互联网社群。

从 1998 年起，中国互联网信息中心（CNNIC）决定于每年 1 月和 7 月推出中国互联网发展状况统计报告。2009 年 7 月 16 日，中国互联网信息中心（CNNIC）发布的《第 24 次中国互联网发展状况统计报告》显示，截至 2009 年 6 月 30 日，中国网民规模为 3.38 亿人、宽带网民数为 3.2 亿人、国家顶级域名注册量为 1 296 万人为三项指标稳居世界第一，互联网普及率稳步提升。受 3G 业务开展的影响，使用手机上网的网民也已达到 1.55 亿人，占网民的 46%，半年内增长了 32.1%，增速十分迅猛。网络购物的用户规模在经济危机中逆势上扬，达到 8 788 万人，半年增加了近 1 400 万用户，而网上支付用户半年使用率增加了 4.8%。不过交易类网络应用水平仍然较低，相对滞后。

#### ➲ 辩证性思考

1. 查询能够提供其近期 B2C 和 B2B 销售量的网站，分析该网站 B2C 和 B2B 两种电子商务模式哪一种的销售量更高？

2. 讨论为什么网络使得消费者离线购买量要多于在线购买量？

## 评估练习

正确领会网络营销基本概念，将下列问题最正确的答案选出来。

1．下列关于供给定律的表述（　　　）是正确的。

　　a．企业认为产品会以高价出售并获得高额利润时将增加产品的产量

　　b．企业认为产品会以低价出售并获得较低利润时将减少产品的产量

　　c．供给定律只在私有企业经济下发挥作用

　　d．上述选项都是正确的

2．下列关于需求定律的表述（　　　）是正确的。

　　a．消费者有无限的资源满足他们有限的需要和欲望

　　b．消费者在消费支出过程中，试图做到以最低的成本获得最大的满足

　　c．随着产品价格的上升，其需求也将随之上升

　　d．b 和 c 都是正确的

### 分析思考

尽可能完整地回答下列问题。

3．历史　　通过互联网查询，空运、船运、铁路运输、管道运输及汽车运输中的某一种主要的分销方式在 20 世纪是如何演变的。描述这些变化是如何影响企业产品分销方式的。

4．技能　　供求关系常常用坐标图中的一组交叉线来反映。使用互联网查找解释某一产品供求关系的图例，复制并打印出来。根据图形所示，撰写出关于该供求关系的说明。

## 3.2　企业组织与管理

### 教学目标

1．解释在电子商务情境下，管理活动与时俱进的作用。

2．描述商务组织的现代营销观念。

### 任务驱动

更快的网络连接速度影响着消费者的购买行为。宽带服务通过 DSL（数字用户线路）和 Cable（光纤光缆）实现快速连接和下载。企业可以以图形图像、电影和实时视频会话等不同格式提供及时信息。

电子零售商 eBags 发现，那些浏览产品视频而不仅仅是看看图片的顾客，有 19% 更可能会下订单。世界上规模最大的直销商 Lands'End 公司是一家在服装、箱包和日用百货领先的

老牌零售商，在电子商务方面一直处于领先地位。Lands'End 称，"如果新顾客能使用在线聊天工具与客服代表沟通，他们中的 70%更可能会实施购买行为。"

与同学一起，为什么快速的网络连接可以使网上购物的消费者更满意，对企业来说可以形成更高的销售量。

## 3.2.1　电子商务管理

管理是每一个企业的组成部分，对于新创的和创新的企业尤其重要。虽然在各类企业中有许多不同的管理职位，但管理人员的基本工作却是大致相同的。管理是通过有效利用人力和其他资源，设置组织发展方向和实现组织目标的过程。

成功的管理者是一个优秀的领导者。领导力是影响和激励人们协作实现重要目标的能力。并非所有的管理者都是领导者。一个雇员虽然没有成为一个管理者但可以成为一个组织的领导者。企业运营需要适应新的挑战，有效的管理者和领导者都是必需的。

 **课外资料**

任何一种类型业务，不道德的人都会设法欺骗消费者，与网络相关的投诉排名第一的是拍卖诈骗。消费者中标付款后却一直收不到货物。

### 1．管理活动

所有的管理者具有四项主要职责——计划、组织、实施与控制。

（1）计划。计划包括分析信息并做出关于需要做些什么的决策。电子商务管理者必须具有创新精神，以决定运营技术型企业的新方法。

（2）组织。组织是决定企业工作如何才能有效地完成的活动过程。管理者需要组织企业实施电子商务战略，也需要规划协调电子商务战略与传统的砖头加水泥战略之间的融合问题。

（3）实施。实施意味着管理者帮助雇员及其他人员有效地工作以落实、贯彻企业的计划。

（4）控制。控制包括收集和分析信息以决定企业计划是否被完成，根据已完成计划的测评和现实的变化，制定新的计划以推动企业向前发展。

### 2．组织的重要性

企业组织完成其工作，一般需要完成 5 个主要的步骤：

- 识别需要完成的工作；
- 分解工作到各个职位和部门；
- 识别并获得完成工作所需的设备和材料；
- 雇用和培训员工并安排到各职位；
- 制定政策和工作流程以指导工作的完成。

全球最大的互联网书店亚马逊网络购物中心的缔造者和领导者贝佐斯（Jeff Bezos），是成功电子商务管理的典范。20 世纪 90 年代中期，贝佐斯认识到网络成为受消费者欢迎的购物方式的巨大潜力，他制定计划以一种没有实体店的方式在互联网上销售图书。网站能够使消费者获得可购买图书的书目信息。贝佐斯需要的只是几个大仓库和高效率的物流运输以处理并完成顾客的订单。处理顾客订单是重要的。贝佐斯决定与类似 UPS 一样的现有的货运公司建立关系，而不是创建自己的配送公司。

遵照为亚马逊制订的规划，贝佐斯和其他管理人员决定所需的技术和设备等资源。他们雇用了具有开发与维护网站、处理订单、管理大量数据、回答顾客问题等技能的员工，准备了以职位工作和技术、设备使用为内容的培训计划，并与图书供应商建立业务关系。

企业于 1995 年开始营业，管理人员、员工团队、供应商一起构建快速成长的企业。一开始，关于网站访问量、顾客购物花费的时间及最终是否订购等详细的信息资料被收集整理。同时，关于畅销与滞销图书的类型、处理和完成顾客订单所需要的时间，每一环节商务活动的成本等数据资料也被收集分析。根据对这些资料的分析，得出的问题得到处理，工作得到改进，业务也实现扩展。于是，亚马逊开始销售新类型的产品，它也开始作为 Target、Old Navy、Lands'End 和 Office Depot 等其他企业产品的在线销售站点。努力管理的结果成就了今天一个最令人赞赏的电子商务企业。

### 3. 新型领导关系

当员工认为他们所工作的企业不够重视他们时，什么将会发生？他们可能既不会努力工作也不会认真工作，进一步而言，他们也不会积极寻求促使企业更成功的方法。企业文化是在同一个企业工作的人们所共有的目标、价值观及承诺的总称。领导者应该认识到企业文化的重要性，并致力于形成和维护积极的企业文化。

电子商务组织成功的领导能够保证所有员工都专注于企业使命与首要任务，员工理解企业使命并知道他们如何工作才有助于企业的成功。领导者鼓励改革与创造性，只要能够从失败中获得经验教训，失败的创意也是可以接受的。领导者培养员工形成技术专长并发现改进使用技术的途径。

电子商务领导者构建信息流动顺畅的具有灵活性与适应性的组织。他们较少关注某人的资历或职位，而更多地关注其知识与能力，形成团队以增加解决问题的能力。员工认为领导者应该致力于解决问题和做出决策。组织的成功就是对领导者所作贡献的回报。

组织参与到一种新的商务模式之中，在电子商务公司工作是令人兴奋的，与在传统企业相比，员工常常有不同的工作岗位。他们掌握新的技能和专业知识。领导者培养一种所有成员都专注同一目标与目的的团队精神，团队成员不仅仅承担他们分内工作的责任，而且把团队看做一个整体来承担相应的责任。

如何区分领导力与管理能力？

## 3.2.2 企业如何组织

传统的企业组织结构，关于企业的组织决策是由企业经理做出的，这往往会形成一个复杂的结构。企业有专门的分工和部门划分，有着几个层次的管理人员和员工。显然，这种组织结构的沟通是困难的，管理人员和员工孤立于他们各自的工作范围。个别工人很少与企业内的其他管理人员和员工互动联系，他们也很少和其他公司及顾客沟通。这种组织结构如图3-1 所示。

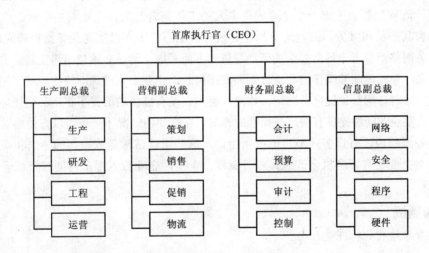

**图 3-1 传统企业组织结构图**

传统的组织结构需要较长的决策时间。信息从高层决策者经过其他管理者到一线员工是缓慢的，也很少从那些从事实际工作的一线员工获得反馈信息。目前，个别员工和团队被授予一定的决策权。市场营销人员需要与生产或财务人员进行快捷而精确的沟通。企业也必须与产品或资源的供应商、物流配送、销售及产品服务等其他企业建立有效的合作关系。

### 1. 企业重组

参与电子商务的企业需要构建新的组织结构与业务流程以形成超越它们竞争对手的优势。新的组织结构是扁平的，有着更少层次的管理人员和员工，有更少的专业分工。每个员工可能承担更多的工作职责，需要更宽泛的知识与技能。员工团队被组织起来完成特定的工作。通常，来自组织不同领域的员工，被安排在能够激发创意并能相互合作的工作团队。员工可以很方便地获取信息,以提高工作质量和决策的速度。技术被收集、整理在一起,然后通过信息共享,鼓励团队成员沟通与合作。组织常常会使用一些不需要在企业地理区域内工作的远程员工。远程员工远程办公,或者在他们家中使用与企业建立连接的计算机网络工作。远程员工可能是虚拟团队的组成部分。虚拟团队的会议与沟通使用在线视频会议等技术,而不是面对面接触。

### 2. 改善工作流程

除了新型组织结构之外,成功的电子商务企业还规划了完成工作的不同方法。向电子商务公司购物的顾客会有很高的期望值。他们期望以正确的形式,在他们希望的时间和地点接受到他们所购买的产品,而且下订单、结算支付和接受客服都应该是方便的。

业务流程是把企业资源转换成产品和服务,并以适应顾客期望的方式交付产品或服务的活动过程。流程把甚至不止一个企业的许多人的工作组合起来。企业与供应商、分销商一起开发和销售其产品和服务。流程的参与者必须有效地协同工作以实现业务流程的成功运作。

从服务网络消费者市场所要求的活动与资源方面考虑,网站必须使用简便并能提供顾客所需要的信息,使顾客能够满怀信心地订购和安排付款。企业必须准确而快捷地处理顾客订单,产品应按照顾客订购数量提供并装运,物流商必须在没有破损的前提下将产品快捷地运输给顾客。顾客需要企业能够提供有关产品问题的答案,在必要的情况下,还可以方便地退货。

在业务流程内,有许多环节可能产生错误,这些错误常常导致顾客的不满和高昂的业务费用。当然企业也有许多机会改进其业务流程,于是,企业投入很多时间与资源研究及改进其业务流程。

### 课内测试

新型组织结构的特征是什么?

### 网络营销误区

许多企业不愿意让他们的员工进行远程办公,即使他们的工作性质并不需要使用企业办公设施。但许多管理者还是认为,员工单独工作时一般不会努力工作,而且出现错误后不便于及时纠正。还有一个担心是,即使可以使用远程办公技术,也不如面对面互动交流有效。

#### ◯ 辩证性思考

1. 你认为,远程办公员工的工作效率会更高还是更低?论证你的观点。

2. 如果你希望进行远程办公,你会如何说服你的管理者相信你将一直保持高的工作效率。

## 评估练习

正确领会网络营销基本概念，将下列问题最正确的答案选出来。

1．四项主要的管理活动是（　　　）。

　　a．计划、组织、领导和授权　　　　b．计划、组织、实施和控制

　　c．领导、创新、指挥和控制　　　　d．管理、领导、培训和沟通

2．新型组织结构与传统组织结构相比，员工作用有何不同（　　　）。

　　a．新型组织结构有更多的管理层次

　　b．员工工作更专业和更独立

　　c．个别员工和团队被授予一定的决策权

　　d．上述选项都是正确的

### 分析思考

尽可能完整地回答下列问题。

3．描述你所在学校的文化，你认为它与相邻学校文化有何不同？

4．技能　回顾贝佐斯完成开发亚马逊网络购物中心的过程，使用 Word 文件处理程序设计一个四栏表，四项主要管理活动作为每一栏的标题，在相应各栏列举贝佐斯所完成的各项活动。将你完成的表格与其他同学做一比较。

## 3.3　生产与经营

### 教学目标

1．描述产品和服务的开发，解释电子商务对产品的影响。

2．讨论企业有效经营的重要性。

### 任务驱动

当你走过一家百货公司，你会看到柜台后的女性美容产品，有数以千计的护肤品、护发品、化妆品和香水可供选择，找到适合你的产品可能是困难的。

Reflect.com 网站提供在线美容咨询服务。它承诺，Reflect 产品每次只生产一件，而且是专门为你生产。对于每一份产品订单，顾客要完成一个详尽的调查，以便确定个人的特性和喜好。调查结果用于为其开发具体的产品。消费者甚至可以设计包装和命名其个性化的品牌名称。Reflect 将配方保存起来以备顾客重新订购。如果顾客对购买的产品不满意，企业将免费为顾客重新开发产品或退还所购商品费用。

与同学一起讨论，为什么 Reflect 愿意为女性顾客开发个性化的产品，而其他许多企业却不愿意。实施顾客个性化地设计产品，将提供足够大的激励促进顾客克服阻力进行在线购物。

### 3.3.1 生产流程

企业与顾客之间的每项交易都源于产品。许多企业开发自己的产品，即使不涉及生产的企业，也要从其他企业取得顾客需要的产品。如果产品不能满足顾客的期望，顾客会对中间商及最初的生产者产生不满。识别哪些产品能更好地满足顾客的需要是一项重要的商务活动。生产者必须有一个有效的生产流程，以保证顾客在数量、质量和可用性等方面需要的满足。

#### 1. 产品与服务开发

（1）产品分类。生产就是它出售之前所有创造性活动的集合体。产品可以划分为三种类型。

- 消费品，是指被个人或家庭购买用于最终使用和消费的产品。例如，消费者购买的食品杂货、CDs、服装、汽油和个人计算机等。
- 工业用品，是指被企业购买用于商业使用，进一步生产其他产品，或者用于转手出售的产品。如生产汽车产品的钢材、用于企业办公使用的计算机、转售给旅游胜地度假游客的泳装。
- 服务，是指为消费者或企业提供利益的价值表现活动。例如，消费者参加音乐会和为了保护他们在住宅和汽车方面投资而购买保险，企业聘用律师准备合同，清洁建筑物和设备的服务，运输公司传递产品的服务等。

（2）产品开发。建设一个办公楼和组装一台计算机、在餐馆准备一桌饭菜是不同的。然而，这些活动都需要多步生产流程。如果企业遵循市场营销观念，生产流程首先是识别目标顾客需要，然后进行产品规划与设计。办公楼看起来像什么呢？计算机将被如何使用？一桌菜有多少道，应该包括哪些类型的食物和饮料？

按照产品的设计方案取得生产所需的各种原材料。生产流程、人员、需要建设的设备、装备及准备产品等环节被组织在一起。在一些情况下，集结区（如工厂、装配线或厨房）被使用。在另一些情况下，人员和设备被集中到生产点，在这些生产点进行生产制造。

按生产任务的重复程度和工作地的专业化程度划分，有以下三个生产流程常常被用于产品开发过程之中。

- 大批量生产，是指在一个组装过程中，大量相同的产品被生产出来。零部件在组装线上移动，每一个员工执行具体的任务，直到产品被生产出来。汽车、农用设备、大型家电的组装就使用大批量生产流程。其特点：品种单一，产量大，生产重复程度高，大多数工作地点长期按照一定的生产节拍（在流水线生产中，相继完成两件产品之间的时间间隔）进行某一个零件某一道工序的加工。

- 间歇成批生产，是指企业生产几种产品，但不是同时生产这几种产品，而是一次一种分批定量生产的一种企业生产组织方式。不同型号的汽车可以采用间歇成批生产的生产流程，各种混合果汁和不同设计风格的厨房也使用这种类型的生产流程。其特点是使用较短的生产周期，制造少量多样化的产品。一年中分批轮流制造几种不同的产品，每种产品均有一定的数量，加工对象周期性地重复。
- 顾客定制生产，是指根据顾客个性化需要设计和装配、生产一件新产品。例如，定制大餐菜谱、婚礼视频、货车和房屋等产品。

间歇批量生产介于大量生产与单件定制生产之间，即品种不单一，每种都有一定的批量，生产有一定的重复性。

为了确保按期完成顾客订单，需要制定生产计划。生产过程被严密监测，产品被检测以保证质量。生产过程结束后，产品被直接发送给顾客，或者运送给其他企业进行销售，或者储存起来备以后销售。

（3）服务开发。服务与产品相比是完全不同的。因此，服务的开发需要一套不同的流程。服务与产品的区别体现在四个方面：

- 服务是无形的。服务不是实体产品，不具有实物形态，一旦提供给顾客就不再存在。
- 服务与提供者不可分离。服务与其提供者是不可分离的，这也就决定了服务产品生产与其消费的不可分离性。例如，如果没有园艺工人就不会完成修剪和施肥等草坪护理工作。
- 服务质量来自专门知识和提供者的承诺。不同服务人员由于技艺水平差异，使得服务产品的质量很难一致。即使是同一个服务人员，也会因个性、心理等方面因素，很难保证服务质量标准化，而且由于消费者直接参与到服务生产与销售过程，因此，消费者的知识、经验等影响着服务产品的质量和效果。例如，法律服务要求专业律师和其他支持性人员。服务质量不佳或不稳定都无法使用户满意。
- 服务限定于特定的时间。服务并不能像工业用品那样被储存起来，而是随着生产过程的结束而消失。例如，音乐会开始后，你不能重复开始的那一刻。如果尚有空座的飞机起飞后，就不能再将这些空座位的票卖出。

服务的开发需要了解顾客需要。首先，服务企业要了解顾客所需服务的类型与顾客所期望的服务质量,同时还要了解顾客希望在何时何地购买与接受服务。例如,一个人想要在家中观看近期的电影,剧场演出就不能满足此项需要。顾客必须租影碟或者通过网络或卫星电视点播观看。其次,服务企业的员工必须经过良好的训练并具有积极的动机,才能在他们给顾客提供服务的每一刻保证服务质量的稳定与一致。最后,企业必须在顾客希望的时间以恰当的质量满足顾客的需要。如果在某一特殊时刻,很难获得充足的资源以满足顾客需要,流失的销售不可能被挽回,同时也会造成没有接受服务的顾客不满。如果投入资源量超过顾客的需求水平,企业的成本将高于必要成本,造成不必要的浪费。

### 2. 电子商务对产品的影响

在一些情况下,电子商务根本不会对企业产品产生任何改变。无论是通过实体店铺,目录邮购,还是网站购买,顾客都可以得到同样的产品。互联网只是充当顾客访问企业、收集信息和订购产品的工具。

在另外一些情况下,互联网可以形成一种全新的产品——数字产品。CDs 和电影可以以数字格式下载。邮资可以在家庭或企业计算机上支付和确认接收。无纸机票也叫电子机票,旅客登机时,只需要提供一个确认码和有照片的证件而不是纸质机票。销售电子机票,每张机票航空公司可以节约 50 美元的成本。电子机票可以实现及时交付,顾客不必再到旅行社拿机票或者等待邮局的邮递。

产品开发和电子商务生产的一项主要变化是大规模定制。大规模定制是为顾客提供特定设计的产品的大批量生产流程。大规模定制综合了大量生产的成本优势和定制生产的顾客满意需求。例如,戴尔公司就是大规模定制的最具代表性的案例。在戴尔使用方便的网站上,每个顾客可以做出有关计算机具体配置的选择。在戴尔的车间里,网上订单被用来组装计算机。计算机系统的一些零部件,如特定的显示器并不储存在组装车间,而是戴尔根据顾客的订单要求,向制造商订购并由物流公司送货,只要保证及时送货就好。电子商务综合了有效的订单处理、生产规划和组装系统,使得戴尔从接收到完成顾客订单只需用 8 小时。

▰▰▰ **课内测试** ▰▰▰

服务与产品相区别有哪些不同?

## 3.3.2 企业经营

企业持续不断进行的活动被称为经营。各种类型的经营活动有很大区别,但都是企业能否成功和赢利能力大小的关键。制造商最关心生产运营,包括获得原材料,维护生产设施和设备,安排和完成产品装配,准备交货的产品等内容。零售商最关心店铺经营,包括产品采购,收货确认并陈列产品,提供顾客服务,提供安全保证,制定员工工作计划等内容。

经营管理的一般要素：工厂和设备、人员、工作组织和程序及政策、信息需求和体系、沟通流程和体系、安全与保障。

### 1. 企业经营活动的计划与管理

组织的每一个领域都有其运营要求。只有生产运营的要求源自市场营销。财务运营致力于计划、预算和筹资渠道管理。信息技术运营是针对硬件、软件及用来收集、分析和使用信息的信息系统规划。

有效的计划和组织活动是企业经营管理活动重要的组成部分。计划有助于协调组织一个领域和其他相关领域经营活动的关系。例如，生产计划应该使产品供应量与顾客订单需要量相适应。计划也可以帮助管理者和员工了解如何才能有效地完成分配给他们的任务。

### 2. 使用技术改善经营活动

技术将企业与顾客和其他组织连接起来。技术提供了快捷获取和收集信息的途径。技术可以监测企业经营活动，判断质量问题何时会产生，以便及时纠正这些问题。技术也可以使得企业跨越地理疆界扩大市场。

京东商城的每一件产品上贴一个条形码。当货物被装运，条形码被阅读并传输到京东商城的计算机。这一过程可以实现订单跟踪。当货物抵达某一个配送中心，存储位置被输入计算机。当某件商品被售出，销售人员输入条码信息，数据就会传输到结算部和相关的配送中心，传输的信息可以使配送中心员工明确家具存放的准确位置。

技术整合了京东商城及其所有地点和部门的信息。库存信息也总是最新的。订单被更准确和快捷地完成，配送中心的时间和空间被节约，工作质量得到提高而成本得到降低。

### 课内测试

技术如何有助于改进企业经营活动？

## 评估练习

正确领会网络营销基本概念，将下列问题最正确的答案选出来。

1. 生产组装大量相同产品的生产流程称做（　　　）。

   a. 大批量生产

   b. 定制生产

   c. 间歇成批生产

   d. 大规模定制生产

2．下列（　　）不属于经营管理的一般要素。

  a．工厂和设备

  b．人员

  c．市场营销

  d．沟通流程和体系

**分析思考**

尽可能完整地回答下列问题。

3．技能　使用互联网查询一个现在因互联网的出现而使用不同形式提供的产品的例子。例如，机票、邮票、音乐、报纸、杂志和教育等。简要说明该产品最初的形式及在互联网上的新形式。你认为哪种形式的该产品更令消费者满意？解释其原因。

4．管理　假设你是零售百货公司的管理者。你的一项职责是，制定一份有关 5 个全职员工和 3 个兼职员工的每周工作时间表。列举为了有效制定该项工作时间表所需要的信息有哪些？

## 3.4 财务和信息管理

**教学目标**

1．解释企业财务管理的重要性。

2．讨论信息管理的原则。

**任务驱动**

你有一定的科学知识和研究技能吗？如果有，你可以应用这些知识和技能解决 Eli Lilly 公司面临的重要问题。Lilly 医药公司每年花费数百万美元解决困难的化学问题。而问题的答案常常是公司新产品诞生的基础。Lilly 有自己的科学家，但仍然依赖世界范围内的专家网络帮助它解决其难题。

Eli Lilly 公司创立了在线研究论坛 InnoCentive，Eli Lilly 公司把其试图解决的问题作为"InnoCentive 挑战"发布到网站上。科学家个人或团队可以就该项挑战展开研究。如果他们发现了可行性解决方案，Eli Lilly 公司将会支付给他们高达　10 万美元的报酬。Eli Lilly 公司认为，InnoCentive 挑战会以较低的成本取得更多更好的研究成果。

与同学一起讨论，为什么投资于科学知识和科学研究对多数公司是重要的。为什么解决问题的专家不是 Eli Lilly 公司的科学家员工，而通过以上形式聘用。

**课外资料**

许多早期的电子商务企业在 20 世纪 90 年代前以失败而告终。而那些度过寒冬存活下来的和新生的电子商务企业则非常成功。在 2002 年，超过 40%的美国电子商务企业开始赢利。

## 3.4.1 企业财务

财务是企业最重要的活动之一。企业主和股东投资于企业以获取利润。当收入超过支出时利润产生。企业需要明确是否产生利润及利润有多少，哪部分经营活动是最成功的。为了能实现这种目的，关于所有的投资、收入、支出和其他企业运营成本都必须保持详细的记录。

企业必须按照政府有关对财务记录的规定做，上市公司必须定期提交财务报告。企业营业收入需要征税，企业必须保持详细记录以便准确地填报纳税申报表。企业必须提供工资明细给每位员工和联邦政府与州政府，企业必须从雇员的工资中代扣代交所得税，企业也必须定期支付社会保险，制定员工退休计划及其他诸如医疗保险等雇员福利。

保持财务记录一个最重要的原因的是帮助管理者做出决策。没有财务记录，管理者将不能了解哪些产品和哪些顾客是最具潜力的，或者不能了解哪些营业支出在增长和哪些营业支出在缩减。财务记录常常被用来决定企业是否须要雇用更多的员工，或者企业是否需要依赖其他公司来供应它的一些产品或服务。财务记录也会影响企业产品的上升或下降，和另外一些重要的经营决策。

### 1. 重要的财务记录

财务记录能提供有关企业财务活动的信息，保存财务记录对企业是有益的。财务记录的计划与保存一般由会计、法律及金融体系方面的专业人员承担，这些专业人员负责保存准确的记录并汇总企业的财务状况。他们必须遵守特定的财务记录规则和程序，从而使每个人都能够相信并依靠他们所提供的财务信息。近年来，一些财务人员和会计师事务所在财务记录和报告方面缺乏诚信和道德，导致他们所在的公司及这些公司的投资者为此遭受了巨大的经济损失。

在企业经营活动中，下列四类财务记录必须保存。

（1）资产记录。资产记录记录企业拥有或控制的资源，具体包括：企业原始的资产价值、当前的资产价值及企业所有款项的负债。企业资产包括土地、建筑物、设备、产品和原材料等项目。

（2）收付记录。收付记录跟踪记载企业所有的购买和销售事项。物品可能以现金或各类信用支付方式被买卖。一般的收支记录有应付账款、应收账款和现金记录。

（3）工资记录。工资记录跟踪记载企业支付给每一位全职和兼职员工的工资和福利。政府部门要求企业详细记录企业从员工工资中代扣代缴的税收、社会保险及医疗保险等项目。

（4）财务预算。财务预算是企业编制的一定时期的财务计划。几乎所有的管理者和很多员工都根据企业财务预算制定计划和进行决策。财务预算通常被用来预测特定企业一定时期经营活动所需的资金数额。编制财务预算有助于企业保证各项经营活动的成本不会超过活动所带来的利润。如果成本高于预算金额，就必须做出一定的调整来避免造成财务损失。

**2．电子商务的财务问题**

在最初几年的电子商务中，许多.com 公司先驱能够从投资者和金融机构吸引大量资金，再根据电子商务的增长预测做出投资计划。与传统企业相比电子商务企业有着非常低的成本，因此其利润可观。但是，其结果却差强人意。大部分早期的电子商务企业在实现赢利之前都被迫关闭。投资者损失了大量资金。当许多电子商务企业和开展电子商务的砖头加水泥的传统企业为实现赢利而艰难前行时，进一步证明制定详细财务计划的重要性。电子商务企业必须能够向投资者、银行和计划向企业提供信贷的人展示其财务优势。

顾客支付程序和技术也是影响企业财务成功的因素。网上顾客以现金的形式支付货款是不可能的。因此，必须要有一种易于使用且安全的信用支付方式或者其他非现金支付方式可供选择。在开始网上订购商品的消费者中，有 2/3 的消费者在实际订购之前会终止他们的订购行为，终止订购最主要的原因是消费者对支付流程缺乏信心。如果企业因为这个因素流失了一半以上的可能发生的交易，显然，这是一个必须解决的重要问题。新技术为顾客提供了可供选择的支付方式，并且也提高了在线提交个人信息的安全性。一些企业开发和维护它们的安全支付体系。另外一些企业则通过类似快钱支付等在线向消费者提供一个安全的付款方式。现在，有些信用卡也可以保证交易的安全。

创立可赢利的电子商务企业财务成功的另一个因素是成本控制。消费者可以轻而易举地把通过互联网提供类似产品的几个企业的价格进行比较。在网络购物过程中，消费者具有更强烈的成本意识。产品价格明显高于竞争对手的企业可能会失去客源。许多企业已经通过提供免费送货等服务尽力吸引顾客。通常情况下，业务费用的增加也会导致销售的下降。电子商务企业必须掌握准确的费用信息，以求给产品定一个既有利可图又有具有竞争力的价格。

▓▓▓ **课内测试** ▓▓▓

列出三个企业保持精确财务记录与报告的重要原因。

## 3.4.2　信息管理

21 世纪的企业将被信息管理所定义。企业对那些在工作中成功地管理和使用数据与信息的知识型员工提出较高的需求。信息成为企业越来越重要的资源。拥有即时收集、分析和使用信息的企业，与那些缺乏有效信息管理技术和程序的企业相比，将拥有更大的竞争优势。企业生产、收集、储存、分析和报告信息所使用的技术量也在增加。信息和技术管理都是重要的职责。首席信息官（Chief Information Officer，CIO）是企业中负有信息技术与管理责任的管理者。CIO 直接报告给企业最高执行官，CIO 也帮助其他管理者有效地使用信息和相关技术。

### 1．企业信息的需要与原则

企业经营需要信息的指导。为了做出有效的决策，企业人员需要获得以下信息：

- 经济环境；
- 竞争者；
- 顾客；
- 供应商、分销商和其他支持性企业；
- 内部运营；
- 公司目标和业绩。

信息管理人员负有保证企业决策者获得所需信息的责任，在开发和管理信息技术和数据时，他们遵循下列一组重要的信息管理原则：

- 获取充分的可以指导企业长期业务规划和日常业务运营所需的信息；
- 应该以一种不损害企业及其顾客的方式收集数据，数据收集不应过分增加企业成本；
- 信息系统和被收集的数据应该被需要和使用它们的人有计划地合成；
- 信息系统硬件和软件应该保证是最新的、可靠的及易使用的；
- 为了使信息能够交流和理解，涉及组织的信息系统必须是兼容的；
- 信息管理系统只收集和维护决策所需的资料数据；
- 努力确保数据收集和分析过程是准确和客观的；
- 特殊信息可以便捷地提供给那些需要这些信息但很难从其他领域获得该信息的人；
- 信息安全性是需要关注的首要问题，因此，需要定期进行系统测试以确保安全；
- 保护个人隐私，隐私政策既要告知信息所有者，也要传达给信息使用者。

**现实视点**

　　不到 50%的网络用户把英语作为他们主要的语言。然而，许多企业却一直把英语作为它们网站唯一的语言。一些 B2B 企业认为实施该项决策的理由是大多数国际高管使用英语发言并阅读英文资料。但是，把英语作为第二语言的人们即使他们英语说得很流利，他们还是愿意使用他们的母语。他们认为，这是一种表明企业把他们看做重要的顾客的礼貌。

　　**➲ 辩证性思考**

　　1. 只有少量的销售额来源于那些不把英语作为他们母语的顾客。公司应该花费一定的时间和资金把它们的网站翻译成其他一些语言吗？解释你认为应该或不应该的理由？

　　2. 为什么与其他国家企业相比，很少有美国公司使用英语之外的语言提供网站信息。

### 2. 信息管理的改善

　　电子商务促使准确信息快速传递需要的增加，也为提高信息的可获得性和可管理性提供了手段。互联网是行业中商业伙伴之间实现信息共享的有效资源。由于有足够的安全保障，销售人员可以轻易地获得有关企业产品、价格和分销的信息。营销经理可以轻易地进入销售报告系统并和销售队伍成员沟通产品信息。生产经理可以收集有关库存状况、配送安排或者材料及供应成本，他们可以与供应商即时沟通、洽谈产品质量，他们也能够与公司的工程师们合作规划老产品的重新设计，员工可以进入他们自己的人事档案核查福利变化，更新个人信息或者注册一个即将开始的培训课程。

　　新的网络工具加速企业信息管理的改进。网络调查收集市场研究信息。数据跟踪系统记录互联网用户与该公司网站的互动。购买行为可以被跟踪以确定最有利可图的产品和顾客。信息可以用来设计针对关键顾客的促销策略。共享数据库可以让供应商、分销商和其他业务合作伙伴用来进行信息分析，共享性分析有助于缩减生产时间和降低成本。所有的业务流程成本被监控，用以促进预算准确性的提高。

**工学结合**

　　数据收集软件在市场营销活动中的使用，为企业提供了详细的顾客资料分析。顾客资料分析的目的体现在许多方面。例如，识别新目标市场，增加营销组合策略与顾客特定需要间的匹配性。企业赢利能力增长的同时，顾客满意度也得到提高。

　　作为一名营销数据收集员，里卡多一方面保证公司数据库数据的准确性；另一方面也整合数据库以实现有效的分析，他和营销人员一起确定营销规划和营销活动所需要的信息。里卡多选择数据，进行分析，准备给营销人员提交所需信息的报告。如果有要求，他还会提供基于数据分析的建议。

作为营销数据收集者，里卡多最关键的技能是数学和统计，他也有使用数据库和统计分析软件及数据收集软件的应用的专业技术。为了准备翔实而方便、实用的数据分析报告，有效的书面沟通技能也是必需的。最后，为了能够分析并提供给营销人员恰如其分的信息，对市场营销的领悟也是非常重要的。里卡多的营销数据收集工作，要求他要具有学士学历；而一些高级的数据收集工作，还要求人员具有硕士学历或者更高的学历。

⮥ **辩证性思考**

1. 在企业里，营销数据收集是一个相对新的职位。什么因素导致这一新型职业领域的发展？

2. 当里卡多准备和提交信息分析报告时，他可以使用哪些类型的计算机软件？

### 课内测试

列举企业经理决策时所需要的 6 种类型的信息。

## 评估练习

正确领会网络营销基本概念，将下列问题最正确的答案选出来。

1. （　　　）类型的财务记录用来预测某一具体业务活动所需要的资金量？

　　a. 资产记录　　　　　　　　b. 收付记录

　　c. 职员记录　　　　　　　　d. 财务预算

2. 企业中负有信息技术与管理责任的管理者称为（　　　）。

　　a. 数据库管理者　　　　　　b. 首席信息官

　　c. 营销信息专员　　　　　　d. 计算机系统管理者

**分析思考**

尽可能完整地回答下列问题。

3. 技能　通过互联网查询有关会计电算化软件的信息，辨别使用某软件可以完成的财务记录的类型，如果可以，查询这些财务记录的范例。

4. 研究　查询近期发生的和企业所经历的有关计算机系统和网络数据安全问题的一个事例。提交一份有关数据安全问题类型的报告，介绍这些数据安全问题可能引发的危害及企业解决这些问题的对策。

## 第3章 评估测验

复习网络营销基本概念，将每个词汇前的字母写在与之相匹配的定义前。

（    ）1. 购买决策与产品价格之间的关系

（    ）2. 产品价格和生产决策之间的关系

（    ）3. 通过有效利用人力和其他资源，设置组织发展方向和实现组织目标的过程。

（    ）4. 员工在家中使用与企业建立连接的计算机网络工作。

（    ）5. 员工通过在线视频技术进行沟通与会面而不是面对面的接触。

（    ）6. 在同一个企业工作的人们所共有的目标、价值观及承诺。

（    ）7. 影响和激励人们协作实现重要目标的能力。

（    ）8. 把企业资源转换成产品和服务，并以满足顾客期望的方式交付产品或服务的活动过程。

（    ）9. 为顾客提供大批量特别设计的产品的生产流程。

（    ）10. 承认关于购买什么或生产什么，无论是企业还是消费者，都应该有做出个人独立决策的自由。

（    ）11. 企业中负有信息技术与管理责任的管理者。

a. 企业文化

b. 业务流程

c. 首席信息官

d. 知识型员工

e. 需求定律

f. 供应定律

g. 领导

h. 管理

i. 大规模定制

j. 运营

k. 私有企业经济

l. 生产

m. 远程办公

n. 虚拟团队

将下列问题最正确的答案选出来。

12. 决定企业工作如何才能有效地完成的活动过程是（    ）。

    a. 网络营销         b. 管理         c. 领导         d. 组织

13. 下列选项中，不属于服务和产品区别的是（    ）。

a．服务是有形的

b．服务是限定在特定时间的

c．服务与提供者不可分离

d．服务质量来自专门知识和提供者的承诺

## 分析思考

14．私有企业是如何让企业和消费者获得利益的？

15．当市场营销人员致力于顾客满意而不是致力于促销产品时，他们为什么会更成功？

16．你认为员工团队会像一个富有经验的经理那样做出对企业有利的决策吗？为什么会或为什么不会？

17．为什么许多企业的产品生产转向大规模定制生产而不是大量生产或者单件定制生产？

## 工学结合

18．营销算术 假设有 200 000 单位的某产品要出售，顾客能够接受的价格是 6.5 美元/件。在 6.5 美元/件的价格水平下，生产者愿意生产 148 000 单位的该产品。根据供给和需求情况介绍，计算能够形成的总收入。计算出的总收入为什么会有差异？在此情况下，你认为产品价格和销售量将如何变化？

19．技能 你是某虚拟团队的领导。你所有的工作必须通过互联网完成，而不是面对面互动。利用网络辨别能够改善团队生产效率的 3 种类型的计算机硬件和 3 个软件程序，简要说明每一个所选程序，并解释你选择该程序的理由。

20．沟通 比较典型的第三方支付工具，如阿里巴巴的"支付宝"，腾讯的"财付通"、银联电子支付（www.chinapay.com）、快钱、首信易支付、环迅支付、网银在线、易宝支付、云网支付等。选择其中某一个第三方支付机构，介绍该公司提供的服务内容，撰写一份关于该公司服务内容的分析报告。

21．生产 查询除 DELL、INC 之外，允许消费者定制产品来满足他们特定需要的某一公司网站。介绍该网站的基本设计，具体分析该网站顾客定制过程是如何实现的，是容易还是困难？你认为该网站能否充分满足消费者需要？你可以推荐另外一些可供选择的成功实践方案吗？

22．研究 查询一个介绍电子商务职位机会的网站，在该网站，寻找一个被视为知识型员工的工作名称和职位描述。准备 3 分钟有关该职位的口头介绍，包括获得该职位所要求的教育背景和工作经验，以及该职位员工工作所需的数据和信息类型。

23．沟通 你计划通过一次调研活动向某一企业的顾客收集一些信息。准备一份发送给顾客的问卷。在该问卷中，解释所收集信息对于企业的重要性，说明企业会采取相关措施保护消费者的隐私和他们所提交的信息。

## 项目导向

该部分集中训练有关你在企业生产、经营和财务方面的决策能力。与团队成员一起完成下列活动。

1. 列举并简单介绍你的企业计划提供的主要产品和服务。

2. 在大量生产、间歇成批生产、单件定制生产和大规模定制生产4类生产流程中，对于那种产品，决定应该采用哪一种生产流程。如果你的公司不属于生产型企业，不生产产品，识别至少两个可能成为你企业供应商的公司。

3. 对于每一项服务，明确你将采取哪些措施，以保证所提供的能够满足顾客需要的服务具有合适的质量和数量。

4. 明确将成为你企业组成部分的3项主要的运营领域。

5. 为你的企业拟订一个简单的预算。确定企业将拥有的资产，资产包括建筑物、设备、产品等项目。列出企业主要的支出。开创这样一个企业需要多少资金？确定如何筹集开创该企业所需要的资金（例如，你可能有个人积蓄，或者来源于家人或朋友的借款或投资，或者来源于银行和其他金融机构的贷款，或者其他资金来源）。

## 案例分析

### 小企业赢得网络大市场

在传统商业领域，规模大小曾经关系重大。在市场营销和定价方面，最大的参与者发挥着最大的影响。而电子商务在零售业是一个巨大的平衡器，小企业可以参与零售业的竞争。许多小企业因实施与大企业相同的战略而被称为利基胜利者。

**技术胜过规模**

电子商务专家认为，小企业成功的关键是灵活而不是富有。零售商必须确保其网站被关注。Meta集团高级电子商务战略项目主管Gene Alvarez认为，小零售商网站必须被正确地注册，才能出现在重要搜索引擎的首要位置，即使是最好的网站，如果没有出现在搜索引擎结果中，也是没有用处的。

网站设计的科学化和功能化是十分重要的，否则顾客将一去不复返。许多小零售商从企业外部聘请专家为他们设计和维护网站。

小企业必须通过专注于特殊的产品和小的地理区域建立其独特性。例如，Phoenix-based书店的网站注重当日内交货给本地顾客。它也可以自信地称：本企业与其他更大的竞争对手相比，在有关亚利桑那州的书籍方面有更大的选择范围。小企业须要选择一个比竞争对手做得更好的聚焦市场。

更好地了解社区并有效地满足特定的不被大企业注重的市场可能会有更大的收益。Made In Oregon 是一个区域性电子商务企业，它只销售美国俄勒冈州生产的产品。PetsWelcome.com 是一个推广接受宠物的旅馆和汽车旅馆的网站。适应特殊群体的网站一般通过群体成员之间共享的口碑广告获得利益。针对特殊人群的网站也更有可能被搜索引擎发现并收录。

### 顾客至上

小企业与大企业在顾客服务方面是没有差异的。小企业网站可以通过个性化的顾客服务形成它们的竞争优势，顾客必须对企业网站形成积极的体验，它们必须集中力量于一两个它们做得比其他企业更好的领域。小企业必须确保顾客满意，因此，顾客行为的跟踪研究就显得十分关键。培养忠诚顾客群会产生重复销售，因此，小企业还必须积极解决那些可能阻碍顾客回访企业网站的问题。

建立一个企业，有时进入大企业已经做的很成功的市场很可能是白费力气。因此，小企业必须慎重选择它们的网上竞争领域。

### ➲ 辩证性思考

1. 电子商务是如何成为大型零售商与小型零售商的平衡器的？
2. 什么是一个利基市场？为什么小型电子商务企业聚焦利基市场是重要的？
3. 电子商务企业如何构建顾客忠诚？
4. 哪种类型的企业是电子商务的最佳候选对象？为什么？

 **实践准备**

### 企业服务营销的作用

你是一个专业体育球队的网站设计者，该球队新网站计划建设成一个球迷互动俱乐部。球迷可以了解球队最新的发展动态信息。他们也可以购买一些球队相关商品。球迷表明，球队在社区中需要更凸显且更愿意与球迷沟通。球队的目标是增加球队商品的销售，促进社区推广并成为"美国的收藏夹"。

思考网站如何才能帮助球队实现其目标。你将召开会议与团队所有者讨论你的创意。你有 10 分钟的时间，解决这一问题。

### 评估指标

1. 了解该专业球队面临的机遇和挑战。
2. 解释该网站适应球迷需要的特征。
3. 解释该网站的互动性。
4. 说明如何有效发挥该网站促进商品销售的作用。
5. 说明顾客通过哪些途径了解该网站？
6. 解释网站将如何更新？

7. 显示强大的听力技巧。

## ➲ 辩证性思考

1. 为什么说网站对球迷俱乐部而言是一个很好的沟通媒介。

2. 在线陈列与在线销售商品必要的特征是什么？

3. 为什么及时信息对于此类网站是如此的重要？

4. 哪些专门的推广活动会吸引顾客重复访问该网站？

5. 网站如何才能有助于增加球员在社区的能见度？

# 信息技术基础

## 美国在线

美国在线(www.aol.com)创建于 1985 年,是世界上著名的互联网服务提供商(ISP)。

美国在线的使命是通过信息把在任何时间任何地方的人们联结起来。最初信息联系是通过互联网实现的,但 AOL 希望通过移动电话及个人数字助理等无线设备向其会员提供信息。AOL 使用了大量沟通平台,其网站允许访问在线内容;AOL 还支持网上聊天、即时信息、电子邮件和短信息;移动电话也可以完成大部分这些功能。AOL 希望成为人们上网信息查询、联系家人与朋友,以及寻求消遣娱乐的信息中心。

AOL 高层管理者认为,网络用户希望得到更为丰富的内容。顾客希望通过宽带连接以扩大访问内容。因此,2000 年 1 月 10 日,美国在线公司和时代华纳公司宣布合并,组建"美国在线——时代华纳公司",合并交易额达 1 660 亿美元。两公司合并后,成为世界第七大公司,年销售总额在 300 亿美元以上,旨在向全球提供"多样化的信息、娱乐和通信服务"。时代华纳允许 AOL 提供 HBO 电视节目、华纳兄弟电影、音乐及《时代》杂志的内容。但是,合并没有有效实现 AOL 和时代华纳的目标,时代华纳希望借助 AOL 的力量和优势进军新媒体市场并没有达到预期的效果。网络作为个人沟通工具已经高度普及,而电子商务企业依靠说服个人付费购买信息和娱乐已经很难取得成功,结果,AOL 的股票价格从 2000 年的每股 60 多美元下降到 2003 年的每股 15 美元。

2001 年,AOL 与联想创建合资公司,共同投资 1 亿美元推出中文门户网站 FM365.com,2004 年双方结束合作伙伴关系,联想控股 FM365 网站,AOL 退出中国市场。2008 年 7 月,AOL 中国站上线,AOL 正式进入中国市场。2009 年 3 月 AOL 解散中国公司,第二次撤出中国市场。

### ➲ 辩证性思考

1. 解释 AOL 如何规划将其会员在任何时间、任何地方联结起来。

2．AOL 和时代华纳希望通过互联网销售网络信息赚钱。如果更多的人能够通过宽带接入互联网，该企业的计划是否会完成得更好？为什么？

3．分析 AOL 两次撤除中国市场的根本原因有哪些？

## 4.1　电信基础设施

**教学目标**

1．讲述电信基础设施的历史和重要性。

2．介绍互联网的运作原理。

**任务驱动**

互联网需要电信基础设施传输信息。互联网基础设施包括电话和电视电缆、广播系统及计算机软硬件应用软件等。

互联网基础设施也在与时俱进，能使更多的信息发送到越来越多的地点。现在，互联网不仅可以连接到计算机，而且也可以连接到电视、蜂窝移动电话和个人数字终端等无线设备。互联网基础设施可以用来传输电子邮件、发布网页，传送音乐和视频文件。在信息无论以何种方式或者从哪里传输方面，互联网在不断革新。用户不再局限在自己固定的个人计算机前，他们可以让网络随身。

与同学一起分析，当可以随时随处接入互联网时，人们的生活会发生怎样的改变？试推测，这种即时访问会如何影响企业的运营方式？

### 4.1.1　基础设施

19 世纪初期，电报的发展建立了第一个电子通信基础设施。19 世纪末期，作为企业或个人沟通的工具，电报受到电话的挑战。现在，电话基础设施发生全球性改变，数字无线蜂窝系统在大多数国家都有着比较高的覆盖率。美国的覆盖率达到 95%，芬兰有 75% 的人口拥有蜂窝电话。

随着时间的推移，全球电信产业已经形成一个复杂的发送和接受信息的基础设施。当人们拨出一个电话时，人们的声音从拨出的电话传送到本地电话公司，然后被传送到公共的电信网络。从此，声音可能通过通信电缆传输，或者通过卫星发射到全球，电话接听方则通过所在地电话公司接听与回复电话。互联网最初就是依靠这一电话基础设施的，但是它没有就此止步，并且不断更新电信系统。

大量公司已经转移到电信业务。有线电视公司不仅提供电视节目服务，而且也提供网络接入服务。独立的无线网络接入公司可以使人们有机会在任意时间与地点上网冲浪。甚至电力公司也提供网络接入服务。竞争在有线世界展开！

#### 1．互联网历史

作为研究计算机网络之间实现信息共享方法的政府基金项目，互联网的研究应用开始于

1969 年。最初，网络主要被美国的高等院校、科研机构和少数几个需要发送和共享信息的大公司使用。大多数企业和家庭并没有网络接口，因此，如果他们需要接入网络，需要通过大型计算机主机接入。

开发者需要设法使互联网能够跨越各种计算机系统运行，开发工作关键的一部分是采用开放式标准。开放式标准是不被某一公司单独拥有的一套基本指令。互联网可以在采用开放式互联网协议标准的平台上运行。互联网协议标准通常应用于电子邮件、万维网等网络应用方面。

互联网协议标准在不断发展演变，标准的发展改进允许新型网络设备的接入，也增加了互联网的功能。新标准必须经独立的互联网管理组织审核通过。审核过程就是阻止个别公司独自控制互联网。

今天，互联网骨干网是一个庞大的计算机阵列、电信线路及联结遍及全球企业与个人的软件标准。基础设施为每个人提供沟通与联系的机会。

**课内测试**

列举互联网开放式标准重要性的至少两个原因？

 **课外资料**

根据国际经合组织（OECD）的统计，2007 年 10 月，OECD 主要国家的平均网络下行速率已经达到 17.4 兆。作为宽带最发达的日本，下行速率甚至已经超过 90 兆。而中国以 ADSL 为主的网络接入，大多数下行速率都不超过 4 兆，同时，因为是共享带宽，在高峰时段，速率会更低。由此可见，目前中国宽带接入速度远远落后于世界互联网发达国家。我们需要进一步加大互联网基础设施建设，不断提高网络连接速度，推动中国互联网向高速互联网发展。

尽管中国的宽带网民规模巨大，但是宽带上网环境要远远落后于互联网发达国家，与中国网民规模的增长速度很不相称，要改变这种局面，需要继续加大互联网基础设施建设，不断提高网络连接速度，推进中国互联网从"宽带"网络向高速网络的发展。

互联网应用环境包括两个方面：一个方面是上述所说的出口带宽、网站、IP 地址等资源环境，另一方面则是网民上网时的心理体验，特别是在网络信任与安全方面的心理体验，这种体验直接影响用户使用网络的深度。报告中的数据显示：只有不到三成的网民相信在网上交易的安全性，不到四成的网民在网上注册时愿意填写自己的真实信息。对网络安全性的不信任将制约网络向深度应用的发展，同时这种不信任带来的网民对个人信息的过度保护，也将制约网络营销的精准性和效果。因此要推动互联网向深度应用的发展，必须推动互联网从可用网络向可信网络的发展。

## 4.1.2  万维网

万维网（也称环球信息网、"WWW"、"W3"，英文"Web"或"World Wide Web"），是

建立在使用公共电信基础设施以传输信息的互联网标准基础上的一套开放式标准。万维网是依靠互联网运行的一项服务，但因为万维网有着占支配地位的优势，以至于人们常常交替使用互联网和万维网，我们日常所说的"上 Internet"，其实指的就是连上 World Wide Web。

1990 年，蒂姆·伯纳斯-李（Tim Berners-Lee）发明了万维网。伯纳斯-李把万维网设想为一种可以使超链接即立即连接到新信息的工具。所谓超链接是指，从一个文件中的某一点到同一份文件的另一点或另一份文件的某一点建立的索引关系。当人们点击这一点时，网页链接带用户进入一个新位置。万维网设计得就像人的思想一样工作，可以实现创意和信息之间的联系。伯纳斯-李发明了第一个网络浏览器和下列一系列网络标准。

URL：统一资源定位器（Uniform Resource Locator），也被称为网页地址，是用于完整地描述互联网上网页和其他资源地址的一种标识方法。互联网上每一个网页都有一个唯一的名称标识，通常称为 URL 地址，这种地址可以是本地磁盘，也可以是局域网上的某一台计算机，但更多的是互联网上的站点。简单地说，URL 就是 Web 地址，俗称"网址"。

HTTP：超文本传输协议（Hypertext Transfer Protocol），是允许超链接工作的指令。在互联网 Web 服务器上存放的都是超文本信息，客户机需要通过 HTTP 协议传输所要访问的超文本信息。

HTML：超文本标记语言或超文本链接标示语言（HyperText Mark-up Language），是用于构建网页的一组设计代码，是目前网络上应用最为广泛的语言，也是构成网页文档的主要语言。

伯纳斯-李免费开放所有这些创意，使它们成为使用互联网的开放标准。

## 1．浏览器

浏览器是到互联网开放的关键，浏览器可以让人们看到网站的图形视图。第一个能显示图片和格式化文本的图形化浏览器在美国国家超级计算机中心被开发出来，同时向公众免费提供。一些公司被许可使用和改编浏览器技术，并试图出售自己的版本。网景公司允许用户免费下载其浏览器，然后，它出售服务器软件给那些允许用户通过网景浏览器接入互联网的互联网服务提供商。目前，微软的 IE 浏览器是个人计算机占主导位置的浏览器。

互联网手机、网络电视和其他非个人计算机接入设备使用专门的浏览器。

网页通常使用可自动写入 HTML 代码的网页编辑软件创建。在用户的网络浏览器读取并转换 HTML 代码后，生动地显示网页。浏览器还可以使超文本链接从其他位置获取内容。

## 2．互联网服务提供商

互联网服务提供商（Internet Service Provider，ISP）是向广大用户综合提供互联网接入业务、信息业务、和增值业务的电信运营商，是网络最终用户进入 Internet 的入口和桥梁。对于互联网而言，ISP 发挥着本地电话公司接转电话一样的作用。ISP 使用的专门的计算机称做服务器，主机或允许个人连接互联网的存储器。

当一个人登录网络时，他就登录到网络服务器上，服务器连接到互联网骨干网，浏览器就像电话一样请求网络内容。当发出请求后，ISP 就发送复制的网页内容到用户的浏览器。

一些 ISP 专门面向消费者提供接入服务。另外一些 ISP 则面向企业或者个人专门提供网站开发与托管服务。一些企业则使用自己的服务器自主管理其网站。

### 3. 域名

为了在网络环境下实现计算机之间的通信，因特网上的任何一台计算机都有一个唯一的 IP 地址，而且同一个网络中的地址不允许重复。IP 地址是在因特网上为每一台主机分配的由 32 位二进制数字组成的唯一标识符。很明显，这些数字不太好记忆，为了便于记忆，可以将这 32 位的二进制数字分成 4 组，每组 8 位，用小数点把它们分开。有了 IP 地址，因特网上的任意两台计算机之间便可以进行联机通信了。为了便于记忆，给网络上的每台计算机都命名了不同的名字，网络上采用域名系统（DNS）为其命名，即把 IP 地址进行符号化。

域名是互联网上识别和定位计算机的层次结构式的字符标识，与该计算机的互联网协议（IP）地址相对应。域名命名时是按层次进行的，名字越靠后的层次越高，命名是从高级到低级按层次授权进行的。

亚马逊就是一个著名的域名实例。域名中黑点"."右边三个字母代表着顶级域名，主要用以区别网站的类型。最常见的顶级域名有以下几个：

.com—企业；

.edu—教育机构；

.gov—政府组织；

.org—非营利组织。

每个国家都有其本国的域名，如中国的域名为.CN，英国的域名为.UK，日本的域名为.JP，德国的域名为.DE，加拿大的域名为.CA，墨西哥域名为.MX，美国域名为.US 等。

### ■■■■ 课内测试

描述浏览器和 ISP 在形成万维网功能方面发挥的作用？

 **网络知识**

互联网始于一个政府基金项目。Internet2（第二代互联网）项目是大学、行业和美国政府部门之间开发和组织更先进互联网的新型合作开发小组。Internet2 具有以下几个显著特点。

- 更大：采用 IPv6 协议，有庞大的地址数量是它的特点，使下一代互联网具有非常巨大的地址空间，网络规模将更大，接入网络的终端种类和数量更多，网络应用更广泛。

- 更快：可以实现 100M 字节／秒以上的端到端高性能通信。
- 更安全：可进行网络对象识别、身份认证和访问授权，具有数据加密和完整性，实现一个可信任的网络。
- 更及时：提供组播服务，进行服务质量控制，可开发大规模实时交互应用。
- 更方便：无处不在的移动和无线通信应用。
- 更有效：有序的管理、有效的运营、及时的维护，可创造更大社会效益和经济效益。

Internet2 原型从日内瓦、瑞士到芝加哥、伊利诺伊，比通常家庭宽带连接快 3 500 倍的速度发送信息。这个速度将允许每 36 秒传输一部 DVD 质量电影。在 2007 年秋季会员会议上，Internet2 协会宣布已经完成了下一代互联网 Internet2 的基础架构，并且开始运行，它可以面向科研机构和教育人员，提供 100Gbps 的传输速度。

### ⊃ 辩证性思考

1. 评价你现在使用的互联网。Internet2 速度的提高将怎样改变你的网上活动。
2. 列举 Internet2 对网络商务活动可能会产生哪些方面的影响。

## 评估练习

正确领会网络营销基本概念，将下列问题最正确的答案选出来。

1. 互联网是（　　　）。

　　a. 也叫浏览器

　　b. 计算机网络之间互连而成的全球范围的网络

　　c. 被美国政府拥有与运营

　　d. 上述选项都不正确

2. 万维网用到的三个标准包括（　　　）。

　　a. URL、HTTP 和 HTML

　　b. WWW、W3 和 WEB

　　c. INTP，COBOL 和 C+

　　d. .com，.edu 和.org

### 分析思考

尽可能完整地回答下列问题。

3. 互联网和万维网是基于开放式标准的。试想，如果互联网被某个公司所拥有和控制，互联网可能会发生什么？这将如何影响网络营销活动？

4．技术 假设你是蒂姆·伯纳斯-李。请将你开发万维网的计划汇报给你的管理者。介绍为了万维网运行需要开发的所有的技术。

## 4.2 互联网主干网

**教学目标**

1．讲述数据传送的各种方法。
2．解释可选的最后一公里连接方式。

**任务驱动**

世界是一个有着纵横交错数十亿英里通信线路的嘈杂的地方。卫星接收和发送信息。电视台和无线电台播放信息。蜂窝系统允许发起于纽约而结束于加利福尼亚的电话。通信系统所发送信息的类型与数量在快速地增长。例如，现在的，蜂窝电话可以发送和接收视频，能够下载游戏和电影。所有这些信息并不一定快速地经过每家每户。信息的接收速度依赖于从互联网的骨干网到个人用户运行时所采用的连接类型。

与同学一起，分析你们学校或家里是如何与互联网建立连接的。推荐几种能够提高网络连接速度的方案，分析你所提出的建议的优缺点，从中优选一种方案，解释为什么你认为这是最好的选择。

### 4.2.1 数字发送

信息以模拟和数字信号形式通过电信基础设施传输。模拟信号是一种能量波。广播电视和固定电话主要使用模拟信号，互联网使用数字信号，数字信号是由一系列连接（0）和中断（1）构成的。每一个 0 或者 1 称做一比特。传播系统每秒钟发送的比特量越多，计算机文件传送的速度就越快。

一些网络连接方式会比其他连接方式速度更快。互联网接入速度主要取决于连接的带宽。计算机网络的带宽是指网络可通过的最高数据率，即单位时间内能够在线路上传送的数据量，常用的单位是 bps（bit per second），即每秒多少比特。许多计算机使用电话调制解调器连接到互联网，调制解调器把来自电话的模拟信号转换成数字信号。大多数个人计算机调制解调器最高带宽为 56kbps（每秒千字节数）或 56 000 比特/秒。全球许多网络用户已经升级到宽带连接，在这些地方通过传输直接数字信号增加了带宽，通过数字连接信息可以被传输的更快。Internet2 现阶段最高网速可达 13Gbps（十亿比特每秒，1.0Gbps=1024Mbps），是普通家庭宽带网速的数千倍。而通过在单条光缆上以 10 种波长的光传递数据，又能成功将原有速度提升10 倍。经过实验的互联网骨干网是如此之快，它可以在 71 秒之内将整个美国国会图书馆的信息发送出去。

**课外资料**

　　加拿大在宽带普及率方面已经超过美国。加拿大有大约 54%的家庭网络用户使用宽带连接。与之相比，美国则只有 37%的家庭网络用户使用宽带连接。

### 1．国际接入

　　美国政府发起和资助了互联网的早期版本。一旦互联网已经发展到一个可持续的水平，政府就把它交给不受政府控制的私有经济部门（不被政府控制的经济体）。世界各地的政府也遵循同样的方式。许多国家政府释放它们对电信行业的监管，允许私有部门提供网络接入服务。

　　许多政府部门已经认识到为了提供网络接入，它们需要改善电信基础设施。电信基础设施的改进不再仅仅局限于通过地上通信线路实现。因为发展无线连接要比铺设陆基系统便宜，许多国家正在开发无线连接。

### 2．网吧

　　网吧是提供收费上网的私有企业，在家庭网络接入比例不是很高的国家，网吧比较普遍。喜马拉雅山下的不丹王国 1999 年才第一次接收到电视节目，到 2000 年，在首都才有两个网吧。2001 年，中国大约有 75 000 家网吧。

### 课内测试

　　解释数字信号与模拟信号有何不同。

## 4.2.2　最后一公里

　　无论信息高速公路上信息流动的速度有多快，其传输速度也只能和用户家中最慢的连接的速度一样。互联网与用户家中或企业之间最后的连接称做最后一公里。最后一公里连接方式包括地上通信线路和无线系统。

　　早期的互联网接入主要靠现存的电话等电信基础设施，飞速发展的科技可以使互联网扩展到新领域。

### 1．地上通信线路

　　地上通信线路是连接互联网用户与互联网骨干网的物理线路，包括电话线（双绞线）、有线电视（同轴电缆线）和光纤线。双绞线和同轴电缆线可以传送数字信号和模拟信号。电话模拟信号需要调制解调器和 56Kbps 的传输速度。

　　DSL（数字用户线路）可以让电话线传输数字信号高达 1.5Mbps（1.5 百万比特每秒）。数字光缆可以以高达 3Mbps 的速度传输信号。

　　光纤线路使用光来传送数字信号。这些线路应用于整个互联网骨干网和许多企业计算机网络。光纤线目前正被安装在全球家庭用户之中，可以提供高达 10Mbps 的速度。

### 2. 无线系统

无线网络连接不需线路就可以发送信号。无线接入是通过卫星广播、电台、移动电话系统实现的。低功率无线电信号被用于支持本地无线局域网络或热点。互联网设备可以连接到这些热点的无线保真网络（Wi-Fi）。一些麦当劳快餐店开发应用 Wi-Fi 技术以支持热点，使得顾客在用餐时能够网上冲浪。家庭用户也可以利用 Wi-Fi 在技术上的优势，使他们不需要线路也可以上网。

许多移动电话也可以访问互联网，接受的服务包括发短信和浏览整个网页，为移动电话上网设计的网页是面向小屏幕专门制作的。许多移动电话可以发送和接收图片，遍及全球的网络用户还可以使用宽带移动电话下载和播放音乐、接收电子邮件，以及发送和接收视频。

### 3. 未来发展趋势

未来互联网的发展将集中在高速宽带方面。许多人可能会疑问高速带宽将如何传递信息。在美国，通过数字有线电视宽带连接要比 DSL（数字用户线路）发展得快。在欧洲，则恰恰相反，通过 DSL 连接要比通过数字有线电视宽带连接发展得快。

在美国，三个最大的地区性电话公司已经就光纤到户网络连接标准的制订达成一致。光纤连接可以使电话公司提供语音、数据、电视节目和视频会议给家庭和企业用户。

▓▓ **课内测试** ▓▓

列举两类最后一公里连接方式，为每一种连接方式举出两个例子。

## 评估练习

正确领会网络营销基本概念，将下列问题最正确的答案选出来。

1. 以下网络连接方式中，速度最快的是（　　）？

   a. 电话调制解调器

   b. DSL（数字用户线路）

   c. 数字有线电视线路

   d. 光纤线路

2. 下列（　　）能用做无线网络连接？

   a. 卫星广播

   b. 收音机

   c. 移动电话系统

   d. 上述各项

**分析思考**

尽可能完整地回答下列问题。

3．假设　有朋友向你咨询家中上网的接入方式。介绍最后一公里的各种接入方式，并分析各种接入方式的优缺点，说明你推荐的方案是什么。

4．抓住一根粗绳子的一端，让同学抓住绳子的另一端。

上下挥动你的胳膊使绳子形成波，然后拉紧绳子。接下来，使用短暂的拉动发送一系列信号给你的同伴。这些活动哪些代表模拟信号？哪些代表数字信号？解释你的回答。

## 4.3　网络犯罪

**教学目标**

1．介绍各种类型的网络犯罪。

2．介绍阻止网络犯罪的各种安全工具。

**任务驱动**

编写计算机病毒或者黑客攻击计算机系统真是不侵害他人的犯罪行为吗？许多人会问这样的问题。事实上，这些犯罪行为会产生降低效率和丢失信息等方面极高的代价。此外，还有开发工具以阻止病毒和黑客的时间要求，以及清除破坏的代价。有一份预测材料表明，在2000 年，全球因病毒和黑客造成的损失高达 1.5 万亿美元。

与同学一起，讨论那些你已经意识到的计算机病毒。有多少病毒影响着你或者你认识的人？它们有着什么样的危害？采取哪些措施才可以阻止病毒的入侵？

### 4.3.1　网络犯罪的种类

为了实现电子商务的发展和成功，当企业和顾客使用互联网时，必须意识到安全的重要性。互联网跨越国境，诱使一些不法之徒认为他们不可能被在线跟踪，这种诱惑可能导致网络犯罪或者在互联网上的犯罪活动。网络犯罪包括黑客和病毒。

#### 1．黑客

黑客是网络犯罪形式中的一种，主要是指有关个人企图突破网络安全而娱乐或获取利润的行为。他们把路径植入计算机网络。有两种类型的黑客行为：经济间谍和对基础设施的攻击。而那些只是为了取乐而攻击的黑客主要是为了炫耀自己。但是，他们行为的破坏性可能和那些实施经济间谍和攻击基础设施的黑客并没有什么区别。

（1）经济间谍。经济间谍是指个人窃取知识产权，信息被其他个人或企业占有的活动。

经济间谍最可能的来源是那些对企业不满意的雇员、想要开创自己新企业的雇员、将要被解雇或刚刚被解雇的雇员。为了追逐利益，黑客常常攻击计算机系统，他们的目的可能是获取信用卡资料或者其他有价值的信息，以实现他们窃取数据或通过身份认证的目的。

企业常常会雇用一些有道德的黑客检查网络安全，他们尝试突破网络安全防护措施，侵入企业计算机系统，这些受雇用的有道德的黑客通过测试安全漏洞，然后将结果汇报给企业。

（2）基础设施的攻击。个人干扰计算机系统运作就是攻击基础设施的行为。攻击基础设施的行为包括改变中情局主页的恶作剧和限制真正用户的进入等行为。分布式拒绝服务（DDoS）已经发动针对 Amazon.com、Buy.com、Cnn.com 等著名企业网站的攻击，频繁的分布式拒绝服务攻击使得那些真正的用户很难进入这些网站。路由器常常用来引导互联网流量。在全世界使用最广泛的网络路由器品牌是思科。在 2003 年夏天，黑客首先了解到思科路由器的弱点，然后一起攻击这些路由器，导致遍及全球的互联网使用中断直到问题得到有效解决，最后，思科公司发布软件补丁以保护路由器操作系统。

### 2. 病毒

《中华人民共和国计算机信息系统安全保护条例》中明确定义：病毒是指编制或者在计算机程序中插入的破坏计算机功能或者破坏数据，以及影响计算机使用并且能够自我复制的一组计算机指令或者程序代码。病毒不受控制的无限复制可以消耗系统资源，从而降低任务执行的速度或者阻止任务的正常运行。在互联网被广泛使用之前，病毒常常是通过共享的软盘进行传播的。现在，电子邮件可以实现计算机文件的共享，同时也共享了附带着的病毒文件。一旦电子邮件病毒被打开，它就可以控制被侵入的计算机并把自己发送到该计算机电子邮件地址簿的邮件列表。

梅利莎（Melissa）是最早通过电子邮件传播的病毒之一，该病毒通过微软的 Outlook 软件发送入侵计算机地址簿中的其他计算机。当用户打开一封电子邮件的附件，病毒会自动发送到用户地址簿中的前 50 个地址，因此这个病毒在数小时之内就可以传遍全球。1999 年 3 月 26 日爆发，感染了 15%～20%的商业 PC，在许多地方互联网瘫痪，给全球带来了 3 亿～6 亿美元的损失。2003 年，大无极（Sobig）成为历史上扩散速度最快的病毒，据估计造成全球大概 297 亿美元的损失，该病毒被设计成将入侵计算机转换成发送垃圾邮件的机器，当病毒程序被执行时，病毒以电子邮件的形式发给从被感染计算机中找到的所有邮件地址。达到高峰期，它使电子邮件总流量增加了 25%。

 **课外资料**

2008 年，毕某和曲某开办的物流信息公司面对强大的竞争对手潍坊市某物流园，其公司业务开展不是很理想。毕某公司的业务员多次接到客户反映，只要计算机装上潍坊市某物流园公司的软件，毕某公司的网站就被屏蔽。于是，毕某与曲某雇用黑客高手朱某想办法让对手打不开网站，朱某利用DDOS黑客程序进行攻击，朱某在7月10日开始抓"机"（计算机），总共控制了大约5 000台"肉机"（又称傀儡机）。利用这些傀儡机，自7月17日开始，朱某在家里或者网吧攻击潍坊该物流公司的计算机主机，由于潍坊某物流公司的托管服务器正好位于网通公司，黑客攻击连累全市40多万网通用户无法正常上网。8月30日，3名犯罪嫌疑人被正式批捕，潍坊市公安局网警支队成功侦破潍坊网通公司城域网遭受黑客攻击的特大案件。

 **现实视点**

　　低收入人群不可能拥有计算机和接入互联网，这就形成信息富有和信息贫困的两类人群。这两类人群之间的差距被人们称为数字鸿沟。美国政府试图实行"E-rate"（Edutation Rate，教育折扣项目）项目以缩小数字鸿沟。这项计划向长途电话收税以建立基金组织支持公共学校和图书馆的网络接入。

　　美国并不是唯一考虑数字鸿沟的国家。许多贫穷的国家支付不起网络入户所要求的电信基础设施建设。

　　⊃ **辩证性思考**

　　1. 你认为在解决公共学校和图书馆的网络接入问题上，政府应该扮演什么样的角色？解释你的理由。

　　2. 为什么一个国家会关心其公民的网络接入问题？在这些国家的企业，如何通过网络用户获取利润？

▨▨▨ **课内测试** ▨▨▨
　　列举并简要解释两类网络犯罪行为。

 **课外资料**

　　根据《2008年中国计算机病毒疫情及互联网安全报告》报告：2008年，中国新增计算机病毒、木马数量呈爆炸式增长，总数量已突破千万。病毒制造的模块化、专业化，以及病毒"运营"模式的互联网化成为2008年中国计算机病毒发展的三大显著特征。同时，病毒制造者的"逐利性"依旧没有改变，网页挂马、漏洞攻击成为黑客获利的主要渠道。

　　据金山毒霸"云安全"中心监测数据显示，2008年，金山毒霸共截获新增病毒、木马13 899 717个，与2007年相比增长48倍。在新增的病毒、木马中，新增木马数为7 801 911个，占全年新增病毒、木马总数的56.13%；黑客门类占全年新增病毒、木马总数的21.97%；

而网页脚本所占比例从去年的 0.8%升至 5.96%，成为增长速度最快的一类病毒。金山毒霸"云安全"中心统计数据显示：90%的病毒依附网页感染用户。

## 4.3.2　安全

无论是在家中还是在工作中，计算机安全对于网络用户都是重要的。比较而言，企业常常具有更强的安全意识，这是因为，它们的数据和计算机系统更容易受到黑客和病毒的侵袭。家庭用户可能已经针对病毒采取了相应的防护措施，但是，他们也正在成为黑客的攻击目标。当家庭用户参与电子商务时，他们可能在计算机上留下信用卡账号、银行账户及其他可能被窃取的个人资料等信息。

### 1. 防火墙

企业通过使用防火墙抵御黑客攻击以保护自己。防火墙是阻止未经授权的计算机使用行为的软件程序。防火墙能够核查访问计算机网络用户的资格，但不能防止具有网络访问权限的雇员的不当使用行为。因此，除网络防火墙之外，一些企业还积极地监控员工的计算机使用行为。

当个人计算机连接到互联网时，专为家庭用户开发的防火墙软件可以防止黑客对个人计算机的攻击。家庭用户通常也使用桌面安装的、防止病毒和其他破坏性程序入侵的病毒检查软件。

### 2. 加密

对一些被争夺的数据进行加密才可以确保信息的安全。数据以乱码的形式通过互联网传输，当数据被接收时，需要一个解密的密码才能将乱码转换回原来的信息。

Wi-Fi 网络可能泄露无线电信号，可能被未经授权的用户所截取。因此，在大多数人感到通过无线网络从事电子商务是安全的之前，无线网络 Wi-Fi 加密标准必须被采用。

**课内测试**

列举可以用来改善网络安全的战略。

## 评估练习

正确领会网络营销基本概念，将下列问题最正确的答案选出来。

1. 下列各项不属于网络犯罪行为的是（　　　）。
　　a. 黑客　　　　　　　　　　b. 病毒
　　c. 攻击基础设施　　　　　　d. 加密

2．下列哪项措施常常用来阻止黑客的入侵（　　　）。

    a．计算机病毒　　　　　　　　　b．防火墙

    c．病毒检测软件　　　　　　　　d．黑客检测软件

**分析思考**

尽可能完整地回答下列问题。

3．你的经理请你解释，他的计算机连接到互联网是否存在一定的风险。介绍他可能会遇到的问题。

4．针对上述第3题所列问题，向你的经理推荐一些防护措施。

## 4.4　技术应用

**教学目标**

1．介绍网站建设中用到的编程语言。

2．列举有关 ISP 选择需要考虑的因素。

**任务驱动**

开发建设电子商务网站看上去好像是一件简单的工作，只需要制作一些网页再上传到互联网上去。实际上，事情并不是那样简单，必须积累许多实践经验。

网站需要 ISP（网络服务提供商），而且 ISP 必须保证一天 24 小时不间断运行，许多网站需要连接数据库或其他计算机网络，这些连接需有复杂的程序做支撑。网站的设计也必须迎合顾客的期望。现在，顾客还希望有声音或者能够实现高水平的互动活动。以后，他们可能还需要双向视频等宽带应用功能。

与同学一起，草拟一份建设一个功能性网站所需技能的列表，描述人们获得宽带接入后所必需的新技能。

### 4.4.1　网络编程语言

#### 1．HTML 语言

网页使用 HTML 标记或代码，以向浏览器传递如何显示文本的信息，传递图片位置的信息，传递页面如何被格式化的信息。因此，网页设计者必须熟悉 HTML 代码。当然，在网页设计制作过程中，许多网页设计人员使用已经写好源代码的网页制作软件。

HTML 是目前网络上应用最为广泛的语言，也是构成网页文档的主要语言。设计 HTML 语言的目的是为了能把存放在一台计算机中的文本或图形与另一台计算机中的文本或图形方

便地联系在一起，形成有机的整体，人们不用考虑具体信息是在当前计算机上还是在网络的其他计算机上。他们只需使用鼠标在某一文档中单击一个图标，Internet 就会马上转到与此图标相关的内容上去，而这些信息可能存放在网络的另一台计算机中。HTML 文本是由 HTML 命令组成的描述性文本，HTML 命令可以说明文字、图形、动画、声音、表格、链接等。HTML 的结构包括头部（Head）、主体（Body）两大部分，其中头部描述浏览器所需的信息，而主体则包含所要说明的具体内容。基本 HTML 页面以<html>标签开始，以</html>结束。

在网页设计中，也会用到其他一些编程语言。传统的 HTML 是静态的，当它被加载到浏览器后，它只像一个画面，怎么看也不会发生变化，而 DHTML（动态 HTML）则意味着Web 页面对用户会有响应，允许运动和分层。扩展标记语言 XML 是一种简单的数据存储语言。

随着互联网（Internet）的广泛应用，和 HTML 技术的不断发展和完善，以及随之而产生了众多网页编辑器，从网页编辑器基本性质可以分为所见即所得网页编辑器和非所见即所得网页编辑器（原始代码编辑器），两者各有千秋。所见即所得网页编辑器的优点就是直观性、使用方便、容易上手，在所见即所得网页编辑器进行网页制作和在 Word 中进行文本编辑不会感到有什么区别，它们可以让网页设计者不需要使用编码细节就可以应用标签和代码。例如，设计者可以突出显示文本的某一部分和单击斜体按钮（程序将应用标签实现斜体格式）。所应用的 HTML 代码可以被任意浏览器读取。需要掌握更高水平的技能才能应用更先进的功能，实现安全在线购物，调取数据库中的信息到页面和或播放媒体文件。

### 2. 外挂插件

网站往往不仅仅是显示文字和图片，许多网站还播放声音和视频，并允许用户玩游戏，这些功能可以通过外挂插件实现。插件是一种遵循一定规范的应用程序接口编写出来的程序。例如，在 IE 中，当安装相关的插件后，Web 浏览器能够直接调用插件程序，用于处理特定类型的文件。一些常见的插件包括：

- 苹果计算机公司的 Quick Time 视频播放器；
- RealNetworks 公司的 RealPlayer 视频和音频播放器；
- Macromedia 的 Shockwave 和 flash 等可以实现多媒体、流媒体和互动游戏播放器。

在网络上传输音/视频等多媒体信息，目前主要有下载和流式传输两种方案。流式传输时，声音、影像或动画等时基媒体由音视频服务器向用户计算机连续、实时传送，用户不必等到整个文件全部下载完毕，而只需经过几秒或十数秒的启动延时即可观看。当声音等时基媒体在客户机上播放时，文件的剩余部分将在后台在服务器内继续下载。流媒体是指把一些大型文件分割成一些小部分，然后传输到用户浏览器，流媒体播放器通常是指能把视频文件通过流式传输的方式在 Internet 播放的播放器。

多媒体程序用于创建交互式内容，这些程序综合应用图像、动画、视频、声音和编程等媒体形式。这些程序的应用需要掌握比网页制作更先进的技术水平。

## 课内测试

网页编辑软件的目的是什么？

### 网络营销误区

网络无处不在吗？微软旗下MSN的英国子公司2003年4月30日发布的一篇新闻稿称，该公司正在准备将一种装配有Wi-Fi无线技术的卫生间用于该年夏天英国的室外节日。该软件公司曾宣布，正在测试一种被称为iLoo（loo是英文中厕所的意思）的可以接入互联网的移动卫生间。该卫生间装备有平板显示器及防水键盘，从而可以在卫生间接入互联网。这一想法遭到媒体的嘲笑，虽然这一创意与微软的口号"今天你想去哪里？"相吻合，但是，iLoo的创意最终还是被打消了。该消息被微软在美国的代表证实，并被广泛传播，《华尔街日报》、美联社和路透社等媒体都对此做过报导。2003年5月13日，微软表示，该公司公布的新闻稿是其英国子公司员工的恶作剧。微软宣称，即使iLoo新闻稿的日期是5月2日，这也是一个愚人节的玩笑。

#### ➲ 辩证性思考

1. 网络随身、网络无处不在有多么重要？解释你的回答。
2. 你认为微软还应该继续iLoo这个创意吗？解释你的理由？

### 课外资料

在美国，为家庭用户提供网络接入的最大的ISP是AOL。它拥有超过27%的市场份额。

其最大的竞争对手是MSN（微软网络），拥有9%以上的市场份额。前五名ISP拥有50%的市场份额。另外50%的市场份额被大量不足2%市场份额的ISP所共享。

2008年5月24日，中国工业和信息化部、国家发展和改革委员会、财政部联合发布《关于深化电信体制改革的通告》。三部委在通告中表示，基于电信行业现状，为实现上述改革目标，鼓励中国电信收购中国联通CDMA网（包括资产和用户），中国联通的基础电信业务并入中国电信，组成新电信；中国联通与中国网通合并，剔除中国联通CDMA，组成新联通；中国铁通并入中国移动组成新移动。

## 4.4.2　启动电子商务

商务过程是复杂的，为了使企业能够充分地参与电子商务，必须给顾客提供获得产品说明的途径；产品可用性的信息，包括税收与运费的定价信息；网上订单与支付；许多其他应用程序。获得这些功能需要将商务软件、数据库、网络支付认证系统与网站服务器建立链接。

电子商务要求将许多计算机或计算机系统形成的网络链接在一起。当前，许多企业通过网络将他们遍布全球的计算机系统连接起来。

## 1. ISP 的选择

企业拥有自己的电子商务主机是极其昂贵的。费用成本包括硬件、软件、人员、程序设计和内容创建。企业必须决定使用自己的服务器主办自己的网站还是通过 ISP 完成。大多数情况下，企业认为将企业网站规划管理工作部分或全部外包或托管给另外一些公司是有意义的。

在选择 ISP 时，企业必须考虑许多重要的因素。

(1) 网络可靠性。这是指网络正常启动和运行的时间所占比例的大小。

(2) 性价比。不同收费水平会提供什么样的服务。

(3) 客服响应能力。ISP 能否及时答复和快速地解决问题。

(4) 技术支持。ISP 的技术支持人员能否做出及时反应及具有解决问题的能力。

(5) 磁盘空间。企业可以获得多大的磁盘空间，相应的成本是多少。

(6) 程序设计支持。ISP 必须提供数据库访问、编程帮助或特别设计技巧方面的哪些功能。

(7) 电子商务支持。ISP 是否能够提供购物车、在线交易，以及个性化的营销解决方案。

(8) 电子邮件服务。可以提供多少电子邮件账户以及这些账户如何才能被访问。

(9) 安全保障。ISP 如何保证在线数据传输与实施在线交易的安全性。

大多数企业不愿把资源分配给不属于其核心业务组成部分的活动，遵照这一决策，许多企业就会将他们的网站主机外包出去，大概有超过 60%的大企业和超过 90%的小企业将它们的网站进行了外包。企业外包其网站可能出于许多原因：

- 企业不拥有当前最流行的技术，也不愿意承担软件和硬件的升级费用；
- 企业没有保持高水平安全性的能力；
- 企业技术需要快速的变化；
- 企业没有专业技术人员进行网站的运行和维护；
- 企业不愿意支付全天 24 小时的技术支持人员。

 **工学结合**

李莎获得两个学士学位，一个是市场营销，另一个是管理学。在校学习期间，她学会了如何制作网页。大学毕业后，她的职位是一家小型企业的营销主管，负责规划广告与促销方案。她还通过帮助规划网上出版物获得一定的平面设计经验。她的经验使她得到一家大制造商网站管理员的工作机会。

　　网站管理员是全面负责网站管理的人员，具体负责设计网页、制图、撰写 HTML 源程序及维护服务器。他们也负责答复客户咨询，指导网络战略规划，统计资料汇编以及制定购买决策等工作。网站管理人员一般是具有复合能力的专家，既能理解企业的营销与媒体形象，又能达到规划和维护网站的技术性要求。

　　李莎热爱她每一天面对的挑战，在工作中，她也掌握了对她有益的新技能。她使用网页编辑器、数据库、图形设计工具包及多媒体软件工作。

➲ **辩证性思考**

1. 评价李莎的工作，辨析成为一名出色的网站管理人员需要掌握哪些技能。
2. 概括形成一份获得这些技能的计划。

### 课内测试

当企业选择 ISP 时需要考虑哪些因素？

## 评估练习

正确领会网络营销基本概念，将下列问题最正确的答案选出来。

1. 下列各项可以用来制作网页和增加网页效果的是（　　）？
　a. HTML 编码
　b. 网页编辑器
　c. 插件
　d. 上述所有选项

2. 下列各项在选择 ISP 时不需要考虑的因素是（　　）？
　a. 技术支持
　b. 编程支持
　c. 安全性
　d. 服务器地点

**分析思考**

尽可能完整地回答下列问题。

3. 技能　使用网络查找三类网页编辑器软件的信息。使用电子表格软件创建一个表格，比较每一种编辑器的功能与成本。

4. 假设你工作在一个希望到互联网扩展业务的小型零售商。你的领导向你咨询，企业应该投资购置服务器主办自己的网站还是应该租用 ISP 服务，请你提出建议并做出分析论证。

## 第4章 评估测验

复习网络营销基本概念，将每个词汇前的字母写在与之相匹配的定义前。

（　　）1．阻止未经授权的计算机使用行为的软件程序。

（　　）2．不被某一公司单独拥有的一套基本规程。

（　　）3．从一个文件中的某一点到同一份文件的另一点或另一份文件的某一点建立的索引关系。

（　　）4．建立在使用公共电信基础设施以传输信息的互联网标准基础上的一套开放式标准。

（　　）5．可以让人们看到网站的图形视图。

（　　）6．向广大用户综合提供互联网接入业务、信息业务、和增值业务的电信运营商。

（　　）7．网络可通过的最高数据率，即单位时间内能够在线路上传送的数据量。

（　　）8．通过传输直接数字信号可以增加带宽的网络连接方式。

（　　）9．国际互联网上的犯罪活动。

（　　）10．个人企图突破网络安全进行娱乐或获取利润的行为。

（　　）11．互联网与用户家中或企业之间最后的连接。

（　　）12．植入浏览器用于播放多媒体文件。

（　　）13．由一系列连接（0）和中断（1）构成的。

a．模拟信号

b．带宽

c．宽带

d．浏览器

e．计算机病毒

f．网络犯罪

g．数字信号

h．域名

i．加密

j．防火墙

k．黑客

l．超链接

m．ISP（互联网服务提供商）

n．最后一公里

o．开放式标准

p．外挂插件

q．万维网

将下列问题最正确的答案选出来。

14．下列哪项是电信基础设施的组成部分（　　　）。

　　a．电话和电视线路　　　　b．计算机硬件　　　　c．软件　　　　d．上述各项

15．下列各项首先被研发出来的是（　　　）。

　　a．互联网　　　　　　　　b．万维网　　　　　c．HTML　　　　d．浏览器

### 分析思考

16．假设你正投资于电信基础设施。用 5 分钟的时间与其他同学讨论你应该投资的最后一公里技术的类型。论证你的决策并与同学分享你的想法。

17．假设你已经被雇用向中学生宣讲黑客攻击计算机系统和开发计算机病毒的危害。概括你为了说服学生不要实施网络犯罪而准备的讲话内容的要点。

18．你已经拿定主意成为一名专业的网页设计者。你将如何明确你所需的技能以及通过哪些途径获得这些技能。

### 工学结合

19．营销算术　过去，你在家中计算机上，通过一个 56 Kbps 的高速调制解调器下载网页。现在，你刚刚升级到 1.5 Mbps DSL 连接。计算说明，新连接快了多少？

20．历史　撰写一份报告，概括介绍互联网的历史，指出互联网成为全球性媒体最重要的技术，并估测互联网的未来。

21．技术　使用浏览器浏览网页，查看网页源代码（单击鼠标右键查看源文件），翻阅 HTML 代码，分析思考这些代码是由人编写的还是通过网页编辑器软件转换的，解释你的回答。

22．沟通　你的经理认为，手机无线连网通信因为屏幕太小而不会继续增长，请你归纳支持手机无线联网通信会继续增长的论点。

23．沟通　你正在为 ISP 规划开发一则广告。请写出反映该 ISP 主要卖点的广告文案，涵盖企业为什么要选择该 ISP 代管其网站的原因。

 项目导向

实践训练项目的这一部分将主要讨论，你的企业将如何规划和传送网页内容给其目标市场。与你的团队成员一起完成以下活动。

1．辨析你的企业目标市场使用的网络接入方式，是通过计算机、数字有线、无线系统还

是其他连接方式？确定你企业目标市场可能使用的最后一公里主要连接方式的速度。说明你是否希望目标市场实现宽带连接。

2. 明确你的团队是直接主管自己的网站还是计划外包给 ISP，形成一份选择 ISP 的标准清单。

3. 规划能够确保你企业网站安全的战略。你将如何与顾客沟通以保证网络安全？

4. 在你的团队里，明确由谁负责制作网页，明确这些团队成员需要掌握哪些技能。

 **案例分析**

## 电子商务的便利因素

许多消费者选择在舒适的家中上网购物。通过网上购物，消费者不需要穿上衣服出门，在家中就可以准确找到他们想找的物品。

便利是数字商店的主要优势之一。当消费者对某一特定产品产生需要时，他们希望快捷而容易地找到该商品，在传统店铺，他们不得不通过货架和柜台查找他们想要的商品，因此，购物者越来越对传统店铺购物不感兴趣。网络购物还可以让消费者绕过那些缺乏顾客服务技能的销售人员。

**客户满意度准则**

企业必须遵循几项准则以使顾客满意并成功维持电子商务网站。

- 提供所销售的所有产品的图片和准确说明。

- 接受包括信用卡在内的多种付款方式，那些要求通过邮寄汇票或支票进行支付货款的网站几乎不会实现销售。

- 保持充足的商品供应，以及时完成订单。如果顾客需要长时间等待他们所订购的商品，他们很快就会变得因烦躁而不满。

- 通过回复电子邮件以确认顾客订单。顾客应该是十分方便地打印订单作为他们的记录。

- 在顾客订购期间，不要让不必要的市场调研问题打扰顾客。只需要问一些类似顾客姓名、地址和支付信息等基本数据的问题。营销调研问题适用于那些已经建立起来的积极的顾客关系。

- 为客户提供包括隔夜快件在内的多种选择的运输方案。最终购买者常常宁愿支付额外的费用以按时收到所购货物，而不愿冒着延迟支付的风险选择普通的运输方式。

- 确保网站能够通过关键词搜索到。顾客希望快速地查找到货物并轻易地找到企业网站。

- 使公司包括客服机构免费电话、电子邮件地址等所有联系信息引人注目。有时候，顾客在最终决定购买前需要有某个疑问的答案。

- 确认网站文字、图片及互动元素都能快速地打开。顾客会随着等待网页缓慢地打开或者根本打不开，其挫折感也随之产生。

通过提供快速的、便利的、轻松的购物体验，企业将赢得回头客与顾客忠诚。

## ➲ 辩证性思考

1. 为什么更多的人选择网上购物？
2. 为什么对于零售网店而言，便利和易于使用是如此的重要？
3. 商场商店应该采取哪些措施以改进顾客服务？
4. 列举零售网店建立稳固顾客基础的三个途径。

 **实践准备**

## 营销管理角色扮演

Sports Past 是一家销售流行职业球队仿古球衣的小型电子商务企业。你受聘于该企业，负责提高该企业的顾客服务工作。

仿古球衣的流行急剧增长。在过去的一年中，这种球衣的订单增加了 3 倍，Sports Past 认为其成功的原因在于不需要过多的库存和相关的仓储费用。

为了降低球衣的人工成本，该企业选择球衣的制造地在中国。所有订购的球衣通过美国邮政服务配送。但顾客抱怨订单的处理时间太长，大多数订单的处理时间都长达 8 个星期之久。

你被要求向管理层提供如何简化客户订购及订单处理流程的建议。Sports Past 也指望你发挥专长改善其库存策略。该企业库存控制的目标是，手头只是保留足够的库存以避免缺货。你必须提供切实可行的建议，以改善企业所关心的这两个问题。

你有 10 分钟的时间扮演该角色并向该企业老板提交你的合理建议。

### 绩效评价指标

1. 认识到顾客对 Sports Past 所提供的服务不满意的原因是什么。
2. 解释仿古球衣改进配送服务的必要性。
3. 讨论企业应该通过与诸如联邦快递等物流配送服务提供商建立联盟以提供更多航运选择的原因。
4. 分析企业需要如何改进其库存战略来提供更快捷的配送服务。
5. 解释 Sports Past 网站怎样提高各种仿古球衣的产量。

### ➲ 辩证性思考

1. 为什么对于电子商务企业而言，客户服务是如此的重要？
2. 商品配送在提高顾客满意度方面具有什么样的作用。
3. Sports Past 是否还应该继续将其球衣生产外包给中国，为什么？
4. 为什么 Sports Past 需要重新规划其库存战略？

第 5 章

# 有效的网络通信

## MSN：门户网站之路

MSN 全称为微软网络服务（Microsoft Service Network），对于互联网而言，MSN 被设计成一个门户网站或窗口。1995 年，MSN 网络在美国推出。2005 年，微软宣布推出 Windows Live，新的服务将包括 Windows Live Mail，Windows Live Messenger 等。以 MSN.com 为首的各种微软网站服务，正在以 21 种语言为 42 个市场提供本地化服务。MSN.com 每月吸引超过 5.5 亿的独立访问者。

MSN 网站可以提供信息内容、广告、搜索查询、电子商务和电子邮件等服务。MSN 也可以传送类似音乐、视频等的宽带内容。MSN 用户可以即时地传递信息给其他在线的即时通信服务用户。MSN 试图通过提供高价值的信息以保留其用户。MSN Money 还可以提供在线个人理财服务，理财工具和内容。而且该网站还提供与美国热门新闻网站 MSNBC（www.msnbc.com）和体育网站 ESPN（www.espn.com）的链接，这样，访问者就可以看到有趣而最新的信息。

MSN 网站设计形成易于识别的内容区，可以使用户便捷地跳转到喜欢的信息。MSN 比 AOL 吸引了更多的访客。一般来说，美国在线的用户在美国在线网站花费的时间是 MSN 用户在其网站上花费时间的 4 倍。除了增加有价值的内容和资源到其网站上之外，微软花费数百万美元不断完善其 MSN 网络浏览软件以吸引更多的新用户。使用高速宽带接入功能是微软战略的组成部分。MSN 希望实现其不仅仅是门户网站的定位。

2005 年 5 月，微软宣布和上海联和投资有限公司共同成立合资公司，由此将 MSN 正式带入中国，并实现门户网站与即时通信工具的无缝融合。在中国，微软 MSN 已经通过与本地合作伙伴的深入合作和不断创新实践，为中国互联网用户提供全面的、整合的互联网服务，包括 MSN 中文网、即时通信、搜索、移动互联网等。截至 2008 年第一季度，MSN 中文网每月独立访问用户数量超过 5 000 万人，成为最受欢迎的白领门户。

### ○ 辩证性思考

1. 浏览 MSN 站点，列举访客愿意回访该网站的至少 3 个原因。
2. 为什么说对于 MSN 而言建设一个吸引全球数百万用户的网站不是一件容易的事情。

## 5.1　网络通信

**教学目标**

1. 讲解电子商务通信模型。
2. 介绍各种电子商务通信平台。

**任务驱动**

网络是一个可以让人们随时随地通过大量不同方式通信的信息高速公路。这种能力正在改变人们交互通信的方式。

一份来自美国在线（AOL）的调查发现，在美国，网络是青少年最基本的通信工具。在18、19岁年龄较大的青少年中，有56%更喜欢网络通信而不是电话。在这个年龄段人群中，有91%使用电子邮件，有83%使用即时通信工具。在12~17岁的青少年中，有高达81%的人使用电子邮件与他们的朋友与家人联系，有70%使用即时通信工具。超过61%的青少年利用网络完成作业和获取其他在线信息。年龄大点的青少年使用网络在线欣赏或下载歌曲，而年轻点的青少年则使用网络玩在线游戏。

与同学一起讨论，你们是如何与他人通信的。比较网络通信与电话通信各有何优点？

### 5.1.1　通信基础

#### 1. 电子商务通信模型

信息从发送者到接收者之间传输的过程叫通信。发送者必须用能被接收者理解的方式对信息进行编码或设计。信息接收者则要对收到的信息进行解码或翻译。为了确保所传送的信息能够被正确理解，从信息接收者到发送者的反馈也是十分重要的。

商务活动中，企业需要与顾客、员工以及其他企业等大量接收者进行通信。在企业通信活动中，经常会用到各种各样的通信媒体，包括：广播、电视等视听媒体；图书、报纸、杂志等印刷媒体；电话及网络等。作为企业多媒体战略重要组成部分的网络，在支撑企业的通信活动中，扮演着越来越重要的角色。电子商务通信模型如图5-1所示。

使用视听媒体和印刷媒体，信息接收者并不能即时向信息发送者做出反馈。因此，信息发送者常常通过调查活动来确定视听媒体或印刷媒体所传送的信息是否被接受者收到并正确理解。个人对个人的电话通信可以实现即时反馈，这种即时通信可以使信息发送者根据信息接收者做出的反馈提供更新的信息。网络则可以让信息接收者使用超链接获得新的信息。

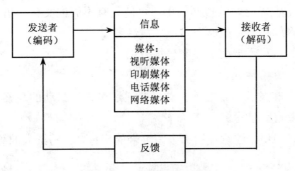

**图 5-1 电子商务通信模型**

互联网是一种基于超级链接技术的分布式的超媒体系统。尽管互联网是主要的超媒体形式，但它并不是唯一的超媒体形式。互动电视、蜂窝电话、DVD（数字视频显示系统）及其他电子媒体都可以实现内容之间的链接。

个人可以使用各种媒体相互通信或者与企业通信。对于遍及全球的年轻人来说，网络正超越电视成为最流行的娱乐平台，它也正超越电话成为最重要的通信平台。商务活动中，电子邮件要比电话使用的频繁。

 **课外资料**

> 青少年市场是一个巨大的受众。在美国，在商品和服务方面，8～12 岁青少年每年消费 191 亿美元，每人每年消费约 946 美元。13～19 岁青少年每年消费 947 亿美元，每人每年消费 3 309 美元。

### 2．多对多通信模型

多对多通信模型设置超媒体于通信过程中心，这种模型可以想像成任何人互相之间通信的集会地点。例如，一个企业（B）可以设计一个允许顾客（C）发表评论的网站，企业员工（E）可以对顾客评论做出回应。多对多通信模型可以使超媒体形成一定数量的交互，其交互关系如下所示。

消费者与消费者（C2C）　　　　　企业与员工（B2E）

企业与消费者（B2C）　　　　　　员工与员工（E2E）

消费者与企业（C2B）　　　　　　企业与企业（B2B）

员工与企业（E2B）　　　　　　　员工与消费者（E2C）

### 3．网络礼仪

网络礼仪是人们在网络活动中应该具有的正确的礼仪。网络礼仪包括人们网络在线和在网络空间中一般的礼貌规范。

- 尊重他人，表现为你在和他人进行对话时。

- 网络是一个全球性媒介，其他网络用户可能具有不同的文化、语言和幽默感。本土的俚语、笑话、讽刺不一定能够正确地传情达意。
- 尊重版权，未经许可不要随意复制传播资料。
- 不要发送垃圾邮件给他人。
- 在网络聊天室，在发表评论之前，首先要通过对讨论活动的观察，获得对群体文化的认识，不要违反有关禁忌。
- 使用英文发送信息时，注意使用大小写混合的字体，大写给人的感觉是你在大喊大叫。

### 课内测试

描述电子商务通信模型。

## 5.1.2 电子商务通信平台

网络提供了大量的通信平台，包括网页、电子邮件、聊天室、即时通信工具、论坛和富媒体。基于文本的电子邮件是通过网络通信最基本的平台。网页则可以传播更复杂的信息。

网页最基本的内容包括文本、图形和超链接，网页也可以支持其他的通信平台。例如，网站可以托管电子邮件，聊天室或者论坛。

聊天室、即时通信工具和论坛可以实现类似消费者与消费者之间的双向通信。拥有聊天室和即时通信工具，每个人都可以发送被人们立刻看到并即时反馈的信息。论坛则可以让浏览者在略微滞后的时间内发表其观点。聊天室和即时通信工具可以用做企业员工与顾客之间及时的信息提供和反馈。类似多媒体、三维虚拟环境、流媒体视频及其他数字技术的富媒体，可以让网站采用音频和视频作为向访问者传递信息的通信工具。使用富媒体的企业，必须考虑到网络带宽的限制，目标市场使用的网络接入工具，以及目标顾客观看并与在线内容交互的能力。

网络协议用来开发企业内部和企业之间的通信系统。考虑到企业员工一般都比较熟悉基于网站的界面，因此，这些系统被用做主要的企业通信工具。

### 1. 企业内联网

企业常常建立被称为内联网的内部网站，用来与它的员工进行通信。这些站点一般不对外开放并通过防火墙加以保护。员工可以通过内网共享信息和知识，协作完成工作项目，学习新技能，获知企业新闻。内网使用的通信平台和互联网一样。

### 2. 外联网

外联网通过网络协议与供应商及其他合作伙伴安全地建立联系。企业可以通过外联网快速地开展 B2B 交易。外联网通过建立供应商与企业库存数据的连接促进订单的处理。外包商可以通过外联网与企业共享设计信息，而且可以及时获悉更改的设计信息。供应商还可以通过外联网提交供货方案和报价、相应文件，并实时接收账款。

　　为了成功开发外联网，企业必须与组织外部的供应商和合作伙伴一起协作。由于私人信息必须通过公众网络安全地传送，外联网需要更多的安全和技术的考虑。

**■ 课内测试**

区分内联网和外联网，它们和互联网之间有何区别？

 **网络知识**

　　遍及全球的年轻人正在改变他们的通信方式。18～24 岁之间的人们，使用移动电话、电子邮件、即时通信工具的越来越多。互联网掌控了这个年龄段人群的媒体时间，导致他们看电视、阅读报纸杂志和听广播时间的减少。

　**⊃ 辩证性思考**

　　1. 跟踪你 24 小时内使用媒体的时间，确定你上网、看电视、阅读报纸杂志、听广播的时间各有多少。预测哪些媒体时间在不断增长，哪些媒体的时间在不断下降。

　　2. 这些变化趋势将如何影响企业与其顾客之间的通信战略？

## 评估练习

正确领会网络营销基本概念，将下列问题最正确的答案选出来。

1. 完整的通信过程包括的基本要素有（　　　　）。

　　a. 信息发送者和信使

　　b. 视听媒体、印刷媒体、电话和网络

　　c. 信息发送者、信息、接收者和反馈

　　d. 信息发送者、广播和信息接收者

2. 下列有关电子商务通信平台描述错误的是（　　　　）。

　　a. 网页最基本的内容包括文本、图形和超链接

　　b. 聊天室、即时通信工具、论坛可以实现双向通信

　　c. 基于文本的电子邮件是网络通信最基本的平台

　　d. 企业一般不会使用聊天室和即时通信工具

**分析思考**

尽可能完整地回答下列问题。

3．通信　选择一家知名企业。描述该企业用来与其顾客进行通信的各种媒体。

4．通信　介绍你将推荐给一家大型住宅建筑公司采用的通信平台。并论证你的回答。

# 5.2 数字通信战略

## 教学目标

1. 讲解各类超媒体通信目标。

2. 解释通信战略中，电子邮件营销所发挥的作用。

## 任务驱动

企业在决定与其目标受众通信内容及通信方式之前，要规划其通信战略和目标。企业发送的每一条信息都要花费成本而且必须有利于增进企业的竞争优势。

如果你负责某一个企业的通信战略，你应该考虑到选择最具成本效益的方式发送每一条信息给企业的受众。当你面对多样化的受众和众多媒体需要选择时，决策变得更加复杂了。互联网提供了各种各样具有成本效益的新的通信工具。

与同学一起讨论，智力激荡形成公司可以建立的各种通信目标，选择其中一个目标，规划并说明包括使用超媒体在内的实现该目标的通信战略。

## 5.2.1 超媒体通信目标

网站已经发展得不再仅仅是扮演电子手册的角色了。现在，网站已经成为企业的公共面孔。企业网站常常是个人查询企业产品、服务、工作机会等信息的首要地方。不同的访客希望获取的信息量是不同的。一个独立的网站必须被精心设计以迎合所有访客的需要并且抓住那些网络冲浪者的注意力。

企业通信目标的设定应该以它所服务的目标市场的信息需要为基础，而通信目标又是网站设计与建设的导向。企业设定的通信目标常常有支持销售流程、告知顾客产品信息、加强品牌形象和招聘员工等几个方面。一般而言，网站常常被设计得可以同时实现上述几个目标，可以让不同的访客发现不同的信息。网站可以设计成充当电子手册角色的手册型网站，也可以设计成用来建立和维持顾客关系的关系型网站。手册型网站、关系型网站、电子商务型网站和网络门户型网站等的设计都是为了实现某个特定通信目标。

### 1. 手册型网站

企业常常设计印刷纸质手册向其目标顾客传递产品、服务和企业形象信息。手册型网站是为了实现同样的通信目标而设计的。但是，这些网站不能用来进行构建顾客关系和在线销售。

手册型网站是最简单的，而且是设计与建设成本最低廉的一类网站，企业可以决定设计与建设一个手册型网站。对于一些企业而言，手册型网站可以提供顾客需要的所有的信息。设计这类网站需要注意的是，必须及时更新其信息内容，以确保其访客能够不断回访。

### 2. 关系型网站

顾客必须有一个足以让他感兴趣的理由才会不断回访某个网站。如果一个企业只是建设了一个电子手册型的网站，顾客可能只是浏览一两次就一去不复返了。为了与其目标顾客建立关系，网站必须能提供令其目标顾客感兴趣的通信方案。

关系型网站是设计得能促使顾客不断回访的网站。这些网站会提供游戏、聊天群或其他互动性内容以培养顾客关系。

 **现实视点**

互联网为人们提供了各种各样的通信平台。但是，互联网最大的社会意义是它成为言论自由场所带来的巨大威力。以前，世界上的人们间沟通思想的代价是高昂的。现在，每个人都可以拥有自己的网站，都可以参与论坛、聊天室或其他多对多通信系统进行针对观点、企业、产品和各种话题展开讨论。

有时，一些流氓网站可以让人们表达他们关于企业、产品或其他组织的感受。一些企业则想要了解它们在网络上的口碑如何。它们通过论坛和聊天室调查了解诽谤性评论，在一些情况下，企业也可以控告人们的网上污蔑和在线诽谤。

在世界上，自由言论并不总是受到人们的欢迎。一些国家还监测互联网以寻找那些发表侵犯政府利益观点的人们。

● **辩证性思考**

1. 为什么网络是形成自由言论的重要工具？对于个人而言，为什么网络要比其他通信渠道更好。

2. 你认为企业应该监测你在网上对它的言论吗？政府是否可以被允许监测人们的网络言论？发表你的观点。

### 3. 电子商务型网站

电子商务型网站的设计以促使顾客做出购买决策为具体目标。无论是电子商务企业还是砖头加鼠标的传统企业，必须通过其网站提供有关其产品、价格、货运等方面足够多的信息，才能让顾客感觉到在线购物的舒适与便利。毋庸置疑，许多顾客只是通过网站查询了解产品信息，然后去传统的砖头加水泥的店铺里购买产品。因此，许多电子商务网站综合了手册信息、关系培养的内容，并且还可以实现在线销售。

### 4. 网络门户型网站

网络门户型网站，是指通向某类综合性互联网信息资源并提供有关信息服务的应用系统。AOL（美国在线）、MSN、Yahoo！和其他门户网站希望成为第一接入点将网络用户吸引到它们的网站。AOL 和 MSN 之所以能够实现其门户网站目标是因为它们是最大的 ISP（Internet Service Provider，互联网服务提供商）。Yahoo！则是通过其搜索引擎为个人提供进入互联网服务。

企业门户网站是提供企业信息给员工的内联网网站。它也会有选择地提供与其利益相关者及供应商网站的接口。

**■ 课内测试**

关系型网站与手册型网站有何区别？

 **课外资料**

2002 年，全球每天发送电子邮件 310 亿封。到 2005 年全球每日电子邮件发送量达到 600 亿封。2009 年全球电子邮件发送量达到 90 万亿封，电子邮件日均发送量达到 2 470 亿封，垃圾邮件量占到 81%。

## 5.2.2 电子邮件营销

应用最普遍的电子商务通信平台是电子邮件。电子邮件营销的运行如同通常被人们称做垃圾邮件的直接邮寄，是指将目标信息发送给最可能购买本企业产品或服务的人们。

### 1. 许可电子邮件营销

基于许可的邮件营销是指企业只选定那些表示有兴趣的潜在顾客。通常，个人在企业网站通过注册以获得电子邮件。这种注册允许接收个性化的电子邮件。研究表明，有收信人名字的电子邮件比那些没有的电子邮件，其响应率高两倍。

目标电子邮件营销是实现通信目标最有效的超媒体平台。网络营销者常常设定顾客点击浏览网站或者向邮件发送者购买产品为通信目标。一项研究发现，69%的美国电子邮件使用者在接到许可电子邮件营销后会做出在线购买决策。电子邮件要比直接邮寄做出的回应快得多。顾客常常在 48 小时之内做出反应，而传统邮局邮寄的反应有时可能长达 6 个星期之久。

### 2. HTML 邮件

电子邮件可以以 Text（文本）和 HTML（超文本标记语言）两种格式发送。HTML 电子邮件可以发行具有图形的文本，并且看上去与网页效果相似。在美国，许可电子邮件营销使用最为普遍的是 HTML 电子邮件。HTML 电子邮件在实现通信目标方面是卓有成效的。HTML 电子邮件的点击浏览率是纯文本电子邮件的 4 倍以上。

### 3．垃圾邮件

垃圾邮件已经阻碍了电子邮件营销效力的发挥，垃圾邮件一般具有批量发送的特征。垃圾邮件一般是指批量发送而未经用户许可的电子邮件。2003 年，垃圾邮件占到所发送邮件的 50% 以上。企业为每名员工花费将近 50 美元以保护其邮箱不受垃圾邮件侵扰。

人们为什么要发送垃圾邮件呢？这是因为垃圾邮件发送者认为，他们发送的邮件越多，他们得到回应的机会也就越多，而且他们不需要为每条信息支付邮资，因此，发送垃圾邮件可以大大增加他们发送信息的覆盖率。阻止垃圾邮件是比较困难的。

一些垃圾邮件发送者设立临时 ISP 账户，在他们被抓住之前大量发送其垃圾邮件，然后，他们换一个新的 ISP 账户继续发送垃圾邮件。

**▌课内测试▌**

写出电子邮件营销者可以增进信息效力的两种举措的名称。

## 5.2.3　时间依赖型通信

许多电子商务通信平台不是时间依赖型的，这意味着他们不需要信息发送者和通信者在同一时间进行互动。而时间依赖型通信平台则可以实现实时通信，通过该平台可以实现多人之间的互动。

### 1．讨论组和邮件列表

（1）讨论组。讨论组也叫新闻组或论坛，是应用协议把用户提交的信息发布到服务器上，不同的用户通过一些软件同服务器连接，阅读其他人的消息并可以参与讨论。讨论组是一个完全交互式的超级电子论坛，是任何一个网络用户都能进行相互交流的工具。在线讨论可以按照以下步骤展开。

- 一名用户将一条信息发布在讨论版或讨论区上。最初的信息可能是一个问题或者一个情况介绍，原创者的目的是为了寻求建议。企业可以发布一则征求人们关于其新产品或服务意见的告示。
- 浏览者看到以后可能会做出回应，将他们的意见发布在随后的评论区。
- 人们可以在任何时间浏览这个讨论区上的一系列信息。

（2）邮件列表。邮件列表可以使电子邮件一次性发送给讨论组的所有成员。邮件列表可以发送有趣的文章，或者只是收集和发送来自所有成员的评论。

邮件列表和讨论组分有主持的和无主持的两种。在有主持的通信活动中，信息被发送或发布之前，需要主持人的审核和批准。在无主持的通信活动中，信息则会自动张贴或重新发送给在邮件列表中的每个成员。

### 2．即时通信和聊天室

人们不需要在他们检查自己的邮箱时才知道是否收到别人发送来的信息。互联网协议可以实现用户之间时间依赖型的即时的连接。这种即时连接可以让多个人在聊天室聚会或者通过 IM（Instant Messaging，即时通信）来回发送信息。

在商务通信活动中，IM 的使用也越来越频繁。员工使用 IM 可以快速地互相通信或与顾客通信。一些企业还使用 IM 作为向顾客发送服务信息的工具。使用 IM，客服代表可以在同一时间内同时与多个顾客进行通信。

**■ 课内测试**

写出企业在其网站上开设论坛的几个理由。

# 评估练习

正确领会网络营销基本概念，将下列问题最正确的答案选出来。

1．下列哪种类型网站只是为了传递企业形象或产品信息而建设的是（　　　）。

    a．电子手册型网站

    b．关系型网站

    c．电子商务型网站

    d．上述选项都不正确

2．下列有关电子邮件营销的观点是正确的，除了（　　　）。

    a．电子邮件营销是最有效的超媒体通信平台之一

    b．不需通过用户许可的电子邮件营销运行是最好的

    c．电子邮件可以采用 HTML 格式

    d．作为一种通信工具，垃圾邮件对电子邮件营销是一种危害

**分析思考**

尽可能完整地回答下列问题。

3．技术　浏览一个网站。分析判断该网站被设计成电子手册型、关系型和电子商务型网站的哪一种。识别该企业设定的通信目标是什么，该企业是如何实现这些目标的。

4．通信　假设一家玩具商店向你咨询：在其通信战略中，如何最有效地使用电子邮件与其现有顾客进行通信。请为该企业提供一份建议方案。

## 5.3　网站设计基础

**教学目标**

1．介绍良好网页设计应该遵循的基本原则。

2．解释规划一个网站应该考虑的问题。

**任务驱动**

尽管互联网最初并不是为个人计算机而创建的，但现在个人计算机无疑已经成为互联网主要的输送系统了。移动电话、个人数字助理等无线设备，也可以提供互联网接入，但并不支持富媒体和复杂的内容。目前的蜂窝技术限制了可以用来传输数据的屏幕尺寸和带宽。

设计者必须考虑到在各种通信平台上网页的设计、内容及显示方式。文本和图形是当前网络内容的主导。一些网站为了增进通信效果，还增添了动作、声音和视频元素。随着网络宽带化成为趋势，新格式的网站内容将被不断开发出来。未来的蜂窝系统能够实现包括动作和视频在内的富媒体，用户还可以通过无线网络下载。

与同伴一起，介绍企业网站的三种设计方案：一是针对个人计算机用户，二是针对无线终端用户，三是针对宽带受众。比较分析你面向每一种通信平台的设计方案。

## 5.3.1　网站设计原则

电子商务企业良好的网页设计必须符合许多准则。首先，网页设计必须有助于企业通信目标的实现。网页设计应该合乎逻辑并协调统一，还要有利于强化企业形象，同时，还应该能使访问者轻松地浏览企业网站内容。网页的设计是从主页开始设计的，主页是浏览者首先看到的页面。为了规划设计好网页，有许多方面需要设计者考虑。

 **课外资料**

网站的设计是十分重要的。接受调查的 65%的美国网络用户表示，他们不会光顾设计贫乏的网站。30%的被调查者认为，网站设计要比一个伟大的产品更重要。

### 1．可访问性

对于具有各种性能计算机的网络用户而言，网页的设计应该满足易于接入的要求。有时，面向大众的诉求应该遵循简约便是最好的原则。如果网站有许多需要先进插件（支持某一网页组件运行的软件）的组件，你应该为用户提供一个可选择的链接途径，以便那些计算机系统不是十分先进的用户可以简单的格式浏览相同的信息。而且，这种途径还可以引导用户链接能够下载所需插件的网站。

### 2．广告

不要让过度的网络广告使网页十分混乱。网页上广告的类型和数量应该适合市场的需要，而且不应该覆盖访问者浏览的主要内容。

### 3. 对齐方式

选择一种对齐方式并始终如一。不要有一些元素左对齐，一些又居中，其他则右对齐。不断变化的对齐方式会使网页看上去十分混乱不堪。

### 4. 一致性和重复

遍及这个网站，重复导航图标和公司 LOGO（徽标）等元素。这些重复元素会将其他的元素维系在一起。在网站的每一页面，导航图标应该以同样的色彩、尺寸和顺序出现在同样的位置。遍及网站的主要标题也应该同样对待。网站所有页面的基本文字也应该是同样的字体、字号和颜色。

### 5. 内容

网站信息的类型和组织的安排应该依据目标市场需要而定，特别要注意保证网页内容书写的清晰，避免自由语法和标点及拼写错误。

### 6. 对比

对比元素具有将浏览者的注意力吸引到页面上来、激发访问者兴趣、反映网页层次结构等作用。如果两个不一样的元素、或者具有不同重要性的元素，处理方式也应有所区别。例如，主标题与副标题相比应该使用大号字和粗体字。对比会形成焦点，突出什么是最重要的。文本应该比背景色或背景图更显著和突出。

### 7. 定制

为客户传送个性化的定制内容是再好不过的事情。

### 8. 反馈

联系方式应该做到显而易见，对任何疑问和意见都应该做到及时回应。

### 9. 链接

能够链接到的内容应该是切合时宜与适合主题的，而且是目标顾客感兴趣的内容。如果链接内容在其他网站，就可以在一个新的窗口中打开，而不要把它拉入你自己网站的框架之中，以免别人以为这原本就是你网站的内容。尊重其他人的创作。

### 10. 导航

网站的导航应该合乎逻辑并做到用户友好。导航图标应该使用统一的处理方法，并且处于网站所有页面相同的位置。

### 11. 订单

电子商务交易型网站的订单处理流程应该使顾客的购买便利、简捷和安全。

### 12．隐私

在网站上，访问者能够很容易地发现有效的隐私保护政策内容。

### 13．查询

搜索查询工具应该做到容易使用且结果准确。

### 14．速度

能使访客快速地下载图片和文本是十分重要的。如果页面下载速度很慢，访客就会感觉乏味而离开。最初为了产生高品质的印刷效果而制作的图片，在网站上为了获得好的视觉效果并不需要那样的分辨率。将这些图片以更小的分辨率保存下来，会使下载速度大大加快。不要设计那种很长的页面，这样的页面，访客必须等待很长时间才能打开，而且只有拖动滚动条才能看到页面的全部内容。而是应该制作能快速下载的、相互之间建立合乎逻辑链接的更小的页面。

### 15．更新

站点的内容和格式应该被经常更新。与其他网站建立的链接应该经常被检查，以免出现打不开的死链接，而且要根据需要不断更新。定期更新网站外观以增加访客的新鲜感，但需要注意的是，更新要渐进，而不是激烈而彻底的改变，这样做会使那些常客感到困扰与迷惑。

**课内测试**

列举至少 5 个优良网站设计需要注意的问题。

 **网络营销误区**

1994 年，一则新闻报道的内容：微软公司打算购买梵蒂冈。然而，这并不是事实，这是互联网上第一则恶作剧。

电子邮件是一个传播谣言和恶作剧的巨大媒体，从发布虚假病毒警告，到传播针对并不存在的威胁的安全警告。电子邮件的滥用导致网络用户对网络信息可靠性的质疑。网络用户必须成为网络专家或者学会识别网络信息真假。

**⮱ 辩证性思考**

1. 列举在线恶作剧可能是十分危险的理由。
2. 研究制定一个识别你接收的信息是否是虚假信息的战略方案。

## 5.3.2　网站规划

现在，许多网络用户使用过网站导航，所以，他们会根据曾经浏览过的网站形成对优良网站的期望。当开始网站设计时，浏览竞争对手的网站以决定如何使自己的网站更具有吸引力是一项很有意义的工作。与此同时，需要注意，不要创建一个与你的目标受众当前使用的导航系统有很大区别的导航系统，以免使你的受众感觉难以适从。

设计网站的首要一步是描绘出你想要让顾客找到的信息的主标题和副标题的纲要。最初的导航构思可以通过一张梗概图反映出来，一张粗略的站点设计草图可以反映出网站包含的每一个网页以及这些网页是如何链接在一起。在网页真正设计制作之前，这张梗概图可以用来对网站进行评价分析。图 5-2 展示了在早期规划阶段以梗概图格式反映的一个床位和早餐网站结构图。

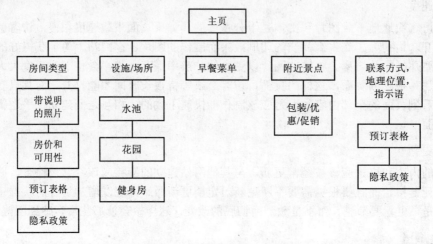

图 5-2　一个床位和早餐网站结构图

 **工学结合**

玛特大学毕业获得了市场营销学士学位。在大学期间，他对网页设计和电子商务战略十分感兴趣。毕业后，他找到一份在大型制药公司的工作。很快，他被提升到宣传团队网页建设负责人的职位。

玛特领导着一个由 7 个人组成的工作团队，主要负责制定和执行宣传战略。他的职责包括规划公司网站以进行外部宣传，和规划公司内部通信。他的团队管理着 2 000 多个网页的内容，玛特必须保证网页内容的及时收集，使用正确的设计工具，信息在网页上被正确地结构化处理，同时必须保证网站设计做到用户友好。

玛特和图形设计师、程序员、经理及顾客进行了充分的沟通。他将公司的通信目标转化为战略，最后将最终设计好的网站发布出去。玛特的技能使他走上了领导岗位的快车道。

⊃ **辩证性思考**

1. 评价玛特的工作。识别成为一名成功的通信组领导必须具备的技能有哪些？
2. 解释为什么具有市场营销专业背景的人在这个职位上更具潜力。

## 评估练习

正确领会网络营销基本概念，将下列问题最正确的答案选出来。

1．下列（　　）内容不是网页科学设计必须考虑的原则。

　　a．对于具有各种不同性能计算机的用户都可以比较容易地进入

　　b．重复和一致性应该将网页维系在一起，并且使它们看起来是属于一个网站的内容

　　c．导航应该符合逻辑并用户友好

　　d．图形应该以最高的分辨率发布

2．网站上的对比元素可以（　　）。

　　a．激发兴趣　　　　　　　　　　　b．体现层次结构

　　c．将浏览者的眼球吸引到网页上来　　d．上述选项都正确

**分析思考**

尽可能完整地回答下列问题。

3．技能　浏览一个网站，评价该网站在遵循网页设计原则方面做得如何，说明还可以如何改进该网站的设计。

4．技能　假设一家服装零售企业邀请你为它设计一个面向宽带用户具有富媒体内容的网站。绘制一个能够体现如何使用富媒体发布网页内容的网站结构梗概图，论证你的设计。

## 第 5 章　评估测验

复习网络营销基本概念，将每个词汇前的字母写在与之相匹配的定义前。

（　　）1．通过网络协议与供应商及其他合作伙伴安全地建立联系。

（　　）2．是人们在网络活动中应该具有的正确的礼仪。

（　　）3．信息从发送者到接受者之间传输的过程。

（　　）4．设置超媒体于通信过程中心。

（　　）5．基于超级链接技术的媒体。

（　　）6．企业只选定那些表示有兴趣的潜在顾客。

（　　）7．可以使电子邮件一次性发送给讨论组的所有成员。

（　　）8．用来与它们员工进行通信的内部网站。

（　　）9．一般是指批量发送而未经用户许可的电子邮件。

a．手册型网站

b．通信

c．电子商务网站

d．电子邮件营销

e．外联网

f．主页

g．HTML 电子邮件

h．超媒体

i．内联网

j．邮件列表

k．多对多通信模型

l．网络礼仪

m．许可营销

n．关系型网站

o．垃圾邮件

将下列问题最正确的答案选出来。

10．浏览者在网站上看到的第一页是（　　　）。

  a．前页　　　　 b．打开的页面　　 c．主页　　　 d．上述选项都不正确

11．蜂窝电话，互动电视和 DVD（　　　）的例子。

  a．富媒体　　　 b．超媒体　　　 c．垃圾邮件　　 d．上述选项都不正确

12．讨论组（　　　）。

  a．可以让人们发布信息给他人看

  b．可以让人们针对发布的信息做出回应

  c．可以是有人主持或无人主持

  d．上述选项都正确

13．一个为了向其顾客传递企业产品、服务和形象信息而设计的网站是（　　　）。

  a．电子商务型网站　　　　　　　 b．手册型网站

  c．关系型网站　　　　　　　　　 d．上述选项都不正确

**分析思考**

14．你的员工总是发送违反网络礼仪的电子邮件。解释网络礼仪的基本准则，并说明员工为什么要遵循这些准则？

15．你一直试图规划一个面向目标市场的通信战略。选择你认为能够有效抵达该市场的电子商务通信平台。论证你的选择。

16．你受聘于一家新开设的销售家居用品的电子商务企业，负责为其规划网站建设。概述该网站为了实现成功而应设定的目标及通信战略。

**工学结合**

17．通信　使用多对多通信模型评价你所选业务活动中发生的信息流。指出下列交互模式流动的信息种类（C2C，B2C，C2B，B2E，E2E 和 B2B）。

18．通信　基于 Web 的互联网、外联网、内联网的接口提供一致的设计。解释商务活动中，接口如何才能促进通信。

19．历史　假设在 19 世纪末，你正经营着一家企业。出现了一种叫做电话的新技术并被企业和个人所采用。写一段话说明电话将如何改变企业、员工和顾客之间的通信模式。再写一段话，解释这些新通信模式如何通过今天的互联网进行通信。

20．技术　即时通信工具、聊天室和论坛提供了人们之间新的通信方式。写一段话说明这些新的在线通信工具是如何像无线网络系统（如移动电话一样）被使用的。

21．通信　选择一家企业。假设这家企业已经聘用你规划一个关系型网站。规划一个梗概图说明，为了有助于保证顾客回访该网站你将考虑的因素。比较你设计的网站与竞争对手的网站，为什么你的设计是最好的。

## 项目导向

项目的这部分内容将集中在企业通信战略，包括通信目标、目标受众和设计战略。与团队成员一起完成下述活动。

1．你已经规划了一份电子商务战略。现在开始设计你的网站。为你的企业规划一份通信目标列表。目标应该包括企业形象、产品信息，以及另外一些你认为需要与你的目标受众沟通的内容。列举你计划使用的超媒体通信平台。

2．访问竞争对手网站。依据本章概括性介绍的网页设计原则评价分析竞争对手网站。画出你网站的梗概图，根据网站设计原则，论证你的设计。

3．规划电子邮件营销战略。介绍你将如何使用电子邮件实现你的通信目标。

4．详细说明，你将如何使用富媒体和无线网络与你的受众通信。解释这些技术将如何适应你的企业通信战略。

## 案例分析

### 目录零售商可以通过开展网上业务节约成本吗？

印刷目录包含成百页印刷精美的商品并邮寄给目标顾客，其成本是昂贵的。必须识别出那些购买量极小的顾客，并从零售商的邮寄名单中删除，以缩减成本。

目录零售商正通过在线销售提升销量，降低创业成本。在一些情况下，在线销售可以缩减邮寄目录与减少订单处理成本。无论如何，印刷目录仍然对在线业务的成功发挥着主要的作用。

### 目录促进在线销售

邮寄给顾客的商品目录促进了网络在线销售的提升。近期的一项研究表明，在目录零售商网站前五项消费活动中，有三项直接与其印刷目录相关。印刷目录对访问零售商网站的顾客发挥着积极的影响作用。调查发现，71%的浏览零售商网站的消费者会重新查询或购买他们在企业印刷目录中看到的商品。

虽然，邮寄目录仍旧十分流行，但并不会降低目录零售商对网站的依赖。将近45%的消费者指出，他们因为喜欢网站的方便，所以宁愿在网上订购而不是通过邮购。许多消费者甚至在线订阅网站的商品目录。

最好的电子商务网站可以让顾客明白，复杂的产品如何迎合他们的需要。例如，汽车爱好者可以登录汽车之家网站，点击"什么适合我的车"了解并决定什么样的零部件适合他们的车辆。

顾客的订购偏好会像学习风格一样发生变化。网络在线销售并不会消除消费者对印刷目录的需要。网络在线销售和印刷目录销售可以实现互补。成功的关键是明确目录销售的投资额和在线订购系统的投资额分别是多少。

### ⊃ 辩证性思考

1. 为什么一些顾客宁愿接受印刷目录而不是网络目录？
2. 网络订购与印刷目录相比，具有哪些优势？
3. 企业如何才能鼓励印刷目录顾客更多地使用网络？
4. 你是否通过网络订购过产品？为什么？

 **实践准备**

### 服装与服饰营销角色扮演

凡客诚品销售面向流行服饰及面向商务人士的套装。其将印有各种产品的目录邮送给全省的在校大学生、大学毕业生及年轻的商务人士。目录的印刷和邮寄成本是十分昂贵的。该商店还建设网站以吸引更多的现实顾客和潜在顾客。

传统习惯是难以打破的。大多数传统顾客并不选择网上购物。凡客诚品聘用你作为其网络营销顾问。你面对的挑战是，鼓励传统顾客通过凡客诚品网站购买产品而出谋划策。凡客诚品也希望得到你在如何不增加商店广告预算的前提下，保留目录营销和网站营销两种方式的建议。

你有10分钟的时间分析决定，你将如何处理所扮演的角色工作。然后你还有10分钟的时间把你的创意给全班同学讲，你的同学有5分钟的质询时间。

评估指标

1. 认识凡客诚品面临的机会与挑战。
2. 解释凡客诚品延伸到互联网的必要性。
3. 叙述如何使更多的顾客知晓凡客诚品的网页。
4. 解释网站如何才能使顾客感觉网上订购商品更方便。
5. 确定战略鼓励那些专注印刷目录购物的老顾客使用凡客诚品。
6. 解释网站如何使凡客诚品扩大销售。
7. 讨论既使用印刷目录又使用网站促使凡客诚品销量最大的重点。
8. 证明理解预算约束。

⊃ 辩证性思考

1. 为什么保留目录营销对于凡客诚品来说是重要的？
2. 网上如何表现才能扩大市场和促进销售增加？
3. 为什么那些专注的顾客会对网上订购犹豫不决？
4. 网络与凡客诚品传统的目录营销相比，具有哪些优势？

# 营销信息管理

## 银行电子商务

银行是服务行业。那么，为什么一些银行还会要求顾客使用自动柜员机？这些银行使用营销信息系统分析判断哪些顾客是最有利可图的，哪些服务项目是最不经济的。银行服务策略会发生这样那样的变化。例如，针对传统免费服务开始收费等。顾客面对服务策略的变化会如何反应，营销信息也有助于企业对此问题做出预测。

银行业通过营销信息的使用增加总利润。营销信息系统的核心是数据库。数据库被用来收集客户档案。数据库可以识别那些可能接受新产品的顾客，也可以用来识别哪些顾客有可能拖欠贷款以及哪些顾客是最有利可图的。营销信息系统根据数据库信息可以预测顾客面对利息率和家庭收入变化会如何反应。数据库甚至可以估算顾客的终身价值。

银行并不必放弃低价值客户。一项银行数据显示：30%的低价值客户是大学生。如果银行能够保持他们的忠诚，日后，这些大学生大多数都会成为高价值客户。

研究表明，客户希望在不同的银行服务提供渠道得到相同的服务。网络和自助的组合常常是适应客户需要的最好方式。银行也正在部署客户关系战略。满意的客户有 50%的可能推荐他们的银行网站，有 19%的可能会购买附加服务。

### ● 辩证性思考

1. 解释银行收集的顾客信息有哪些种类？
2. 预测银行如何收集这些信息？

## 6.1 营销信息系统

### 教学目标

1. 讲解营销信息系统的目标。
2. 介绍消费者数据资料。

### 任务驱动

市场营销人员必须在不断变化的营销环境中做出决策。顾客需要在变化，竞争者在变化，技术在发展变化，以及其他许多因素都在发生变化。数据收集有助于做出正确的战略决策，市场营销人员必须形成一套系统化的收集信息的方法。

市场营销人员可以通过许多方法收集信息。他们可以通过类似贸易杂志一样的新闻资源收集信息，他们也可以向顾客直接收集信息。电子商务提供了一套新的收集与分析信息的工具。以前，市场营销人员不得不实地收集资料；现在，市场营销人员可以依靠自动化的信息收集系统辅助收集资料制定管理决策。

与同学一起讨论。企业为了做出战略决策需要收集哪些类型的信息。列表说明企业在哪些地方及通过哪种方法收集到这些信息。

## 6.1.1 系统目标

### 1. 营销信息系统的目标

信息是决策的生命线。市场营销人员掌握的信息越多，决策的质量就越高。现在，市场营销人员面临的新问题在于有太多的数据资料。一份研究估计，2002—2005 年收集的信息要比人类文明开始到现在收集的信息还要多。市场营销人员必须意识到存在大量有用的信息。设计一个正式的营销信息系统（MKIS）可以用来收集数据资料并提供有用的信息。有 3 类主要的数据资料需要市场营销人员收集，具体包括有关现实顾客与潜在顾客的数据资料、有关营销环境的数据资料、有关营销组合要素的数据资料（影响产品、价格、促销与分销决策的因素）。营销信息系统的目标是将原始资料转化成对管理决策有用的信息。

### 2. 观测环境

营销信息系统应该提供一个系统化的捕获数据资料的方法。有关消费者的资料数据可以通过顾客行为或者营销研究收集得到。观测环境是管理人员定期审视有关竞争者及环境变化趋势信息的过程。环境变化趋势包括经济、新技术及新竞争者进入市场等方面内容。数据资料可以来源于政府消息人士和业内人士，也可以来自竞争者行为和媒体文献的细致观察。

使用最普遍的环境观测工具是互联网，但是，网络也不是唯一的来源。这是因为，尽管通过网络收集资料数据的成本是低廉的，却不可能提供适时的、精确的和直接相关的信息。企业也应该注意从顾客、供应商、贸易出版物和员工等方面获得资料数据。业内专家、行业会议及商业数据库也提供反映竞争环境的有用的信息。

企业应该收集大量有关其营销组合策略的信息。信息收集过程包括，获得产品销售资料、随着价格与促销变化引发的销售波动及某一地理范围或商店内的销售情况。大部分收集的资料数据作为管理决策的基础被分析与使用。

虽然数据收集领域的思路是清晰的，但运行一个巨大的营销信息系统可能是复杂的。一个营销信息系统要求可以通过网络和外部来源获得资料数据。计算机数据库被许多企业用来储存和分析数据资料。数据库已成为企业运营的枢纽，它可以提供有价值的信息给控制与协调企业运营的管理者。

### 课内测试

列举企业收集信息资料的至少 4 个来源。

 **网络知识**

关于电子商务网站的运营，其运营商必须指出，他们认为重要的方面。例如，交叉销售占 50%，个性化占 50%，改进搜索查询占 30%，现场客服占 25%。在线回应客户反馈的客服方式被 100%的网站所采用。

**⊃ 辩证性思考**

1. 按照你作为一名顾客所关注的重要性依次排列上述提到的网站的四个特征，解释你的排列。

2. 你是否曾经有过与网上客服代表联系的经历？谈谈你的体验。

## 6.1.2　客户数据

市场营销人员为了与现有客户保持关系并发掘潜在客户而收集客户资料。客户资料可以通过以下三种方式收集得到。

### 1．销售终端扫描器

收集客户资料的第一种方法是收集有关现有顾客行为的资料数据。收集此类数据最常用的方法是使用销售点扫描器。销售助理每一次扫描产品条形码，销售点扫描器都会记录下销售数据以及类似所销售的其他产品等相关资料。当顾客使用借记卡、信用卡，支票或存储卡购物时，就会连接到数据库，交易数据就被收集并存入企业数据库。

扫描器收集数据有许多优点。这些数据有助于企业制定购物简介和个性化营销策略，有助于企业选定那些大量使用者客户和最高消费顾客。根据扫描器数据，企业也可以规划产品组合策略，营销人员可以应用扫描器数据明确广告特色产品或购物折扣的影响，也可以利用扫描器信息规划不同时段的销售策略。

### 2．点击流分析

电子商务企业也通过点击流方法分析收集有关网络行为的资料，以监测个人使用网站的过程。点击流分析系统跟踪访问者从哪里链接进入网站、站内浏览路径及在站内停留时间等资料。如果这些信息能够与在该网站注册的个人建立一一对应的匹配关系，这些信息的价值会更大。电子商务企业也跟踪与维护网络顾客在其数据库中的订单信息。

### 3．客户咨询

企业用来了解顾客需要的第三种方法是跟踪顾客投诉与咨询。顾客咨询可以用来解决产品或服务难题。Lands' End 是一家大型目录营销服装企业，它把顾客投诉与咨询资料输入计算机数据库，通过分析顾客问题的解决方法来得到问题发展趋势。Otis Elevator（奥的斯电梯公司）每年会从全球接受到超过 60 万个提供不定期维修服务的请求，这些信息用以形成电梯维修记录，也可以被用来识别可能出现的设计问题。

**■ 课内测试**

列举三种客户资料来源。

 **课外资料**

在美国，超过 1/3 的网络用户在线处理他们的银行事务。顾客最大的兴趣在于可以在线检查自己的账户情况。银行方面最大的兴趣则在于说服客户在线支付账单，银行就可以对在线支付账单这项服务收取一定费用。

## 评估练习

正确领会网络营销基本概念，将下列问题最正确的答案选出来。

1．营销信息系统最可能收集信息通过（　　　）。
 a．现实与潜在顾客      b．环境信息
 c．有关企业营销组合策略的信息    d．上述选项都正确

2．市场营销人员收集客户资料通过（　　　）。
 a．跟踪现实顾客行为      b．使用点击流分析系统
 c．跟踪顾客咨询        d．上述选项都正确

**分析思考**

尽可能完整地回答下列问题。

3．研究　收集大量面向企业的印刷杂志。通过学习这些杂志上的文章指导环境分析。说明你发现的这些信息如何能影响企业战略的制定。

4．技术　使用网络查找三个贸易支持网站（使用百度、谷歌等搜索引擎，输入"行业名称、贸易业"）浏览每一个网站。识别各个网站提供的该行业的信息类型。讨论能被在该网站发现的信息所支持的企业决策类型。

## 6.2　营销调研

**教学目标**

1. 介绍营销调研的基本步骤。
2. 解释如何实施营销调研过程。
3. 讨论在线隐私政策的指导原则。

**任务驱动**

跟踪顾客行为或者环境观测并不一定能获得企业所需要的所有数据资料。通常，企业有具体的问题需要解决，为了解决这些问题，企业需要实施营销调研活动。营销调研从界定营销问题开始，然后收集背景信息，最后形成营销调研计划。

与同学一起讨论，形成营销人员可能问到的需要营销调研解决的问题。解释你将如何通过收集数据资料回答这些问题。

### 6.2.1　营销调研过程

营销调研是指为营销决策系统而客观地生成数据的过程。营销调研过程遵循以下一系列步骤。

（1）界定问题，识别营销问题并设定营销调研目标。

（2）调研设计，规划设计数据收集方案。

（3）样本选择，明确营销调研的对象。

（4）资料收集与分析，收集原始资料，进行整理分析，形成对管理决策有用的信息。

（5）编写调研报告，正式提交数据分析形成的信息。

网络营销调研与传统调研方法相比具有许多优点。数据资料可以在更短的时间内以更低的成本收集。研究表明，网络可以缩减一半的调研时间，压缩 80% 的调研成本。网络营销调研也具有一定的缺点，网络用户不一定能够反映整个人口的态度和意见。因此，在线研究的结果有可能出现偏差。

■■■ 课内测试 ■■■

列举营销调研过程的步骤。

## 6.2.2 营销调研实施

营销调研收集与分析资料数据有许多技巧。网络提供了更新、更快和更有效的收集信息的工具。在今后一些年里，网络营销调研的使用将更普及。

### 1. 界定问题

管理者需要获得针对特定问题的信息以降低营销决策的风险，这些问题可能是多种多样的。例如，如何为所销售产品确定最好的价格，使用什么样的广告，增加产品销售机会的所有因素。

### 2. 调研设计

营销调研可以采用定性调研和定量调研两种方式。定性调研采取开放式方法（自由回答问题）收集数据。询问问题的方法类似于基于一篇短文的测试。定量调研则控制可能的答案并允许数据的统计分析，如提供多个备选答案的选择题和判断题。基于网站的调研活动可以收集定性和定量两种数据资料。

### 3. 样本选择

一项调研活动需要从一个样本群、小群体或者人口密集区收集所需的信息。当前，在线数据收集最大的局限是网络用户并不能代表人口整体的状况，并不是所有的人都有条件接入网络或经常使用网络。如果一项调研活动是针对符合某项特征的典型的网络用户群，网络可能就是有用的调研工具。网络用户常常意味着是高收入群体、某类产品的大量使用者，因此，网络用户对于一些研究者而言，是富有吸引力的目标市场。随着上网人数越来越多，网络用户的特征逐渐开始与一般大众人口的特征相一致。随着网络用户与大众人口之间相似性的日渐增加，网络调研也日渐成为收集资料的最佳选择。

调研者常常会用到在线调查。调研者可以使用数据库识别那些具有某些具体特征的备选人员。备选人员中的个体被邀请成为固定样本小组成员。这些自愿参加调查的个体的集合一般称为固定样本组。固定样本组成员会受到调研者的控制并回答所调查的问题。固定样本组成员通常会以获得积分作为补偿或被列入一个草案的设计作为奖励。

 **现实视点**

在收集竞争性情报时，注意道德和法律界限是十分重要的。在收集资料过程中，建议实施道德性或公平性调研，具体包括以下几个方面：

- 遵守所有的法律限制。不窃取商业秘密，不行贿，不攻击其他站点。

- 避免失实。不要伪装个人或企业身份。明确地说明收集资料的原因。
- 不要通过散布虚假信息挫败竞争对手。不诚实很可能会适得其反，损害自己的企业形象。
- 从不向竞争对手询问或交换价格信息。否则可能违反《反不正当竞争法》或《反托拉斯法》。

**⊃ 辩证性思考**

1. 学习有关道德调查的建议。分析思考为什么这些准则是建议性的？
2. 如果违反这些准则，信息质量会发生什么样的变化？

### 4. 资料收集与分析

（1）收集原始资料。定性调研通常通过焦点小组、观察及其他技巧实施，调研者往往需要通过主观判断解释调研结果。焦点小组一般是在一名主持人的组织下，从 8～15 名对开放式问题做出回应的个体中收集定性资料。主持人一般使用两种沟通方式获得有关消费者想法及其决策过程的深度理解。焦点小组也可以在线被组织，在线焦点小组可以使用论坛或聊天室讨论某一调研主题。

调研者也可以通过"挖掘"与产品或企业相关的论坛和聊天室获得定性资料。使用数据挖掘，调研人员通过观察个体在无干预的沟通过程中的言论来获得资料数据。

调研者通过调查和实验法收集定量资料。调查法一般通过电话、邮件或者个人访谈等方法实施。这些调查通常必须从既定的一套备选答案中选出。答案存于计算机数据库，而且答案一般都具有可比性。例如，计算机可以快速地计算出受访者中，选择 A 选项而不是 B 选项的百分比。网络通过在线调研系统可以自动化地收集与分析调研者发布的反馈。

网络在线调研与传统调研方法相比具有许多优点。网络在线调研包括图片、其他网站的链接、包括音频和视频在内的多媒体文件及互动活动等方法。调查软件可以避免类似无意义的答案、错误的数据输入、未做回答的问题等常见的调研错误。例如，如果你是一名调查参与者但未能回答全部调研问题，当你点击提交按钮时，一则弹出消息会提示你返回去重新回答被忽略的问题。调研软件也可以分析数据资料，并能自动生成以表格与图形显示的调查结果。

（2）二手资料研究。资料收集过程常常借助于实施二手资料研究的第三方专家。二手资料是指那些已经存在的资料，是企业外其他人出于其他目的已经收集到的资料。二手资料可以从一些出版物收集得到，也可以购买以前已经收集到的资料。许多企业专门从事资料收集工作，它们所收集到的资料数据会被许多企业所购买。经过分析所得到的信息可以用来帮助目标客户和实施促销活动。

网络为企业提供了获得贸易信息、报纸杂志文献及其他二手资料来源的便利。在不需要收集原始资料或者不需要企业亲自收集原始资料的情况下，高质量的二手资料研究可以帮助企业解决管理性难题。

### 5. 编写调研报告

　　在线调研系统还可以帮助编写调研报告。许多在线调研软件包和网站可以自动生成总结性调研报告。随着新资料被在线收集，图表和报告将会自动更新。同时，这些调研软件包和网站还可以进行数据的统计分析。

**课内测试**

　　解释如何运用网络收集资料数据。

## 6.2.3 隐私

　　无论是营销人员还是顾客，隐私都是需要考虑的主要因素。电子商务企业可以从客户资料的使用中获利。同时，客户希望控制其个人信息。研究表明，如果消费者确信他们的隐私会得到保护，他们会更多地使用该网站。

　　当客户参与一笔与美国企业的交易，企业会免费使用个人信息，甚至销售或传递给他人。这在所有国家并不都是事实。在欧盟，客户资料属于个人所有。使用客户资料必须得到许可。

### 1. 隐私政策

　　美国联邦贸易委员会（FTC）要求那些索要客户资料的企业发布隐私政策，概括说明所要信息的用途。网络隐私联盟就个人资料的隐私权制定了下述指导原则。

- 接受并执行在线隐私政策。企业应该采取行动制定出有效的在线隐私保护政策。
- 通知和信息披露。企业的隐私政策必须易于发现、阅读和理解，并且明确表明，会收集哪些信息，这些信息将如何使用。
- 选择/同意。个人资料是否被使用或者如何被使用，个人应该能够做出选择。

- 数据安全。收集个人资料的企业应该采取行动保护个人信息的丢失、误用或篡改。
- 数据质量和访问。企业必须确保个人资料对于其预期目的而言是准确、完整和及时的。

## 2. 员工隐私

员工在工作中享有有限的隐私权。在美国，《电子通信隐私法案》允许美国雇主有权监控员工如何使用诸如计算机和电话等私有财产。员工的网络冲浪与电子邮件可能被他们的雇主所监控。加入此项活动的企业应该公布其隐私政策以保证员工意识到这个问题。张贴可能还有助于员工避免因滥用公司财产而可能承担的责任。

监测和过滤软件可以用来跟踪和拦截员工的网络使用。企业应该谨慎地使用此类软件。一些员工可能会没有具体商业目的的上网闲逛或浏览网页，另外一些员工可能是为了收集竞争者信息、了解网页设计知识，或者是为了其他一些可以应用到企业实践的主题。

### 课内测试

列举个人资料隐私政策的指导原则。

# 评估练习

正确领会网络营销基本概念，将下列问题最正确的答案选出来。

1. 下列选项不属于营销调研过程步骤的是（　　　）。
    a. 界定问题
    b. 样本选择
    c. 资料收集与分析
    d. 经济分析

2. 下列研究方法可以在线实施的是（　　　）。
    a. 数据挖掘
    b. 调查
    c. 焦点小组
    d. 上述选项都正确

**分析思考**

尽可能完整地回答下列问题。

3. 沟通　你的上司向你询问，你们的公司是否有可能开展网络营销调研活动。撰写一份简要的报告，说明网络调研的优缺点。

4. 沟通　为你们学校制定一份隐私政策。说明你将如何实施该隐私政策。

## 6.3 数据挖掘与客户关系管理

**教学目标**

1. 介绍企业如何开展数据库营销活动。
2. 解释如何确定客户价值。
3. 讲解数据库在企业系统控制中的作用

**任务驱动**

数据库是许多组织知识战略的核心。电子数据库用来储存、处理和分析数据。这些数据库既可以小得在笔记本计算机和台式计算机上运行，也可以大得需要超级计算机储存和分析数据。

不论数据库能力的大小，数据库都不能做出一项管理性决策，这就需要营销管理人员明确数据库所提供的信息是否有用。

与同学一起讨论，企业须要收集哪些类型的数据资料并输入数据库，这些数据资料的有用性取决于什么？假设数据库可以提供相关的信息，列表说明管理者可以利用这些信息做出哪些决策。

### 6.3.1 数据库营销

#### 1. 数据库的作用

数据库通常用来储存被企业收集和分析的资料。所储存的资料可能来自客户、销售跟踪、存货记录、供应商和其他合作伙伴，也可能来自贸易杂志和第三方研究者。收集来的资料被分类、整理和分析，数据库的用途如下。

- 市场细分。利用数据库有助于识别那些对相似营销策略做出反应的顾客的一般特征。数据库可以实现个性化营销策略和识别客户盈利潜力大小。
- 分析客户流失。利用数据库有助于企业预测其顾客转移到竞争者那边的严重程度。
- 欺诈检测。利用数据库可以估计欺诈性交易的可能性大小。
- 客户服务。利用数据库可以让企业基于客户以前的体验提供客户服务。数据库还可以发现客户疑问发生的一般模式。
- 直复营销。利用数据库有助于识别最可能对直复营销做出反应的前景。
- 互动营销。利用数据库有助于企业预测网站访问者最有兴趣浏览的内容。
- 购物车分析。利用数据库有助于发现客户最可能一起购买的产品组合或服务组合。
- 趋势分析。数据库有助于识别在一定期间内，顾客群的区别与发展趋势。这一分析有助于企业做出长期、中期及短期决策。

数据库营销是为增强顾客关系而设计的，数据库营销约束了在促销投入上诸如垃圾邮件等方面的浪费，而只是针对有兴趣的目标顾客开展促销工作。

### 2．数据库开发

数据资料可以通过各种来源收集到。当顾客发送保修卡，参与抽奖或者获得优惠券时，这些方面的顾客资料可以被输入并与从第三方调研机构购买到的数据资料进行组合运用。实际上，信用卡公司在数据库里储存了每一位顾客的交易信息。这个过程可以让企业了解到顾客的行为模式及异常购买行为。然后，信用卡公司可以和个人或商店取得联系以查证其异常购买行为。

### 3．数据挖掘

数据挖掘是指应用统计分析软件将原始资料处理成管理决策有用信息的过程。一家电信公司使用超级计算机开发了 22 个客户简介。这家公司分析了 1.4 亿户家庭诸如收入、生活方式及过去的电话使用习惯等多达 10 000 个的顾客属性。这项分析使公司吸引一名新顾客的成本从 65 美分缩减到 4.5 美分。

**课内测试**

列举至少 3 个数据库的作用。

**网络营销误区**

隐私是电子商务活动中需要考虑的主要因素。但是，研究已经表明隐私关注与消费者行为之间的不一致。

- 高达 70%的消费者在意网络隐私。但是，仅有 40%的消费者在提交个人信息之前阅读隐私声明。
- 有 30%的网络用户认为网站的隐私声明是易于理解的。
- 超过 80%的消费者为了获得赢取 100 美元的抽奖机会，会将自己的信息作为交换条件提交给购物网站。
- 有 53%的消费者在他们注册的多个网站使用同样的用户名和密码。

⊃ **辩证性思考**

1. 解释隐私关注与消费者行为之间的差异。
2. 如果隐私能够得到保证，在线销售会有何变化？解释你的答案。

## 6.3.2 客户的战略价值

### 1．二八定律

所有的客户并不都是一样的。一些客户可能会比其他客户更有利可图，而有一些顾客还可能会花企业的钱。二八定律表明，企业 80%的利润来源于 20%被称为大量使用者的关键客户。虽然，这个百分比不一定是十分精确的，但其并非所有客户都是有利可图的思想却是正确的。电子商务企业常常通过明确他们客户的战略价值以增加它们的总利润。客户的战略价值决定了哪些客户应该接受专门的服务，哪些客户应该被鼓励增加其购买量或者缩减其购买量。

数据库有助于企业通过分析客户以前的行为和预测客户未来的行为决定客户的战略价值。一些银行也发现，仅有 20%～30%的客户是有利可图的。当然，这并不意味着银行应该停止其大多数客户的服务。银行应该制定战略鼓励其潜在的有利可图的客户发展成更高水平的用户。对于那些无利可图的客户则应采取向他们收取费用的办法以保证继续向他们提供服务。

### 2. 客户终生价值

企业有许多测量其客户价值的方式。"客户终生价值"（Customer Lifetime Value）指的是每个购买者在未来可能为企业带来的收益总和。研究表明，如同某种产品一样，顾客对于企业利润的贡献也可以分为导入期、快速增长期、成熟期和衰退期。每个客户的价值都由 3 部分构成：初始价值（到目前为止已经实现了的顾客价值）、未来价值（如果顾客当前行为模式不发生改变的话，将来会给公司带来的顾客价值）和潜在价值（如果公司通过有效的交叉销售可以调动顾客购买积极性，或促使顾客向别人推荐产品和服务等，从而可能增加的顾客价值）。

测算客户终生价值的公式为

客户终生价值=初始值（收入−成本）+未来值（未来收入−未来成本）+对新客户的影响值

这个公式表明，虽然与新顾客的一些交易是无利可图的，但从长期来看，这个顾客还是值得保留的。

### 3. RFM 测量

另一种测量客户战略价值的方法是 RFM 法，即从客户最近一次消费（Recency）、消费频率（Frequency）、消费金额（Monetary）三个方面测量客户价值。

营销人员若想业绩有所成长，就要密切注意消费者的购买行为，最近一次的消费行为分析就是营销人员首先要利用的工具。从理论上说，最近一次消费时间靠前的顾客应该是比较好的顾客，对提供即时的商品或服务也最有可能产生反应。

消费频率是顾客在限定的期间内所购买的次数。一般而言，最常购买的顾客，也是满意度最高的顾客。

如果客户近期有过一次数量大、金额高的购买行为，则该客户可以被看成是更有价值的。营销人员一旦明确了顾客的 RFM 值，随后就应该实施增加购买频率与消费总量的策略了。RFM 既是传统的数据库营销手段，也是数据挖掘技术关注的模型技术，还是建构客户关系管理的核心分析技术。

■ **课内测试**

叙述明确客户价值的两种方法。

## 6.3.3 企业系统控制

### 1. 数据库与企业系统控制

数据库被用来控制企业系统以及完成一次交易活动所需的业务流程。数据库为客户支持提供信息，帮助销售人员作出决策，并与库存建立链接。例如，如果你从一个电子商务企业在线订购了产品，你的订单将会被提交到数据库。数据库就会自动地将信息提供给销售、制造、仓储、财务和货运等部门。如果你打电话查询订单，一名客服代表会使用数据库查看订单处理状况。在没有与客服代表沟通的情况下，一些企业的客户在线查询订单处理状态也不是不可能的事。

### 2. 客户关系管理系统

客户关系管理（Customer Relationship Management, CRM）就是通过对客户详细资料的深入分析，来提高客户满意程度，从而提高企业的竞争力。客户关系管理系统是综合软件运用与管理实践，为客户提供从订单到配送及售后服务支持等服务。企业已经把网络当做一种经济有效的客户服务方式。一次典型的与客服代表现场交易的服务成本是 5 美元，应用语音应答系统每次交易花费的成本是 50 美分，而通过网络响应系统交易的成本则只有几美分。

许多企业组合运用多种客服方式提供客户服务。它们可以运用的方法包括自动回复电子邮件和个性化的自动响应系统等技术。虽然，网站"向导"也可以让用户提问，但是，通常一些现场服务机构还可以通过呼叫中心获得，这是因为一些顾客还是喜欢通过与人的直接接触解决问题。

■ **课内测试**

列举通过网络提供客户服务的优点。

 **课外资料**

大约自 1999 年 CRM 进入中国以来，CRM 在中国的发展越来越适应中国国情，把客户的搜集、归档、跟踪进展、订单、合同、售后、回款、销售队伍的日报、周报、月报、财报、办公审批、各种销售报表等进行全面统筹管理。协助企业降低客户开发成本、提高出单率，维系好客户关系、最大限度地提高客户满意度及忠诚度，防止客户流失，发掘并牢牢把握住能给企业带来最大价值的客户群，获取利益最大化。

**工学结合**

　　李安是一名市场营销专业应届大学毕业生。她正在寻找一份网络营销调研的职位。她已经在许多营销调研机构发现了进入的机会。这项工作的职责包括规划并负责消费者反应，规划网络调查活动，负责网络在线焦点小组，管理客户跟踪系统，开展客户满意调查等方面内容。

　　这项工作的学历要求是市场营销专业大学毕业。具体能力要求为：应聘者必须能够理解消费者行为；必须具有能够组织开展调查、访谈和焦点小组等调研活动的能力；必须具有撰写调研报告和沟通研究结果的能力；必须具有良好的团队合作意识；必须具有与企业合作伙伴拓展关系的人际沟通能力；必须具有适应新调研方式方法的能力；必须具有良好的口头和文字表达能力；必须具有项目管理和分析能力；必须具有在多任务、快节奏环境中工作的能力。

　　李安面对这些就业机会感到十分兴奋，同时，对她将担负的新职责感到有些紧张。

➲ **辩证性思考**

　　1. 评价李安的职位选择，识别她作为一名成功的网络营销调研人员应该具备的技能有哪些？

　　2. 假设你将效法李安，讲述获得你所需技能的学习计划。

## 评估练习

　　正确领会网络营销基本概念，将下列问题最正确的答案选出来。

1. 下列选项不属于企业数据库目的的是（　　　）。
　　a．市场细分　　　　　　　　　b．欺诈检测
　　c．职业跟踪　　　　　　　　　d．客户服务

2. 用以测量客户战略价值的指标有（　　　）。
　　a．最近一次消费　　　　　　　b．购买频率
　　c．购买金额　　　　　　　　　d．上述选项都正确

**分析思考**

尽可能完整地回答下列问题。

3. 沟通　你在一家宠物用品公司工作。你的经理请你调查研究有关数据库营销战略的问题。请为你的经理准备一份简要的调研报告。说明所需资料的类型，收集资料的方法及使用这些资料的目的。

4．你所在的宠物用品公司经理请你推荐一个实施客户关系管理系统的方案。请概括介绍你的建议方案。

## 第6章 评估测验

复习网络营销基本概念，将每个词汇前的字母写在与之相匹配的定义前。

（　　）1．已经存在的资料，是企业外其他人出于其他目的已经收集到的资料。

（　　）2．为营销决策系统而客观地生成数据的过程。

（　　）3．采取开放式方法（自由回答问题）收集数据。

（　　）4．可以用来收集数据资料并提供有用的信息。

（　　）5．一般是在一名主持人组织下，从8~15名对开放式问题做出回应的个体中收集定性资料。

（　　）6．应用统计分析软件将原始资料处理成对管理决策有用的信息的过程。

（　　）7．初始值+未来值+对新客户的影响值

（　　）8．综合软件运用与管理实践，为客户提供从订单到配送及售后服务支持等服务。

（　　）9．管理人员定期审视有关竞争者及环境变化趋势信息的过程。

（　　）10．自愿参加调查的个人的集合。

a. 点击流分析

b. 客户关系管理

c. 数据挖掘

d. 观测环境

e. 焦点小组

f. 客户终生价值

g. 营销信息系统（MKIS）

h. 营销调研

i. 固定样本组

j. 定性调研

k. 定量调研

l. RFM

m. 样本

n. 二手资料

将下列问题最正确的答案选出来。

11．二手资料营销调研包括下述选项，但不包括（　　）。

　　a．企业自己组织的调查活动　　　　b．在贸易类出版物上得到的资料

　　c．焦点小组　　　　　　　　　　　d．上述选项都正确

12．下述营销调研方法中，哪项收集的资料可用于统计分析（　　　）。

　　a．定性调研　　　　　　　　b．定量调研

　　c．焦点小组　　　　　　　　d．上述选项都不正确

### 分析思考

13．确定一个你感兴趣的企业。列举该企业所收集的数据资料的类型，说明该企业如何收集与使用这些信息。

14．你工作在一个餐饮连锁企业的全国总部。你的经理希望利用网络收集数据资料以为管理决策服务。请你为该企业规划出网络资料收集战略的要点。

15．追踪两个星期之内你与各种企业的交易活动。明确这些企业向你收集的信息的类型。注意是否有一些信息能被追溯到作为个人的你。

### 工学结合

16．营销算术　使用下列资料，计算客户终生价值。

当前收入为 500 美元，当前成本为 550 美元，未来收入为 1 200 美元，未来成本为 700 美元，影响价值为 150 美元。

17．历史　假设你是一个生活在 100 年前的购物者。你购买商品的大多数商店小得只是能够让个人层面上的你和你的家人知道它。写一段话，描述当店主知道你是一位购物者时你的感受。与之相比，写另外一段话，谈谈当你的个人信息被现代企业存入数据库时的感受。

18．技术　讲述各种电子商务通信平台如何被有效地运用到营销调研活动之中。推测网络对营销调研目的实现的有效性如何？

19．沟通　数据资料收集过程中，主要障碍之一是人们缺乏对使用其个人信息的理解。写一段说给目标顾客话，解释他们许可企业收集他们个人信息的好处有哪些。

20．沟通　选择一家企业，为该企业制定一份向客户提供在线客服的计划。解释你是否认为一名现场客服代表也是必需的。

 **项目导向**

项目的这部分内容将集中在你的企业如何规划开发营销调研系统。

与团队成员一起完成下列活动。

1．把那些有助于支持你战略决策的信息类型列举来。

2．规划一套系统化的观测环境的方法。解释你将如何使用所收集到的这些信息。

3．规划一套系统化的收集客户资料的方法。解释你将如何使用所收集到的这些信息。

4．确定一个你认为你的企业需要了解的问题。概述得到该问题答案的营销调研过程。说明在网络环境中，你将如何收集这些必要的资料。

5．假设所有收集到的数据资料被存入数据库。指出你所收集到的数据资料的类型。解释你将如何使用这些信息。

 **案例分析**

## 网上购买所有的旅行用品

请保持在线，运营商将协助您约 8 分钟。当人们想要通过电话预订机票和酒店时，没有比被置之不理更令人沮丧的事情了。资金紧张的航空公司几乎用无纸化电子机票在线确认完全代替了纸质机票的发送。为了压缩航空业的成本，航空公司鼓励旅客网上购票以得到最优惠的价格。那些网上购买机票的旅行者常常还会因累积消费里程得到优惠奖励。

### 易于登机

持有电子机票的旅行者可以在一边出示驾照后很快地完成登记手续。自助服务亭也可以让旅客进行登记。自助服务亭可以让旅客通过电子刷卡检查其驾照和信用卡办理登机手续。旅客只要输入他们本次航班最后的目的地以及他们将要检核的行李件数，就可以带上打印出来的登机牌到登机口登机。现在，航空公司甚至可以对本国航班实现在线登机手续，登机牌可以在去机场之前在家里打印。

航空公司网站包括所有航班的时刻表、最新的出发时间、到达时间及延迟信息都可以在网上查到。

### 食宿和交通

航空公司和酒店也使用弹出广告发布大量旅行信息。许多航空公司提供包括机票、酒店和租车在内的专门的服务套餐。酒店也为网上预定的顾客提供专门的服务。房间预定可以直接通过单独的旅馆网站或者类似携程网( www.ctrip.com )、qunar.com、oyesgo.com、Priceline.com 和 hotels.com 等折扣旅行网站。

注重成本节约的旅客可以通过网络查找符合他们预算价格水平的房间。

自驾游的 AAA 级会员可以借助网络设计最好的旅行线路。网络上也有大量介绍旅行者最终目的地娱乐项目的信息。餐馆的网站会提供地理位置、菜单和定价的信息。各种个性化的旅行计划也可以在网上快速地制定。

### ⊃ 辩证性思考

1．为什么电子机票变得越来越流行？

2．为什么航空公司和酒店会为网上订购的旅客提供专门的报价？

3．机场更加严格的安全要求将对购买电子机票产生影响吗？解释你的观点。

4．使用电子机票如何能够减少航空公司所需的员工数量？

## 实践准备

### 食品营销角色扮演

超级市场行业的竞争变得越来越激烈。更小的杂货店出现在马路边。更大的和更好的场所不断地成为市场。杂货店的顾客一般比较在意价格的高低，他们的忠诚度一般不会太高。

Ideal 是一家独立的社区食品杂货店，它因生鲜肉食、蔬菜和水果而被人们关注。顾客服务是这家本地食品杂货店纳入其业务的首要任务。令 Ideal 引以为荣的一项服务是为顾客精心打包食品杂货后送到顾客的小汽车上。同时，Ideal 也擅长处理电话订单。

一些大型超市试图运行一个顾客可以订购杂货的网站，但并没有取得成功。Ideal 却相信，其商店的独特性可以使网站成为一个成功的促销工具。

你被 Ideal 邀请为其设计网站。建设该网站的目的：告知顾客每周特价信息，突出宣传商店独特的服务以及为网上顾客提供特价，提供一些包含健康食谱等内容的每周简讯。

关于如何收集忠诚顾客的电子邮件地址，Ideal 也想得到你的一些创意。Ideal 相信，其网站可以为顾客提供一个有用的在网上下订单的工具。

你有 10 分钟的时间阅读这些背景资料，然后决定你将如何处理这个角色扮演任务。你还将有最多 10 分钟的时间提交你的构思给 Ideal 经理，经理有 5 分钟的质询时间。

**评估指标**

1. 理解 Ideal 面对的机会和挑战。
2. 解释网站对于食品杂货店的作用。
3. 讲述网站的特色及所包含的信息。
4. 讲述网站如何把 Ideal 与一些超市巨头形成明显的区隔。
5. 讲述顾客会从该网站了解到哪些信息。
6. 解释该 Ideal 如何维护与更新该网站。

**⊃ 辩证性思考**

1. 为什么在其他一些超市使用网络没有取得成功的情况下，Ideal 还应该考虑网站建设问题？
2. 网站如何才能促使 Ideal 的运营更有效？
3. 为了推广该新建网站，应该规划实施哪些类型的活动？
4. Ideal 是否也应该适当地实施无网站促销策略，解释你的观点。

# 满足顾客需要

## 随处可买的汽车

人们享受一次购买新汽车的体验——坐在汽车上，呼吸着新皮革的气味、听着音响，感觉着试驾期间车辆的调试。然而，许多顾客却对销售谈判、复杂的财务讨论，以及在推销压力下做出购买决策，有着深深的恐惧。

汽车购买者将放弃面对面访问汽车经销商购买汽车而转向网上购买吗？答案可以决定本地经销商的未来及许多销售人员的工作，也可以显示网络改变消费者长期购买习惯的威力。几乎世界上所有的汽车制造商都建有可以让顾客网上订购汽车的网站。统计表明，网络正在改变着人们购买汽车的方式。无论如何，网络目前不能满足大多数消费者所有的购物请求。

根据最近一次调查，在英国购买汽车的网络用户中，有 83%的用户广泛地使用网站帮助他们做出购买决策。被汽车购买者访问的前 8 个网站中，有 4 个网站是汽车制造商的网站。面向美国消费者开展的一次类似的调查显示，近期有购买新汽车打算的顾客中，82%使用网络帮助他们收集信息。与英国汽车购买者访问的网站相比，被美国汽车消费者访问的前 10 个网站是信息类网站或购买助理类网站而不是制造商网站。

### ➲ 辩证性思考

1. 解释英国汽车购买者与美国汽车购买者访问网站类型不同，可能的原因是什么？
2. 你是否相信，大多数汽车购买者最终将完全在网上实施其购买行为？为什么？

# 7.1　确定电子商务企业顾客

**教学目标**

1. 认识到市场细分的作用。
2. 确定电子商务企业顾客的类型。

**任务驱动**

消费者调查是市场营销调研重要的组成部分。企业使用收集来的信息开发与改进其产品，收集来的信息也有助于保证顾客对其营销组合策略的满意。调查工作既是昂贵的又是费时的。大多数企业邮寄调查问卷给消费者，它们还会提供少量现金奖励或者赠送礼物以鼓励消费者做出回应。尽管如此，由于调查问卷需要耗费时间和精力完成与返回，回收率常常是很低的。有时，邮寄出去的问卷仅有5%～10%能被返回。

网络调查是企业收集信息的一种新方式。网络调查既能节约资金，而且形成较高的回收率。《消费者报告》正在改变其产品和服务的年度在线调查。2002年，它花费了70万美元邮寄了4百万份问卷给其杂志的订阅者，回收率大约为14%。2003年，90万订阅者在网上收到其调查问卷，其余订阅者则通过邮递收到其调查问卷。2003年的总成本大概是2002年的一半，而回收率却上升到25%。

与同学一起讨论，为什么网络调查的回收率通常比邮递调查要高很多。有没有不应该使用网络进行消费者调查的例子？

## 7.1.1　顾客的重要性

顾客是企业的生命线，是企业的衣食父母，是企业的利润源泉。顾客有着决定购买企业产品还是竞争者产品的权力。他们可能被说服尝试着购买企业的产品一次，如果需要得到满足，感到满意，他们就有可能再次购买同企业的产品，而且还有可能建议朋友及家人也购买同企业的产品。能够使顾客满意的企业有成功的可能，而那些不能让顾客满意的企业则很快会失败。

市场营销的一项重要任务是为企业明确其潜在顾客。吸引新顾客的活动包括营销调研及引起潜在顾客注意与兴趣的各种促销活动。采取一些类型的激励活动鼓励顾客实施其首次购买行为，同时跟进一些确保顾客满意的活动都是十分重要的。顾客关于产品的一些顾虑必须明确并被有效解决。只有那些能够清晰地辨析其潜在顾客的企业才能将其有限的营销资源集中投放到这些潜在市场上。

许多基于互联网的新型企业认为，网上获得顾客要比通过传统路径获得顾客容易得多。无论如何，网络为企业带来了一系列挑战。首先，有很大比例的潜在顾客仍然不能上网或者不习惯网上购物。其次，当企业上网后，它成为成千上万具有网站企业中的一个。很难想象，一个对企业一无所知的潜在顾客会登录企业的网站并把该网站当成一个可以购物的场所。如果潜在顾客登录企业的网站，要想获得成功的销售，网站必须科学设计并且易于使用，而且在所有网上可以获得的产品中，以及在传统渠道可以获得的产品中，它所提供的产品必须是最好的。

### 1. 顾客特性

当消费者想要购买产品时，他们通常会有成千上万的产品和服务可供选择。一些消费者会发现，某一企业的产品可以满足他们的需要，于是，他们会反复购买这一家企业的产品。而其他消费者则不会对该企业产品产生兴趣。努力将那些对企业或者对企业产品不感兴趣的消费者转化成经常购买的满意顾客确实是一件困难而代价高昂的事情。如果企业能够识别那些对企业产品和服务满意的人，把他们当做顾客对待则是十分容易且经济有效的。

每个企业都有数千甚至数万的消费者，网络也为企业提供了更大规模的潜在市场。虽然，许多潜在顾客不能上网，但大多数潜在顾客会使用网络收集所关注产品的信息，并查找供应这些产品的企业的信息。但是，上网查找产品信息的人群中，只有很小比例的人们会实施网上购买行为。这就需要企业规划有效的方法识别那些最可能购买本企业产品的消费者，并集中运用其营销力量吸引并满足这些消费者的需要。

这个识别高潜力顾客的过程就是市场细分。细分市场是指，在一个更大规模市场中，因共同具有一个或者几个重要特性而产生相似购买需要和购买行为的人群。

市场可以根据许多能够用来识别潜在顾客的特性进行细分。通常用来进行市场细分的因素有：人口因素、心理因素、使用情况及特定的需要和利益。

（1）人口因素。人口因素是消费者特性的描述。通常使用的人口统计因素有年龄、收入、教育水平、性别、种族、民族、婚姻状况、家庭规模、地理位置和职位等因素。

（2）心理因素。心理因素是指消费者的兴趣、活动、生活方式和价值观。人们一般是基于其兴趣爱好做出选择的。对健康和营养感兴趣的人们可能被特定类型的产品和选择所吸引，而那些置身金融与投资领域的人们则是对另外的产品和服务感兴趣。

（3）使用情况。产品使用情况是指具体某类产品的使用数量和使用频率。例如，对租看电影人群市场的细分，可以根据一周租借两次以上，一月租借一到两次及一年租借少于五次等特性进行细分。也可以按照一次租借三部以上及一次只租借一部等特性进行细分。

（4）特定的需要和利益。按照需要和利益进行市场细分，是指根据顾客做出决策的根本原因或者顾客从产品使用中获得的价值进行市场划分。例如，人们租用汽车可能用于商务旅行、家庭度假，以及他们自己的汽车故障或被维修期间的紧急情况；选择一家银行的利益驱动可能是便利、个人关注、高水平的服务及获得资金融通等方面。

 **网络知识**

大量网站提供有关个人健康和保健信息。WebMD 被称为"医疗行业的 Microsoft"。WebMD 网络非常庞大，有为消费者服务的综合门户网站 WebMD Health；还有为医务人员和卫生健康专家服务的专业门户网站 Medscape。如果仅仅是提供大量的信息，WebMD 还称不上是医疗行业的"Microsoft"。从线上的流量和广告到线下的出版业务，这些都是 WebMD 的赢利方式，然而，WebMD 最具特色的还是健康管理，成为医院、患者和保险公司之间的结算平台。目前，它已经是全美最大的医疗给付清算中心。中国的健康网站也有几家相对成功，如 39 健康网、爱康网、健康中国等。

➲ **辩证性思考**

个人健康是许多人关心的重要问题，使用网络查找几家提供健康保健服务的网站。为什么你认为大多数仅提供健康信息的网站取得成功是相当困难的？

### 2. 确定细分市场

企业为了进行市场细分，需要收集与分析消费者资料。当企业确定了市场上存在的所有细分市场时，就可以决定它将服务于哪个细分市场，同时也可以确定应用于各个细分市场的营销组合策略。细分市场中，企业选择确定为之服务的细分市场即为企业的目标市场。为了实现企业所选定目标市场的有效性，市场细分必须满足 4 个标准。

（1）殷实性。细分市场中的人们具有共同的、重要的需求。

（2）相似性。对于为满足消费者需要而规划实施的营销活动，细分市场中的人们应该做出相似的反应。

（3）可识别性。细分市场中的人们必须是可识别的。

（4）可进入性。能够获得充分的有关细分市场的信息，企业借此可以规划出有效的市场营销组合策略。

根据消费者的个人特性与需要不同而归属各个细分市场，每个人都是某些企业细分市场的重要成员。一些企业对某一部分人可能比较感兴趣，而另一些企业却可能对同样一部分人根本不感兴趣。对一些企业而言，人口统计因素是最重要的市场细分因素；而对于另外一些企业而言，需要、购买体验及兴趣可能是重要的市场细分因素。例如，一家生产销售制服的企业，如果该企业生产校服，学龄儿童及其父母则是重要的细分因素；如果该企业生产军队制服，政府机构则是该企业需要考虑的一项重要的细分因素；如果该企业销售工作服，则可以根据职业或行业进行市场细分。

按照需要细分市场是研究市场的一种重要方式。例如，具有娱乐与社交需要的人们有着年龄、收入、教育水平等比较宽泛的各种人口统计特征。然而，同一年龄段的人们与他们的父母、祖父母、弟妹相比，可能有着不同的娱乐和社交需要。高收入阶层人群与贫困阶层人群相比，可能会做出不同的娱乐选择。

### ■■■ 课内测试 ■■■

经常用做市场细分的 4 个因素是什么？

## 7.1.2　选择电子商务目标顾客

许多年前，企业认为，如果它们能提供优良的产品和服务，顾客就能发现它们，企业就会获得成功。今天，我们认识到，企业获得成功的因素不仅靠好的产品。当消费者选择产品和服务时，他们会选择那些最能满足他们需求的产品和服务。企业必须规划实施有效的营销组合策略，该营销组合策略必须能够超越提供同样产品的其他企业的营销组合策略。为了实现这一目的，企业首先必须收集潜在顾客的信息，并且使用这些信息尽可能地理解顾客，然后确定它能有效服务的目标顾客群。最后，它必须开发优于竞争对手的产品和服务。

### 1. 企业用户与最终消费者

企业用户与最终消费者可能出于不同的原因与用途购买同样的产品。例如，企业选购汽车的目的在于高效舒适地为其销售人员服务。家庭购买汽车则希望有足够的空间能够运送他们的孩子与孩子的朋友去学校、参加足球比赛和舞蹈课。零售商会从制造商那里订购几百台计算机用于再次销售。大学生从同一家制造商的网站购买笔记本计算机则是用来完成学习、个人娱乐和沟通。同样的产品，但其订购数量和用途却是截然不同的。

最终消费者的购买目的主要是用于其个人消费。企业购买者的购买目的主要是用于企业运营或再次销售。理性决策是建立在事实和逻辑基础之上的决策。企业用户的购买决策一般是理性的。感性决策是建立在情感、信念与态度基础之上的决策。最终消费者的购买决策可能更感性化一些。企业用户可能会关心价格、稳定的品质及企业快速配送订购产品的能力。而个体消费者可能更关心形象、便利及所购产品的独特性。

当前，B2B 电子商务市场的规模要远远大于 B2C 市场的规模。许多企业用户习惯于通过网络完成其常规购买行为，而一些高价特殊产品的购买行为则一般采取传统的面对面购买方式。虽然网络消费者市场规模是比较小的，但是，仍然有各种消费品被人们通过网络购买。电子商务企业需要考虑的是它们的产品是销售给最终消费者还是企业用户，或者既销售给最终消费者又销售给企业用户。如果电子商务企业同时选择最终消费者与企业用户作为自己的目标市场，就需要针对这两个不同的用户群规划实施不同的营销组合策略。一般而言，还需要针对这两个不同的用户群开发设计两个相互独立的网站和购物流程。

### 2. 面向创新采用者的营销活动

中国互联网信息中心发布的《2009 年中国网络购物市场研究报告》数据显示，截至 2009 年 6 月，我国网购用户规模已达 8 788 万人，同比增加 2 459 万人，年增长率为 38.9%，全国网络购物消费总金额为 1 195.2 亿元。其中，网民在 C2C 网站上的购物支出占网购总金额的 89%。专家指出，随着购物类互联网平台的逐渐成熟，以及人们生活习惯的改变，如今越来越多的人开始利用网络进行购物，"逛网店"已经成为时下一种流行趋势。显然，电子商务仍然有较大的上升空间，仍然有许多企业用户和个人消费者没有被吸引到网络这个购物新场地。

电子商务企业应该以哪些人作为自己的目标市场呢？有一些类型的网络用户可能成为企业的消费者，就是那些乐于科技与创新的人群。创新是指独特的新产品、新程序或者新构思。许多人不愿意尝试全新的事物，无论如何，会有很小比例的人被认为是创新采用者，这个比例大约为 2%。创新采用者希望成为首先尝试新鲜事物的人。在 20 世纪 90 年代早期，当互联网开始面向公众开放时，那些首先上网的用户就是创新采用者。当企业开始网络销售时，这些创新采用者便是它们网上最初的顾客。

创新采用者具有不同于其他消费者的特征，从而使企业易于识别他们。创新采用者与其他消费者相比，一般更年轻，具有更高的学历和更高的收入水平，他们一般也被看做消费领袖，而且勇于革新冒险。

图 7-1 可以说明消费者接受创新的顺序。创新采用者是首先采用创新事物的人群，其后的排列分别是早期采用者、早期大众、晚期大众、落后采用者和非采用者。

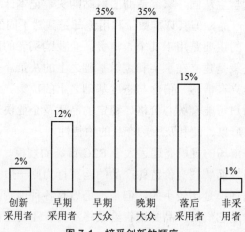

图 7-1　接受创新的顺序

在美国大约有 20%的消费者不使用网络，而且与过去 10 年的平均值相比，网络用户的年龄偏大、学历较低、收入水平也较低。网络采用也依次经历了创新采用者、早期采用者、早期大众和晚期大众采用者等几个阶段。

中国互联网信息中心（CNNIC）发布的《第 25 次中国互联网发展状况统计报告》数据显示，截至 2009 年 12 月，中国网民规模已达 3.84 亿人，互联网普及率进一步提升，达到 28.9%。也就是说，在中国有 70%的人口尚未接受互联网。显然，中国的网络采用过程还处在从创新采用者、早期采用者逐步进入早期大众采用阶段。

无论如何，创新采用者、早期采用者把网络看做购买产品和服务的资源。

如果企业通过网络激发消费者兴趣并提供信息指导他们决策，其目标市场就会包括所有的网络用户。但是，如果企业希望消费者通过网络购买其产品，营销努力则应主要瞄准创新采用者和早期采用者。

### ▓ 课内测试 ▓

企业用户与最终消费者购买决策相比，相似之处是什么？不同之处是什么？

## 评估练习

正确领会网络营销基本概念，将下列问题最正确的答案选出来。

1. 企业吸引网络顾客并不是一件很容易的事情，因为（　　）。

    a. 网络广告是违法的

    b. 只有很小比例的消费者具有可靠的互联网接入

    c. 在网络上没有足够的产品可供选择

    d. 网上销售的产品价格通常要高

2. 用来细分消费者市场的人口统计因素是（　　）。

    a. 年龄

    b. 业余爱好

    c. 购买频率

    d. 上述选项都正确

**分析思考**

尽可能完整地回答下列问题。

3. 你在一家专业定做 T 恤的丝网印刷企业工作，确定该企业可以考虑的三个市场细分因素。其中有一个细分市场属于企业用户市场。

4. 研究　使用网络收集许多年前被考虑进行革新的某种大范围使用的产品或服务的有关信息。描述该产品是如何随着越来越多人们接受革新变化的。提供该创新产品被研发和接受的时间演变线。

## 7.2 消费者行为原理

**教学目标**

1. 认识到了解消费者行为的重要性。
2. 明确消费者购买决策的过程。

**任务驱动**

沃尔玛是全球最大的零售商，也是全球最大的企业用户。制造商常常想方设法把他们的产品销售给沃尔玛，因为这些企业明白，销售给巨大的零售商对于它们的成功会产生奇特的效果。因为其巨大的规模，沃尔玛常常能支配其他企业如何运营。

无线射频识别技术（RFID）俗称电子标签，通常被用做产品识别。RFID是一种简单的无线系统，用于控制、检测和跟踪物体，系统由阅读器和标签两个基本器件组成。标签（Tag）由耦合元件（线圈、天线）及芯片组成，每个标签具有唯一的电子编码，附在物体上标识目标对象。阅读器（Reader）是读取标签信息的设备。天线（Antenna）的作用是在标签和阅读器间传递射频信号。产品在制造时就被放置了存有产品信息的IC芯片与天线组成的射频电路，通过天线接收来自专用阅读器所发射的射频信号，应答标签芯片中所包含的数据信息，并送入主计算机进行处理，从而实现产品非接触式的识别、查找与管理，打破了传统条形码识别的局限性。这种技术可以被企业用来跟踪产品位置、存货水平和销售，由于消费者找到并去除产品内置的芯片，它甚至还可以防止入店行窃。

许多企业不愿意使用FFID的原因是其成本要比条形码高昂。但是，沃尔玛要求其供应商开始使用RFID技术。据Sanford C. Bernstein公司的零售业分析师估计，通过采用RFID，沃尔玛每年可以节省83.5亿美元，其中大部分是因为不需要人工查看进货的条码而节省的劳动力成本，这种RFID技术还能够帮助把失窃比例和存货水平降低25%。

与同学一起讨论，为什么尽管RFID的成本很高，但一些企业还可能会选择RFID代替条形码？为什么该项技术对于沃尔玛而言，是一项特别重要的技术？

### 7.2.1 需要、欲望和利益

为什么消费者会购买某一商品？什么时候品牌名称是重要的？什么因素导致消费者重新购买企业的产品？消费者是否会不断地尝试购买新产品？消费者是否会购买那些不熟悉企业的产品？消费者对这些问题的回答，基本上可以对其行为做出解释。

消费者行为研究是有关消费者如何做出购买和使用产品或服务的决策的研究。企业研究消费者行为的目的是为了了解它们必须怎样做才能更好地满足消费者的需要。经过认真的消费者行为研究，企业可以更好地做出目标市场选择决策及营销组合策略决策。有效的市场营销产生满意的交易，了解消费者行为有助于企业有效地提高顾客满意度。

电子商务为企业提供了新的挑战。许多指导传统企业的消费者行为原理将应用于电子商务之中。但是，网上消费者购买行为与传统的网下消费者购买行为在某些方面还是有区别的。

 **课外资料**

有7%的人口被认为是网络退出者。网络退出者是指曾经使用过但不再继续使用网络的人。退出的原因包括因技术问题和网络连接受挫，一些人则仅仅是对网络不感兴趣。

### 1．了解消费者需要

消费者需要使用货币购买能够满足他们需要和欲望的产品和服务。但是，大多数人并没有足够的货币购买他们所需要的所有商品。因此，他们必须收集信息分析其购买行为是否能做到物有所值。

需要是人们生存所必需的物品。例如，人们用来充饥的食品和提供安全而舒适住所的房屋。欲望则是人们尚未实现的愿望。大多数消费者拥有充足的货币，满足他们基本的需要。因此，在需要满足决策方面，他们并不会投入大量的时间和精力。相反，他们必须考虑他们最重要的愿望是什么，哪些产品和服务能够满足这些需要和愿望。有大量影响消费者选择的因素。

消费者通常希望做出理性的决策。他们会在几种选择中选择决定哪种选择具有最大价值。价值最大并不总是意味着产品的价格最低。而是说，与其成本相比产品所提供的满足感最大。

另外一些因素则会使消费者的购买决策更感性。恐惧、内疚、兴奋或紧急情况也可能是消费者选择某一产品的原因。个性和自我形象对消费者行为有着巨大的影响。人们归属或者认同的社会群体也会影响消费者的购买行为。感情动机与理性动机相比更难以预测。当人们从某一品牌的包装设计到广告信息方面审视商品时，就会感受到情感力量对购买决策所产生的影响。

### 2．性能与利益

企业会提供具有大量性能的产品。性能是指产品具体的特性。例如，衬衫的面料，款式和颜色。产品的某些性能可能会与其他产品十分相似，而另外一些性能则可能是独一无二的。企业应该设计出能最大限度满足消费者需要的产品性能。

性能只有与利益结合在一起才能为消费者传递价值。利益是指从产品性能中所能获得的价值。你是否曾经阅读过几台计算机的技术说明，希望了解每一篇说明书的意思以及哪些性能对你而言是重要的？直到你了解每一种性能所能带来的利益，选择一台最适合自己的计算机才不再是一件困难的事情。企业必须了解消费者的需要，并且明确企业产品性能如何才能为消费者传递利益，然后，企业必须以消费者能够理解的方式向其传播这一产品利益。

**■■■ 课内测试 ■■■**

性能与利益之间的区别是什么？

## 7.2.2 消费者购买决策

### 1. 消费者购买决策制定

分析你最近购买的产品和服务。你是如何决定什么时间、什么地点实施购买行为的？你收集了哪些信息？对你的产品和品牌选择产生影响的人和事物有哪些？你是花费很长时间才做出决策还是很快就做出决定的？所购买的是你经常购买的还是偶尔购买的产品，抑或是一生只购买一次的产品？如图 7-2 消费所示，消费者购买决策制定一般有五个过程。

图 7-2　消费者购买决策过程

（1）确认需要。如果消费者没有认识到其某种需要，他们一般不会积极地寻求并购买产品或服务。消费者每天会看到许多广告信息，如果广告中的这些产品或服务对他们而言是没有用的，他们的购买行为就不会受这些广告的影响。但是，如果他们的汽车燃料即将用完或者参加一次工作面试却没有合适的服装，他们就会立刻查找能够满足他们需要的产品。需要的重要性将决定着他们是立刻查询还是以后查询。

（2）信息收集。一旦认识到需要的存在，他们就希望查找到能够满足其需要的产品或服务。收集有关各种可能的选择方案的信息是必需的。因此，他们必须明确收集所需信息有哪些来源。如果当前这种需要属于经常性需要，从前购买的记忆可能就会解决所有的问题。而对于那些新的或重要的购买行为，消费者可以查看几种信息来源。例如，可以向家人或朋友寻求建议，回顾广告信息，也可以上网查询，等等。

这一阶段的目标是明确各种可能的选择以及哪种选择能够满足消费者的需要。

（3）选项分析。当收集到足够多的信息后，就要使用所收集的信息，比较各种可供选择的方案，然后决定哪一种产品或服务能够最好地满足他们的需要。他们将从性能、利益、可用性、成本以及其他因素等方面进行比较。评估期可能瞬间完成，也可能是几天或者几周。

（4）购买决策。消费者一旦满意于所收集的信息与做出的评价，就会做出选择，然后根据所做出的选择实施购买行为。如果消费者所做出的某项选择不能实现或者条件不具备，消费者的决策行为也有可能被中断。

（5）购后评价。消费者实施了购买行为，但决策过程并没有因此而结束。在产品或服务的使用过程中，消费者还要继续进行评价，分析所购产品是否满足了自己的需要。如果消费者需要得到很好的满足，消费者就会在这一需要再次出现时，购买同样的产品或服务。如果消费者需要并没有像所期望的那样得到满足，在下次购买时就会做出不同的选择。同时，消费者也会对导致决策失误的信息源和购买决策过程做出反思。

一次主要的购买行为之后，常常会产生不和谐，例如，在购买汽车过程中，替代品被推荐或者对所做出的选择产生厌恶时就会产生不和谐。为了消除不和谐造成的不适感，消费者将通过寻求积极的信息，忽略消极的信息而促使所做出的选择更加合理化。

### 网络营销误区

对互联网日益增长的关注涉及网络信息的可信度问题。许多人依赖他们从网络上获得的信息甚至对网络内容及其准确性没有任何控制。一些无良企业和个人常常试图影响公众的意见。它们常常利用人们对互联网信息信任的优势，策划发布有偏见或虚假的网络内容。网络用户需要认真地评价他们从网络上获得的信息，应该考虑到信息的来源及信息来源的权威性，他们也应该审查信息的准确性、客观性和时效性。

#### ⊃ 辩证性思考

1. 为什么你认为许多人会相信网络信息的准确性？
2. 从哪些证据可以看出网络信息的来源是不可靠的？

### 2．决策类型

消费者所有的购买决策都遵循上述 5 阶段决策过程，但在不同的阶段花费的时间却有所不同，形成这种现象的原因在于需要的重要性及产品选择和所获信息的有效性不同，选择成本及消费者感受的决策风险也是需要考虑的影响因素。决策可以划分成常规型决策、有限型决策和扩展型决策 3 种类型。

（1）常规型决策。对于那些经常购买的产品，消费者购买决策常常需要很少的信息，而且会在购买决策过程各阶段之间毫不犹豫地快速转移。消费者常常是选定某一品牌后不断地重复性购买。同样地，消费者可能发现几个满意的品牌，然后在其中挑选一个顺手可得的产品。例如，购买杂货、汽油、快餐食品和报纸等商品一般就属于常规型决策。

（2）有限型决策。如果产品比较昂贵和复杂，消费者可能会花费更多的时间和精力认真思考后才能做出决策。这种情况下，消费者就需要收集更多的信息和进行更为复杂的评价。

消费者购买那些不经常购买或不熟悉的产品时的决策类型就属于有限型购买决策。例如，购买珠宝、手机、网络服务或在高档酒店就餐等一般就属于有限型决策。

（3）扩展型决策。当消费者初次购买或者购买重要产品时，通常就会做出扩展型决策，消费者将认真地经历购买决策过程的每一阶段。消费者可能会收集完全的信息，然后与他人讨论可选的购买方案，有时甚至还寻求专家建议。在做出购买决策之前可能会花费很长的时间用于考虑最终的选择。购后评价对于消费者认识到决策正确与否十分关键。当人们购买房屋、选择大学或者购买豪华汽车时一般就属于扩展型决策。

### 课内测试

消费者购买决策过程的 5 个阶段是什么？

## 评估练习

正确领会网络营销基本概念，将下列问题最正确的答案选出来。

1. 下列选项属于利益而不是性能的是（    ）。

　a. 真皮内饰

　b. 六喇叭音响系统

　c. 从侧面撞击安全气囊增加的安全性

　d. 全尺寸备胎

2. 哪种类型的购买决策适合消费者购买常用产品时的购买决策（    ）。

　a. 扩展型决策

　b. 常规型决策

　c. 有限型决策

　d. 重复型决策

### 分析思考

尽可能完整地回答下列问题。

3. 调查研究　高中毕业以后，你正收集可能进入的大学的信息。明确五个可以帮助你做出选择的信息来源。对于每一个信息来源，描述每一个可获信息的类型以及在哪里可以收集到这些信息。解释为什么这是一个好的信息来源。

4. 对于每一种决策类型，确定你可能购买的一件产品。创建一个表格，每一种产品作为列的表题，消费决策过程的每个阶段作为行的表题。在表格单元格内，解释你将如何完成购买决策过程的每个阶段。当你完成这个表格后，形成一个总结，说明三种决策类型之间的区别。

## 7.3　构建虚拟顾客关系

**教学目标**

1. 了解电子商务企业如何应用消费者行为原理的知识。
2. 明确电子商务企业用以构建顾客关系的工具与资源。

**任务驱动**

美国在线服务（AOL）公司是全球首屈一指的网络服务提供商（ISP）。2000 年，美国第一大网络服务提供商 AOL 用户多达 2 600 万户。时代华纳是全球第一大媒体公司，其有线电视系统可以为近 2 100 万用户提供服务，两家公司合并后，将成为一家集电视、电影、杂志和因特网为一体的超级媒体公司。

随着其他 ICP 和 ISP 的日渐强大，AOL 也实施了一系列反击措施，它不是简单地削减价格，而是采取改进软件、提供专业化服务等措施。2003 年推出的 AOL9.0 具有更好的防火墙、病毒保护、垃圾邮件过滤和不良信息控制等。通过其即时通信服务系统，它甚至还提供了有声在线沟通服务。除此之外，AOL 还与娱乐公司合作，AOL 独家提供在线音乐艺术家表演，提供即将上映电影的预告和流行电视节目的特别制作，它还计划为少年儿童提供专门的接入区，提供包括游戏、聊天、音乐与视频剪辑等内容。

但是，近几年，它却不仅流失了顾客也流失了金钱。当前 AOL 业务陷入困境，陷于"吃老本"的境地。据国外媒体称，至今有人仍将"AOL"一词与那些拨号上网的业务相联系。尽管用户数量从顶峰时期的 2 600 万户骤降至 2009 年的 600 万户，但互联网接入仍是 AOL 可靠的现金收入来源。另外，AOL 的广告业务已经跌入谷底。这些都直接导致了两者今天的分手。2009 年 11 月，时代华纳与 AOL 宣布了双方分手的时间和细则。

2001 年，AOL 与联想创建合资公司，共同投资 1 亿美元推出中文门户网站 FM365.com。2004 年，这一合资公司却因经营不善黯然关闭。2008 年 4 月，AOL 重返中国内地互联网市场，相关首页（aol.com.cn）随即上线。但受成本压力和金融危机影响，2009 年，重返中国市场不足一年，AOL 再次退出中国内地市场。

与同学一起讨论，为什么 AOL 面临着来自其他公司日益增长的竞争压力？你相信 AOL 正在进行的变革会为它带来更多的利润与顾客吗？AOL 再次退出中国市场的根本原因是什么？

### 7.3.1　选择目标顾客并使顾客满意

#### 1．选择网络目标顾客

对于所有企业而言，识别潜在顾客、了解顾客行为以及明确顾客如何决策都是至关重要的。具有共同特征与需要的企业用户和最终消费者构成企业的目标市场。所有的消费者都想通过购买行为满足其需要，他们会循着消费者购买决策五个阶段做出最终的决策，他们也会不断地应用消费者购买决策类型中的某一种进行决策。消费者行为原理可以应用到所有的企业，也适用于各类产品和服务及网络产品与网络服务。电子商务企业可能会发现其目标市场的不同，因此，被它们目标顾客所使用的信息来源和类型也会不断变化。即便如此，消费者行为还是可以预测的。了解消费者行为和需要，可以让电子商务企业有效地吸引目标顾客，并帮助目标顾客做出合理的决策，其结果必然是顾客满意和企业的不断成长与成功。

网络是一个不断创新的技术。尽管网络用户的数量在与日俱增，但实施网上购买行为的企业用户与最终消费者却只占很小的比例。而这些网络购买者，也并不是真正在网络上完成其购买决策过程的所有阶段。甚至，那些实施网上购物的顾客的网上购买量也只占到他们购买总量的很小比例。

如果你开创一家电子商务企业，就必须了解目标市场的特征是什么，必须了解网络用户与非网络用户各自在人口因素、心理因素等方面各自的情况，必须决定企业是服务于本国顾客还是要服务于国际顾客，必须决定向目标顾客提供哪些信息？对于帮助顾客做出购买决策而言，必须了解哪些通信工具和沟通方式是最有效的。

对于网络用户基本情况的研究已经有很多，例如，对于中国市场而言，中国互联网信息中心（China Internet Network Information Center，CNNIC）每年会发布两次《中国互联网发展状况统计报告》。在网络之上，还可以获得其他一些研究成果。这些信息资料可以被企业用来做出市场细分等决策。

 **课外资料**

　　随着中国互联网普及率的逐年提高，互联网正在走进人们的工作与生活。CNNIC 报告显示，在家和单位上网的网民比例在 2009 年有了明显的提高，有 83.2%的网民选择在家上网，另有 30.2%的网民选择在单位上网，互联网作为人们日常工具的价值正在日益提升。2009 年网络应用使用率排名前三甲分别是网络音乐（83.5%）、网络新闻（80.1%）、搜索引擎（73.3%）。但是商务交易类应用增幅"异军突起"，CNNIC 报告调查显示，商务交易类应用的用户规模增长最快，平均年增幅达到了 68%。其中，网上支付用户年增幅 80.9%，在所有应用中排名第一，旅游预订、网络炒股、网上银行和网络购物用户规模分别增长了77.9%、67.0%、62.3%和 45.9%。据 CNNIC 报告显示，2009 年中国网络购物市场交易规模达到 2 500 亿元，2010 年网购物市场将迎来更大规模的发展。从数据可以看出，中国互联网应用正显出网络消费快速增长的显著趋势。

### 2. 电子商务顾客的特征

（1）网络消费者。典型的美国网络用户是年青人，白种人，就业者，受过良好教育的人，社会平均收入以上的郊区居住者。经常使用网络的女性人数与男性人数大致相当。非裔美国人和拉美裔美国人的网络使用率低于平均水平，但是他们与白人相比具有更快的增长速度。网络使用参与率较低的人群分别是 13 岁以下及 65 岁以上人群。

从国际上来看，美国目前拥有较多的网络用户，但其增长速度却要慢于许多其他国家。瑞典、荷兰、澳大利亚、中国香港等国家或地区则有着最高水平的计算机拥有率和使用率，也有着最大比例的计算机联网率。西班牙、中欧和东欧国家被认为是今后 10 年最具潜力的网络市场。

网络购买者的特点是创新采用者和风险承担者。他们对新产品、新服务和新创意比较感兴趣。他们希望被他人看做引领潮流者和舆论领袖。

那些不愿意实施网上购物行为的人往往具有更高的安全和保障需要，他们会花费更多的时间做出购买决策，他们希望被别人看做经济型的购买决策者。

（2）决策过程。当前，大多数网络用户上网的目的是收集信息、与他人通信和在线娱乐。这种情况表明，大多数网络购买者处于消费者购买决策过程的第二个阶段，即收集信息阶段。而且，他们在线通信的兴趣也有助于随后的选项分析与购后评价阶段。

有很少的网络购买者处于消费者购买决策过程的第四个阶段，即购买决策阶段，因为他们对在线购物感到不舒服，他们可能希望有可选择的购物方式，他们也可能需要支持和完成在线购买的信心。网络购买者网上购买额的平均值相当小，平均每人每年的网络购买额不高于 100 美元，最可能购买的是那些熟悉的、低成本的产品。那些年收入超过 10 万美元的美国人，他们每年网络购物金额是大多数网络购买者每年网络购买额的 5 倍，而且通常购买的都是一些昂贵的商品。

### 课内测试

当前，大多数网络用户上网的主要目的是什么？

 **课外资料**

> 你会通过网络购买一辆二手车吗？在美国，eBay 不仅是前 15 家零售商之一，而且，令人惊奇的是，eBay 也是最大的二手车经销商。

## 7.3.2　构建虚拟顾客关系的工具与资源

电子商务企业必须选择合适的工具和资源收集消费者信息，并提供信息给现实顾客或潜在顾客。正确的工具应该能够与顾客进行互动，并为顾客的网上购物提供便利与安全。了解消费者行为是做出这些选择的关键。

### 1. 目标市场选择

企业需要掌握必要的信息明确最适合其产品的细分市场。企业可以向其他机构购买调研资料，也可以亲自组织实施调研活动。网络调查与其他市场营销工具将有助于企业收集所需信息。另外，企业也可以借助专用软件，在其网站上，跟踪顾客购买与服务请求等互动行为。收集到的这些资料数据有助于企业为其电子商务活动选择最好的细分市场。

### 2. 消费者购买决策实施步骤

许多人是积极的网络用户，电子商务企业可以帮助他们实现购买决策制定与实施之间的转移。

第 1 步：确认需要。谨慎地发布广告，门户网站信息的设计，有效应用搜索引擎将有助于消费者确认需要，并将其需要与企业所提供的产品和服务建立联系。网络企业应该赞助那些消费者经常访问且与它们产品相关的网站。

第 2 步：收集信息。当消费者收集信息时，科学组织的网站与 FAQ（常见问题）解答对于消费者收集信息而言都是十分有用的。电子邮件服务和与客服代表之间的在线聊天对消费者收集信息也是很有帮助的。使用网络顾客可以理解的语言，精心地设计沟通过程，将使信息更有意义。关系型网站和网络社区可以让有兴趣的顾客在收集信息过程中更深入地介入。网站可以提供聊天群、互动产品说明、流媒体及来自满意顾客的推荐书等。

第 3 步：选项分析。电子商务企业可以通过提供品牌比较信息帮助消费者完成可选方案的分析评价。比较信息应该包括重要的性能、利益及价格信息。被政府机构或者消费者群体形成的有利的产品评估和测试，可以被引用或者与企业网站建立链接。

第 4 步：购买决策。对于电子商务企业而言，消费者购买决策最关键的阶段是购买决策。许多网络用户并不在线完成购买决策。甚至当顾客开始网上购买，经过一半订购程序，在全部完成订购程序之前，却结束了其网上购买行为。因此，购买程序必须快捷而容易。也可以采取优惠券或免费送货等奖励措施以鼓励购买完成其网络购买行为。最重要的是，顾客必须确信企业是一个合法企业，而且所提交的所有个人信息都会受到保护。同时，订单必须被有效地处理和交付，提供完善并随处可得的客户服务和支持。

第 5 步：购后评价。使顾客满意并形成长期的顾客忠诚，一个重要的方法是提供售后支持。顾客应该被发送确认信息及时告知他们订单已经被接受和处理。如果订单接受或处理有任何延误，顾客应该被及时通知，并告知一个预计的处理时间。当订单已经发货，顾客应该被提醒等待收货。产品交付后，企业应该与顾客取得联系确保产品满足顾客的需要。顾客数据库应该保持并定期更新，售后跟踪活动可以包括产品维修和使用技巧、新产品信息、鼓励客户保持联系等。

##  现实视点

网络不仅为企业提供了一个销售产品的新途径，也可以用于改进顾客服务。一家销售医疗设备的企业，通过网络将售出的每台设备与其计算机建立链接，其计算机可以监测每台客户机的运行状况。医疗设备问题可以被随时发现，维修人员可以在医疗设备出现故障之前被派出。顾客满意度空前高涨，高效率的顾客服务每年可以为该企业节约 1 百万美元。

### ⊃ 辩证性思考

1. 为什么购买医疗设备的企业会希望得到监测服务？

2. 如果一家公司不间断地通过网络接入监测其设备运行状况，客户可能会有什么样的安全顾虑和其他问题？你愿意让那些销售给你计算机或手机的企业通过网络接入进行监测服务吗？为什么？

## 课内测试

列举电子商务企业可以用来构建虚拟顾客关系的三个工具和资源。

##  工学结合

刘洋是为一家消费品公司服务的网络社区协导员。他负责开发与管理公司网站，为公司某类产品培养潜在顾客或现实顾客的兴趣。网络社区的主要目标是为公司促进产品销售和提高品牌忠诚度，和鼓励那些忠诚用户将公司及其产品推荐给其他人。

刘洋与公司产品经理一起收集信息，审查产品广告，协助规划特别优惠和面向社区成员的奖励措施。刘洋完成的一项重要的前期活动是充当开发该社区网站的网站建设团队的顾问。几项独特的技术被应用到该网站，从而使该网站可以向浏览者提供音频和视频内容。在刘洋的协助下，创建了一个有趣而简单易用的聊天室。他开发了发送网络调查问卷的方法，还开发和维护一个跟踪网络社区参与者的数据库。刘洋与几个助手一起管理着这个社区网站，他向目标顾客发布问题，寻求产品反馈并鼓励讨论。他搜寻并提供相关信息给社区成员，定期更新网站内容并保持网站内容的趣味性。

刘洋为了能让其职业道路更顺畅，他取得了一个侧重技术编写的通信学学位。在学习期间，他选修了几门市场营销课程，他还在一家市场营销调研公司兼职担任电话调查专员。毕业以后，他在这家公司的广告部承担了一项入门级职位。两年以后，他成为一名网络广告文案写手。当这家公司决定创建几个网络社区网站时，刘洋被任命开发与管理其中一个社区网站。

### ⊃ 辩证性思考

1. 为什么企业不是放任消费者建立他们自己的兴趣群而是花费金钱和时间创建和管理网络社区？

2. 你认为，为了保证网络社区目标与公司目标相一致，网络社区协导员所需的最重要的技能是什么？

## 评估练习

正确领会网络营销基本概念，将下列问题最正确的答案选出来。

1. 下列选项不适用于一般的美国网络用户的是（　　）。

　　a. 中等收入者　　　　　　　　　b. 受过平均水平以上教育的人

　　c. 郊区居住者　　　　　　　　　d. 年轻人

2. 对于电子商务企业而言，消费者购买决策过程最关键的阶段是（　　）。

　　a. 收集信息　　　b. 选项分析　　　c. 购买决策　　　d. 购后评价

**分析思考**

尽可能完整地回答下列问题。

3. 分析确定你认为与那些不经常使用网络的人相比，更可能被那些积极的网络用户购买的三种产品。使用人口因素和心理因素解释，为什么那些积极的网络用户对于这三种产品而言是更好的目标市场。

4. 沟通　选择一种你认为可以在网络上有效销售的产品。使用文字处理程序，创建一个二列六行的表格。表格左栏标题为"产品性能"，右栏标题为"顾客利益"。在左栏五行中分别列举五种重要的产品性能，在右栏五行中，分别填入对应该性能并能给顾客带来的利益。

## 第7章　评估测验

复习网络营销基本概念，将每个词汇前的字母写在与之相匹配的定义前。

（　　）1. 建立在事实和逻辑基础之上的决策。

（　　）2. 从产品性能中所能获得的价值。

（　　）3. 建立在情感、信念与态度基础之上的决策。

（　　）4. 独特的新产品、新程序或者新构思。

（　　）5. 在一个更大规模市场中，因共同具有一个或者几个重要特性而产生相似购买需要和购买行为的人群。

（　　）6. 人们生存所必需的物品。

（　　）7. 人们尚未实现的愿望。

（　　）8. 产品具体的特性。

（　　）9. 有关消费者如何做出购买和使用产品或服务的决策的研究。

a． 利益

b． 企业用户

c． 消费者行为

d． 不和谐

e． 感性决策

f． 性能

g． 最终消费者

h． 创新

i． 细分市场

j． 需要

k． 理性决策

l． 欲望

将下列问题最正确的答案选出来。

10．企业的生命线，企业的衣食父母，企业的利润源泉是（    ）。

　　a．新产品　　　　b．竞争　　　　c．顾客　　　　　　d．销售

11．最终消费者与企业用户相比，更可能做出（    ）。

　　a．感性决策　　　b．创新决策　　　c．理性决策　　　　d．经济型决策

12．消费者购买决策过程的首先是（    ）。

　　a．选项分析　　　　　　　　b．购后评价

　　c．收集信息　　　　　　　　d．上述选项都不正确

13．消费者购买决策过程最后是（    ）。

　　a．选项分析　　　　　　　　b．购后评价

　　c．收集信息　　　　　　　　d．上述选项都不正确

## 分析思考

14．企业致力于具有相似特征与需要的更小的目标市场，这种目标市场战略的优点是什么？它与一个没有把各种特征与需要进行市场细分的更大的目标市场相比，有哪些优点？

15．如果企业在发展电子商务之前，拥有大量满意的顾客，你认为这些顾客是否也会成为企业满意的电子商务顾客，为什么？

16．你认为区分潜在顾客需要与欲望是重要的吗？论证你的回答。如果消费者需要和欲望都是不满意的，那你认为消费者更急于满足的是需要还是欲望？解释你的回答。

17．结合你自己购买产品或服务的经验，你认为消费者会依次遵循消费者购买决策实施中的所有阶段吗？通过分析你最近的一次购物经历加以辅助说明。

工学结合

18．**分析思考** 选择一种被广大消费者普遍购买的产品。为这种产品划分三个独特的目标市场。尽可能完整地叙述各目标市场的特征。分析各目标市场心理因素、人口因素及产品使用之间的差异。说明相关产品中重要的需要和欲望。说明企业面向各个目标市场诉求的性能和利益。

19．**调查研究** 网络上有许多信息来源，可以帮助企业识别潜在企业用户和最终消费者的特征和购买行为。使用搜索引擎查找三个提供这些信息的网站，撰写每个网站的书面说明，包括网址、网站所有者名称以及可获得的信息类型。

20．**决策** 同样的产品既可以销售给最终消费者，也可以销售给企业用户，显然，该产品面对不同的市场具有不同的用途和不同的购买原因。创建一个表格，列出 5 个可以被两种类型顾客购买的产品，对于每一种产品，分别描述两种类型顾客各自所需的重要用途。分别归纳每个顾客购买各个产品的理性原因和感性原因，识别最可能因为某个原因支持其购买决策的顾客类型。

21．**营销算术** 通过研究，某公司为其一种计划通过网络销售的产品识别出 895 500 名潜在顾客，使用图 7-1 所提供的百分比，计算在产品每一采用类型中潜在顾客的数量。准备一份表格说明你的计算结果。

22．**沟通** 访问一个你有兴趣购买的产品的企业网站，浏览所提供的信息、设计和可获得的工具与资源。根据消费者购买决策过程，评价该网站。撰写一份评价报告，描述该网站帮助消费者完成购买决策过程的优势与劣势。

## 项目导向

项目的这部分内容将集中在你的企业如何规划识别其目标市场，以及如何应用对消费者行为的了解。

与团队成员一起完成下列活动。

1．利用可获得的网络信息及其他信息来源，完成你所售产品至少三个目标市场完整的分析说明。其中一个目标市场应该为企业用户市场，识别哪个目标市场是你优先考虑在网上销售的。

2．为你所销售的产品完成一份产品性能–利益分析说明。列举产品重要的性能以及顾客将从这些性能获得的利益。

3．识别几种人可能用来决定是否购买你所销售产品的理性原因和感性原因。分析确定你的产品可能是常规型决策、有限型决策和扩展型决策中的哪一种。

4．对于消费者购买决策过程的每一阶段，开发一个能够应用于你的企业网站的沟通资源，帮助消费者成功完成购买决策过程某一阶段。资源可能包括广告、图表、文本信息、音频或视频。

## 案例分析

### 不向所有人开放的高档度假公园

南加州最豪华度假胜地有棕榈成行的林荫大道，在沙漠中修剪完美的高尔夫球场和 6 个漂亮的网球场。5 个游泳池、热水浴、一畜栏的马、一条徒步登山的小路、使 Rancho California 成为旅行者的天堂。这个旅游点提供了除让游客除了住宿的房间之外精彩度假所需的一切。Rancho California（Recreational Vehicle，RV）是房车度假者的公园。

Rancho California 迎合最富有的房车爱好者，只有最好的房车才被允许分享公园的乡村俱乐部氛围。营地费用为每晚 49 美元，这比标准价格水平的两倍还多，宿营者花费 49 美元可以得到最平直最干净的 18～60 英尺大小的一块水泥垫，这个水泥垫具有足够大的长度和宽度放置市场上销售的最大的房车。这个水泥垫还配备了各种标准的连接装置及其他设施，提供有自来水、污水处理、电、电话和有线电视接入。20 平方英尺精心修剪的草地将 594 个地段分隔开，想要长期停留的冬季难民需要支付每月 1 100 美元的租金占用，也可以按照不同地段以 59 900～119 900 美元的价格购买。

开发者及户外景点，将 Rancho California 建设成一个虽然小但日渐增长的富有的房车爱好者亚文化。这个目标市场驱动了最昂贵的被普雷沃斯特制造的定制房车，房车世界的劳斯莱斯及 Monaco and Country Coach 等高档市场的竞争对手。房车的价格是 30 万～150 万美元。这种车轮上的套房都配有豪华卧室，整体厨房，车载导航计算机，耗资 3 500 美元的卫星电视。

近 100 亿美元的房车工业一直在增长。2002 年，房车销售增长了 21%。高档大客车正吸引着越来越多的客户和更多房车公园企业的注意力。全球领先的私人别墅假期预订公司 Luxury Retreats 在那不勒斯、佛罗里达和希尔顿总部附近及南卡罗来纳等地附近开业。

并非所有烧钱的度假者想要在像 Ritz-Carilton 一样的高档酒店的入住。越来越多的人宁愿漫步在美国的小道和在星光下露营，即使这意味着必须自己带床。

许多高档度假者是伴随着野营度假长大的老年夫妻。虽然这些个人赚了许多钱，但是，他们不愿意用拿着养老钱在人群聚集的豪华度假村与他们熟知的旅行方式做交易。许多客人是努力工作几年后获得成功的小企业主。

**➲ 辩证性思考**

1. 为什么高档房车公园变得日渐流行？
2. 描述高档房车公园的目标市场。
3. 这些高档房车公园应该提供什么专门的技术？为什么？
4. 高档房车公园这些属性如何有效地通过网络进行市场营销？

 **实践准备**

## 汽车和石油营销角色扮演

雪鸟涌向 Rancho California 房车公园。它迎合了那些不愿意呆在豪华酒店中的富有的旅行者的需要。运营良好的度假村包括一个高尔夫球场、马厩、热水浴、网球场、自行车道及游泳池。租用房车垫是每晚 49 美元，基本上是其他房车公园收费的两倍，房车停车场可以花60 000～120 000 美元购买。

你被 Rancho California 聘用，帮助其设计一个具有所有房车旅行者所需最新技术的服务站。服务站必须对自然的房车公园具有实在的吸引力。你必须描述这个服务站所有的性能，你也被要求决定服务于高档房车旅行网站应该包括哪些内容。

你有 10 分钟时间考虑并决定你将如何处理这一角色扮演的情况。你还有最多 10 分钟时间与公园所有者演艺你的角色。

### 评价指标

1. 为 Rancho California 房车公园定义其目标市场。
2. 理解 Rancho California 房车公园形象与露营风格一致的重要性。
3. 解释服务站如何才能被公园引进，并解释其重要性。
4. 定义应该被公园网站包含的性能。
5. 描述目标顾客怎样才能知晓该网站。

### ➲ 辩证性思考

1. 为什么高档服务站适用于 Rancho California 房车公园？
2. 什么形象必须被 Rancho California 房车公园所避免？
3. 为什么为 Rancho California 房车公园设计一个网站在经济上是可行的？
4. 在服务站应该提供哪些技术服务？为什么？

# 产品与服务规划

## 你能看多少电影?

Netflix 是世界上最大的在线影片租赁提供商, 该公司从 1998 年开始通过互联网提供电影租赁, 向它的 670 万名顾客提供超过 85 000 部 DVD 电影的租赁服务, 而且能向顾客提供 4 000 多部影片或者电视剧的在线观看服务。公司的成功源自于能够提供超大数量的 DVD, 而且能够让顾客快速方便的挑选影片, 同时免费递送。Netflix 已经连续五次被评为顾客最满意的网站。Netflix 提供和当地电影租赁店铺一样的产品。但是, Netflix 以独特的方式提供产品。

Netflix 顾客每月支付 19.95 美元。顾客访问 Netflix 网站, 浏览电影目录, 选择他们想要租看的电影。该公司可以同时邮寄三部电影给一位顾客。顾客想要看每一部电影多长时间完全由他们选择, 顾客想要看一部电影多少次完全随心所愿。当顾客归还一部电影时, Netflix 发送下一部电影到顾客列表中。随着每部电影的发送, 客户会收到一个预付费邮件。电影可以被投进最近的邮箱的, 而且退回不产生任何费用。

Netflix 公司表示, 它可以提供比知名电影租赁店铺所列电影目录五倍还多的电影。该公司也承诺, 它会提供最新的电影目录及经典电影目录。Netflix 超过 50% 的顾客会在提交订单后的一天内收到他们所选择的视频。租赁电影视频会从该公司拥有的 20 多个货运中心送出。

推荐引擎是 Netflix 公司的一个关键服务, 1 千多万名顾客都能在一个个性化网页上对影片做出 1~5 的评级。Netflix 将这些评级放在一个巨大的数据集里, 该数据集容量超过了 30 亿条。推荐引擎的首席执行官柏林森评论道, 网络正从一个搜索时代进入一个发现时代, 推荐引擎无所不在, 当你要看一部惊悚片但是并不知道哪部电影更适合, 推荐引擎能帮你发现你所需要的东西。这就是 Netflix 影片推荐引擎的成功所在。

### ➔ 辩证性思考

1. Netflix 与当地电影出租店相比具有哪些优势和劣势?
2. 假设你拥有一家电影出租店。你将如何应对 Netflix 的竞争保持你企业的顾客不流失。

## 8.1 传统产品和数字产品

**教学目标**

1. 列举产品可能具有的特性。
2. 辨析电子商务活动中常见的数字产品和服务实例。

**任务驱动**

数码照相已经改变了相机和胶片的市场模式。像柯达和富士这样的公司，多年来一直在胶片和相机市场上处于领导者地位。由于数码相机的出现，它们不得不对它们所销售的产品和所提供的服务进行重新定位。

柯达的一家子公司曾帮助公司向数码市场转型，2001 年 6 月，柯达公司收购了在线摄影服务的领头羊 Ofoto。Ofoto 是一家能够提供全方位服务的网上影像服务公司。它被命名为前50 强网站之一，并享有最好的影像服务的美誉。Ofoto 提供传统相机胶片处理服务。它把图片转化成数码影像，然后放到网上相册里供顾客浏览。

使用数码相机的顾客可以使用 Ofoto 的软件从自己的计算机里上传照片。这些照片可以存放在顾客在公司网站上的个人相册里。Ofoto 还向顾客提供影像编辑工具，顾客可以根据自己的喜好，使用编辑工具调整颜色、剪裁相片以及增加镶边和文字。通过互联网，顾客可以与家人及朋友共享这些图片。顾客也可以把相片转载到日历、贺卡和宣传单上。顾客还可以从这家公司订购相片、相框及摄影小礼物等商品。

与同学一起讨论，数码照相对类似柯达和富士这样的公司造成的影响。你认为是什么使Ofoto 成为一家成功的电子商务企业的？

### 8.1.1 产品和服务开发

创建一家电子商务企业，必须回答的首要问题是，为什么顾客愿意购买我们企业的产品。在电子商务兴起的最初几年中，创新者极有可能是为了新潮或便利才会购买网络企业的产品。但能够促使顾客重复购买一家网络企业的产品的理由却并不充足。人们之所以向一家企业购买产品的最基本的理由直接与其产品相关。如果企业不能提供能够满足顾客需要的产品，对于顾客来说，就没有理由购买该企业的产品，甚至于没有必要去访问该企业。

为了保持与顾客之间长期的令人满意的关系，企业必须能够向顾客提供一种独特的价值。这种价值是企业所提供的独特而在许多重要方面优越于其他企业的利益总和。价值是由市场营销组合的所有要素构成的。价值开始于企业所提供的产品或服务。

**网络知识**

美国的老年人是如何上网呢？是依靠他们子女的帮助！美国退休人员协会的一项调查显示，78%的被调查者曾经帮助过他们的父母学习如何使用计算机，87%的被调查者曾经帮助过他们的父母如何上网查找信息，近 75%的被调查者曾帮助他们的父母如何使用电子邮件。

➲ **辩证性思考**

1. 对于一个计算机初学者，你应该教给他们的最重要的上网技术是什么？
2. 写出你教给一位计算机初次使用者如何找到某一具体网站的步骤。

### 1．产品的构成

产品是市场营销组合四个构成要素之一。产品是顾客购买产品时所接受的所有有形和无形特性的总和。大多数企业所提供的产品都有许多替代品，彼此竞争的企业所提供的基本产品是相同的。如果这个基本产品就是顾客购买到的全部内容，那么区分一个企业和另一个企业的产品就十分困难。每个企业都会对其基本产品进行改进，使之能够与竞争对手的产品明显区别开来，并更吸引顾客。一般而言，产品的特性包括以下 7 个方面。

（1）特色。特色是为了使产品更有用而在基本产品基础上附加的功能。以自行车为例，速度、轮胎尺寸、框架结构、质量、车坐款式和车闸类型等就是其特色。

（2）用途。用途是可供选择的产品被使用的途径。例如，即时通信软件可以用做长途通话服务，也可以用做网络会议和虚拟商业团队讨论。

（3）品牌和形象。品牌和形象为企业产品提供了独特的可识别性。品牌名称和品牌标志的艺术性处理可以向顾客传递有意义的形象信息，以提示顾客产品的价值。例如，我们对迪斯尼、微软和凌志形成的印象，便是其品牌形象。

（4）品质。品质是使产品实现经久耐用和无缺陷的组成与结构。对于那些花费大量金钱购买商品的顾客而言，质量是他们最为关心的事情，对于那些希望产品能够长久使用的顾客而言，质量也是至关重要的。

（5）包装。包装是由便于产品储存和运输的容器和材料构成的。包装具有保护产品的功能，包装的构成、设计和色彩还可以提升产品形象。包装也是一项顾客沟通的工具，它可以通过文字、图片和符号向顾客传递信息。包装也可以吸引顾客注意，它甚至还具有便利产品使用的重要功能。例如，在包装打开后，可以重复密封的食品容器可以使产品剩余部分能够继续保鲜。

（6）保证。当产品发现缺陷或者使用中出现问题时，保证可以对消费者提供保护。作为保证部分，公司可以承诺退款、换货或者修理。

（7）顾客服务。顾客服务主要指售后服务，包括送货、安装、培训、技术帮助和维修服务。

## 2．提供服务

产品之外或者取代产品，一些企业会向顾客提供服务。服务是不生成任何有形所有权的价值活动，它在生产者和消费者之间直接进行交换。服务在生产的同时当即就被消费掉了。传统服务业如银行、旅行社、草坪维护企业、汽车修理中心、医院、学校和律师事务所等。娱乐、运输和公共事务都是具有高消费需求的服务业。

一些最成功的电子商务企业就是服务企业。eBay 提供拍卖服务。携程网是一家旅行计划和订购网站。

至于产品，企业必须设法使其服务对其顾客而言独特而富有价值。企业提供服务、运行或维护设备和其他用来生产和交付服务的资源。服务人员充分的准备、技能和责任心是企业成功的基本要素。

一些服务是同质的，意味着每次顾客订购时，它们以相同的方式提供。例如，电影院在放映电影时每次都是依照相同的程序，顾客使用银行的 ATM 机，航空公司为企业配送货物等。另一些服务则是异质的，意味着对于每一位顾客在服务类型和服务提供方式上具有明显的区别，如法律服务、医疗服务、建筑设计及复杂设备的维修服务。

摆在服务业面前最棘手的问题之一是是否有能力满足顾客的需要。一家企业可以提前生产大量产品，手头可以有大量产品用于满足顾客需要。但是，在顾客需要提供服务的特定时刻，必须有人员能够提供服务。基于这种服务，顾客的需求可能在不同的日子，甚至在一天之内的不同时段都会有很大浮动。如果拥有的服务人员超过了满足顾客需求的需要，企业成本就会超过其收入。如果顾客的需要超过了服务部门的可供资源，顾客的需求不能得到满足，业务就会流失。如果顾客联系热线帮助服务，但要等半个小时才能得到答复，他们就有可能十分不满意。无论何时，为了获得成功，服务业都必须平衡资源与需求之间的关系。

### ▓▓ 课内测试 ▓▓▓▓▓▓

列举产品可能具有的几种特性。

## 8.1.2　数字产品和服务

数字技术可以让企业开发新一代产品和服务。数字技术可以将数据资料、图像、文本、声音或影像转换成可以被传输和储存的电子信号。然后，这些数字资料可以通过数字电视、移动电话或者计算机显示器等技术被使用。同时，这些数字资料也可能被转换回非数字产品，如冲洗出来的照片和文件打印稿。

传统产品转换成数字形式可以更容易、更快速地分销。顾客可以通过计算机或其他数字技术接受并使用这些产品。影像、录音、图像及类似娱乐和旅行门票之类的文件现在都可以被数字化。消费者可以在线阅读报纸和杂志，查询银行记录，以及发送电子求职简历等。

### 1. 数字产品

各个公司都在开发与营销形式多样的数字产品。这些产品有的是为企业市场设计的，有的是为消费者市场设计的。概括而言有数字内容和数字技术两种类型的数字产品。

（1）数字内容产品。数字内容产品由数字形式的信息构成，包括视频、音频，文本和图像。这些数字内容被转换成类似报纸、杂志、网络游戏、照片、图像和视频等企业用品和消费品。

（2）数字技术产品。数字技术产品是被企业和消费者用来开发、储存、分销和使用数字内容产品的设备。数字技术产品包括数字视频和音频设备、移动电话及 PDA（个人数字助理）和计算机软件等。

### 2. 数字服务

正如服务是传统企业的主要提供内容一样，数字服务在电子商务中也占有同等重要的位置。数字服务的开发和营销既有面向企业用户的，也有提供给最终顾客的。各种类型的数字服务包括商务支持服务、消费者服务和数字通信服务 3 种类型。

（1）商务支持服务。商务支持服务是指对企业开发和交付数字产品等商务活动提供支持的服务活动。有许多商务支持服务，而且随着电子商务的不断发展，其数量和种类也在飞速发展。商务支持服务包括网站设计、网站托管与管理及数字内容产品的生产（如音频、视频及多媒体的开发）等。数据存储、技术支持服务、网络订单处理和支付管理也属于商务支持服务。数字广告的开发和刊载也是商务支持服务的重要内容。

（2）消费者服务。消费者服务是指支持消费者接入和使用网络资源和数字信息的服务。一般的消费者支持服务是网络服务提供商（ISP）、信息门户网站和类似数字电视和广播电台等的媒体分销商。

（3）数字通信服务。数字通信服务是指为企业和消费者虚拟通信提供技术和程序管理支持的服务。通常的数字通信形式包括电子邮件、即时通信、信息中心和在线通信等。

▤▤▤ **课内测试** ▤▤▤

讲述几个数字产品和服务的例子。

## 评估练习

正确领会网络营销基本概念，将下列问题最正确的答案选出来。

1．为顾客开发价值时，企业应该开始于（　　　）。

　　a．产品或服务　　　　　　　b．低价格

　　c．电子商务　　　　　　　　d．上述选项都正确

2．电子邮件、即时通信、信息中心和在线通信属于（　　　）。

　　a．数字产品　　　　　　　　b．商务支持服务

　　c．虚拟通信　　　　　　　　d．网络广告

### 分析思考

尽可能完整地回答下列问题。

3．确定同一种产品的三个品牌。创建一张表格，从每一个可能存在的特性入手比较这些品牌。可能存在的属性包括特色、用途、品牌和形象、品质、包装、保证和顾客服务。你认为，每一品牌所提供的独特价值是什么？

4．沟通　有建议认为，数字技术在降低成本的同时，提高了产品和服务的质量，并且使顾客更容易接收产品和服务。写一份分析报告，说明数字技术对消费者的影响。需要提供数字产品的实例支持你的分析。

## 8.2 产品设计与开发

### 教学目标

1．讨论新产品开发的程序。

2．明确应用于电子商务企业的产品和服务事例。

### 任务驱动

对于企业、消费者和政府来说，网络顾客的信息安全问题是一个很重要的问题。网上购物、使用网上银行、提交个人信息到网上的人越来越多。这些顾客需要得到承诺，他们的个人资料及网络账户是安全的。提高安全性的一种方法是每个用户都使用账号和密码，但这种方法的缺点是，对于那些与许多企业有业务往来的顾客而言，必须记住许多账户名、特征和编号。同时，黑客常常会非法得到顾客资料。

许多公司一直在致力于开发先进的技术，以为网络用户提供更高水平的身份安全保障。一项令人振奋的新技术是连接在用户计算机的个人指纹扫描仪。这个扫描仪看上去像个小鼠标，不用再输入账号和密码，用户只需把他的食指放在扫描仪上，通过已经安装好的软件，扫描仪确认用户的指纹后，就可以把账号和密码传输到登录的网站。

与同学一起讨论，你是否相信消费者会接受这种身份识别技术，对于企业和消费者而言，这项技术有何优点和局限？

## 8.2.1　新产品开发

　　每年都有成千上万的新产品被企业推向市场，但是只有很小一部分对整个世界而言是全新的。世界新产品是指那些首次供应，消费者从未见到过的全新新产品。例如，当第一台个人计算机推向市场时，它对整个世界而言是全新的；第一台电视机推向市场时，它对整个世界而言也是全新的。因为其创新性和唯一性，对世界而言的新产品常常被广泛宣传。例如，智能代步车是由 Segway 公司发明的两轮移动传输设备。自从 2003 年被推出以来，在电视和杂志形形色色的新闻文章中，它一直被津津乐道。许多新产品仅是对企业而言的新产品。就企业而言的新产品常常是对企业来说是第一次提供，但对顾客而言却是熟悉的。例如，索尼公司推出其第一部移动电话和无线手持抄表器，提供其第一部个人数字助理（PDA），每一种产品都是已经存在的、许多消费者所熟悉的技术新模式。

### 1．新产品开发的成功

　　新产品开发的成功率是很低的。曾经推向市场的新产品只有 10% 是有利可图的。新产品开发的成本是高昂的，对于一家企业而言，投资数百万元开发新产品，并把它投放市场是习以为常的。如果这些产品不能成功，那投资的数百万元就损失殆尽了。因此，所有的企业都在寻求提高新产品成功率的渠道。

　　企业在开发和推广新产品方面存在着日益增长的时间压力。在过去，企业在进行新产品研究和推向市场方面可能会花好几年的时间。而现在，企业必须在一年之内完成新产品的开发。否则，他们就会输给那些可以在更短时间内向消费者提供新产品的竞争者。当然，在关注速度的同时必须权衡考虑质量。如果消费者购买了一件新产品后发现它存在问题，以后购买这种产品就会转向企业的竞争对手。对于企业而言，很重要的一点就是，为了使新产品能够及时地、成功地推向市场，必须遵照新产品开发程序，开展新产品开发活动。

### 2．新产品开发程序

　　产品开发是个复杂的过程，涉及企业的方方面面。一旦形成产品概念，企业就需要做出决定，看是否能够生产出来。如果能够生产，企业必须整合所需的一切资源，并制定出相应的财务和营销计划，然后，企业就要协调所有的有关人员和活动。

　　产品开发程序必须是有条不紊的，以保证各阶段工作能够步调一致和全面完成。在项目评估时，新产品开发程序还应该包括监督和检查。这样在投入随后的时间和资源之前，就可以明确做出决策，是继续研发还是终止进程。如图 8-1 所示，新产品开发程序包括以下 8 个步骤。

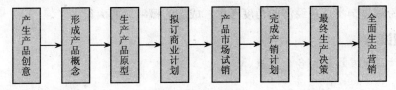

图 8-1　新产品开发程序

（1）产生产品创意。新产品创意有许多来源，基本来源有两个：一个是来自企业内部科研人员和工程师所做的研究，另一个是来自现实顾客或潜在顾客的信息。企业也可以通过研究竞争对手的产品获得新的创意。

（2）形成产品概念。并非所有的创意都能转化为产品，单凭科研人员的研究和顾客的需要，不一定总是有可能开发出现实的产品。从创意到现实产品的转化需要把创意规划（新产品能干什么）和工程规划（现实产品真的能做到吗）结合起来考虑。

（3）生产产品原型。原型是新产品概念的物理模型。当一项产品概念得到认可后，产品的原型或产品模型被策划生成。模型的生成可以让企业进一步考虑产品的设计、材料及所需的生产程序等现实问题。产品原型需要经过测试以检测其质量和耐久性，还要通过消费者调查了解顾客对新产品的反应。

（4）拟订商业计划。在产品投入生产之前，企业需要有充分的理由证明产品是可以赢利的。因此，在新产品投产之前，企业负责生产、营销及财务的专家需要共同协作拟订一份商业计划。商业计划是通过预计销售和测算利润，证明该新产品需要投入的预算费用是否合理的客观分析。

（5）产品市场试销。在大规模生产之前，企业可以只生产少量的产品，投放少量的新产品进行市场试销。市场试销可以确定生产的时间和成本，以及进行必要的生产流程调试。然后，产品在小范围市场上进行销售。市场试销可以帮助企业明确顾客对市场营销组合策略各要素，特别是价格的反应。

（6）完成产销计划。根据市场试销，完成最终的生产和营销计划。此时，需要充足的人力资源以确保生产和营销计划的全面实施。

（7）最终生产决策。企业会使用针对这一问题收集来的所有信息，分析决定新产品开发工作是否继续推进。尽管可以获得许多信息辅助决策，但是任何新产品开发仍然存在一定的风险。

（8）全面生产营销。如果所有的计划和测试都是成功的，并且生产决策是积极的，企业就可以把新产品推上生产线。起初，也许生产和营销规模很小，但随着市场的扩大，竞争的加剧，企业必须做好准备以扩大生产和销售。

为了成功地开发一项新产品，新产品开发程序的每一个步骤都是至关重要的。每一步骤完成以后，企业都要评估所收集到的信息，并做出决定是否停止开发。例如，企业可能会意识到，它们不可能以低于顾客愿意支付的成本生产出想象中的产品。如果在这个过程中，产品能成功地跨越每一步，从经济的角度考虑，成功的概率就要大得多了。

### ▨▨▨ 课内测试

列举新产品开发过程的各个步骤。

---

**课外资料**

3M 公司创建于 1902 年，总部设在美国明尼苏达州的圣保罗市，是世界著名的产品多元化跨国企业。

3M 公司素以勇于创新、产品繁多著称于世，作为世界 500 强企业之一，3M 公司在 2005 年被评为全球最具创新精神的 20 家公司之一。在其一百多年历史中开发了 6 万多种高品质产品，平均每 2 天推出 3 个新产品。一百年来，3M 的产品已深入人们的生活，从家庭用品到医疗用品，从运输、建筑到商业领域，极大地改变了人们的教育和电子通信等各种生活和工作方式。现代社会中，世界上有 50% 的人每天直接或间接地接触到 3M 公司的产品。为了促进创新，3M 每年将全球销售收入的 6% 投入相关技术领域和产品应用领域的研发，3M 公司 35% 的销售额来自过去 4 年新开发的产品。为了鼓励创新，公司允许员工把 15% 的时间用于实验他们的新创意，在 3M 每个员工都受到鼓励去进行产品创新。

---

## 8.2.2  电子商务新产品的开发

个人计算机、互联网及数字技术的发展已经给新产品开发提供了新的机会。许多现有的产品可以被营销到更大范围的潜在顾客手中。除此之外，许多就全世界而言的新产品，也因最新的技术而又有了新的革新。至于传统产品，新技术产品的成功率已经很低。随着新电子商务产品的失败，许多开发和营销这些新产品的企业也随之以失败而告终。在电子商务兴起最初的十几年间，成功运营的绝大部分企业已经意识到开发数字产品和服务至关重要的那些活动。而这些公司也已掌握了能够为电子商务提供有效支持的数字技术。

### 1. 数字技术

许多新产品和服务都是数字技术发展的产物，这些产品改进或者替代了传统技术，它们提供支持并改进了互联网和无线通信技术的使用。如下所述，有大量数字技术产品和服务开发领域。

- 数码硬件开发
- 网络系统设计
- 数据库开发、管理、存储和分析
- 网站设计、网页设计和编程
- 影像、图片、音频和多媒体技术
- 安全系统和安全服务
- 系统管理服务

- 客户支持服务

## 2. 改进电子商务服务

许多消费者的网络购物交易行为是迟缓的，这是因为，一些企业的网站浏览起来十分困难，而且它所使用的技术也是不可靠的。人们不愿意在互联网上使用一种不熟悉的方式去购买新产品。首先，顾客必须信任企业。其次，顾客必须相信网上购买的产品必须优于那些通过传统渠道所能得到的产品。最后，顾客必须对所使用的购买程序和技术感到舒心和安全。企业投入许多资源和专业技术人员了解并满足顾客需要。企业设计的网站必须使用顾客信任的程序并且做到用户友好。

有七种能提高电子商务顾客服务水平的重要的产品开发活动：

- 研究顾客一般的技术技能水平和互联网使用经验。避免使用那些超越顾客平均能力水平和舒适感的复杂技术；
- 收集顾客对于现代网站设计、使用难题和网站改进创意的意见；
- 组织生产、营销、财务和客服等方面专业知识的开发团队；
- 重新设计网站，在接入、安全性和可靠性等方面加以改进；
- 把新的多媒体技术应用于网站，在趣味性和沟通方面加以改进，提供更现实的产品模型；
- 改善程序设计、编码和网站技术整合；
- 实施用户对新技术的测试和网站的优化。

## 3. 电子商务应用

许多电子商务企业类型的出现都是数字技术发展的结果。表 8-1 描述了这些电子商务企业类型及它们所使用的产品和服务。

表 8-1 电子商务企业的类型及使用的产品和服务

| 电子商务业务类型 | 主要产品和服务 |
| --- | --- |
| 经纪人——将买方和卖方聚集在一起以便交易<br>如拍卖、产品分销、搜索代理 | 数据库、搜索引擎、搜索机器人、支付系统、安全体系、客户沟通、咨询服务 |
| 促销和交流服务——提供媒体广告、内容策划和客户交流<br>如门户网站、分类广告、用户注册、竞价排名、网络广告技术 | 旗帜广告、动画、互动广告、客户注册、弹出广告技术、搜索机器人、网络用户分析技术、门户网站管理 |
| 制造商——将公司产品直接提供给消费者<br>如产品销售、租赁、软件许可 | 数字产品和传统产品，大规模定制，产品介绍、销售服务、客户支持 |

续表

| 电子商务业务类型 | 主要产品和服务 |
|---|---|
| 零售商——集中许多制造商的产品和服务销售给顾客<br><br>如虚拟商厦、电子零售商、邮寄订单和目录销售 | 网络目录、销售和客户管理系统、供应链管理技术 |
| 订阅服务——提供根据订阅或按使用量付费的数字产品和数字内容的访问<br><br>如网络报纸杂志、关系型网站、音乐和视频分发、图书馆服务、ISPs、网络软件准入、数据存储 | 音频、视频、图像和多媒体技术、虚拟通信工具、使用监控与管理技术 |

### 课内测试

讲述几种网络营销方式。

## 评估练习

正确领会网络营销基本概念，将下列问题最正确的答案选出来。

1．首次供应消费者从未见到过的新产品是（　　　　）。

　　a．新款式产品

　　b．全新新产品

　　c．电子商务技术

　　d．就企业而言的新产品

2．集中许多制造商的产品和服务销售给顾客的电子商务企业是（　　　　）。

　　a．订阅服务

　　b．经纪人

　　c．促销和交流服务

　　d．零售商

### 分析思考

尽可能完整地回答下列问题。

3．技术　通过网络查找至少三个能够提供数码产品信息的网站，描述该网站所提供信息的类型以及用以沟通产品信息的工具。

4．研究　使用互联网查找一份有关顾客对互联网满意水平的研究报告。使用图表提炼出这一研究报告的摘要。

## 8.3  法律保护

**教学目标**

1. 讲授享有知识产权的创作者应该得到的法律保护。
2. 讨论对电子商务企业最新的法律和指导准则。

**任务驱动**

因为互联网以数字技术为基础，音乐文件可以被下载到个人计算机里，并且可以高保真地播放。最初，音乐文件的搜索和下载并不是很容易的事情。

1999 年 1 月，美国东北部波士顿大学的一年级新生肖恩·范宁为了能够解决他室友的一个问题——如何在网上找到音乐而编写了一个简单的程序，这个程序能够搜索音乐文件并提供检索，把所有的音乐文件地址存放在一个集中的服务器中，这样使用者就能够方便地过滤上百个地址并找到自己需要的 MP3 文件。1999 年 5 月，肖恩的叔叔帮助他成立了一家公司，公司吸引到了 1 200 万美元的风险资金。令他们没有想到的是，这个叫做 Napster 的程序成了人们争相转告的"杀手程序"——它令无数散布在互联网上的音乐爱好者美梦成真，无数人在一夜之内开始使用 Napster。在最高峰时 Napster 网站有 8 000 万的注册用户，这是一个让其他所有网站望尘莫及的数字。这大概可以作为 P2P 软件成功进入人们生活的一个标志。

Napster 开发的软件可以把音乐作品从 CD 转化成 MP3 的格式，它同时提供平台，供用户上传、检索和下载作品。音像行业被震动了，认为音乐的免费共享将会导致音乐销售的末日。该行业于是发起了多起法律诉讼。1999 年，国际五大唱片公司起诉 Napster，指其涉及侵权歌曲数百万首，要求对每支盗版歌曲赔偿 10 万美元。2001 年 2 月 12 日，地处旧金山的美国最高法院第九上诉法庭终于就流行音乐交换网站 Napster 版权纠纷案做出裁决，法官在裁决中指出，Napster 的行为确有侵权性质，Napster 必须停止让其用户从该网站下载具有版权的作品。

Napster 音乐版权官司被视为网络领域的第一次版权大战，它的结果将对书籍、电影、音乐及其他形式娱乐内容在网络空间的营销、保护及传播方式产生重大影响。裁决结果一出，立即掀起了对于网络知识产权保护的辩论热潮。Napster 由于大规模侵权行为而遭受法律制裁后转型为在线音乐商店，依靠付费服务维生。2002 年 6 月，Napster 宣告破产。

与同学一起讨论，如果对于音乐和音像的网上共享毫无节制，将会对该行业的专业人士产生什么影响。如果你是个音乐家和作曲家，并要想谋生，你希望你创作的作品得到什么保护？

**课外资料**

　　申请人申请专利时，可以将申请文件面交到国家知识产权局专利局的受理窗口或寄交"国家知识产权局专利局受理处"收（以下简称专利局受理处），也可以面交到设在地方的国家知识产权局专利局代办处（以下简称专利局代办处）的受理窗口或寄交"专利局××代办处"收。目前在北京、沈阳、济南、长沙、成都、南京、上海、广州、西安、武汉、郑州、天津、石家庄、哈尔滨、长春、昆明、贵阳、杭州、重庆、深圳、福州、南宁、乌鲁木齐、南昌、银川、合肥都设立国家知识产权局专利局代办处。国防专利分局专门受理国防专利申请。

　　用户可通过网址 http://www.sipo.gov.cn 进入国家知识产权局网站。在页面右侧的中部可以看到"中国专利检索"的图标，直接输入检索方式，选择相应的检索项目进行检索。

## 8.3.1 知识产权

　　企业开发一个新产品往往需要花费几个月的时间，并要投入大量资金。如果这种产品很快就被竞争对手仿制并销售，那该产品的原创企业就会失去投资的积极性。假如你有一个新产品创意，你投入许多的时间和精力，将你个人资金投入到创办企业营销该产品之中。而那些更大规模的企业拿上该创意凭借其规模和资源反过来和你竞争显然是不公平的。

　　无论是个人还是企业，对于他们创造或拥有的知识产权都有法律的保护。知识产权是创造性思维的产物，包括产品、服务、程序和创意。知识产权应该防止被盗用。盗用是指在没有适当补偿的情况下，使用别人的知识产权以牟利的行为。

### 1. 法律保护的形式

　　法律对于那些知识产权的拥有者提供保护。最基本的法律保护形式有专利权、著作权和商标 3 种。

　　（1）专利权。专利权是指发明的独家使用权。如果一个国家的专利管理机构授予了创造者一项专利，就意味着确认了知识产权的独占性。根据中国专利法的规定，发明专利的保护期限为 20 年，实用新型、外观设计专利为 10 年，均自申请日算起，即从向知识产权局递交"专利申请书"并且从申请日起就已起到相应的保护作用，而且在不同的阶段具有不同的保护作用及不同的保护力度。也就是说，专利权阻止他人未经所有者许可而制造、使用或销售一项发明长达 20 年之久。

　　（2）著作权。著作权除了被应用在艺术作品上外，和专利权十分相似。著作权向那些类似音乐或小说之类的原创艺术作品或智力作品提高保护。在作品的复制、传播、展出或表演方面，著作权赋予所有者独家权利。

根据中国《著作权法》规定，公民创作的作品，其发表权、使用权与获得报酬权的保护期为作者终生及其死亡后 50 年；法人或者非法人单位的作品，其发表权、使用权与获得报酬权的保护期为 50 年。如果作品自创作完成之后 50 年内未发表的，不再受著作权法保护；电影、电视、录像和摄影作品的发表权、使用权与获得报酬权的保护期为 50 年。如果作品创作完成之后五十年内没有发表，不再受著作权法保护。

（3）商标。商标是用以识别产品的所有者并区别于其他同类产品的文字、名称或符号。服务标志和商标相类似，是用于区别服务产品的。一些人为了利用某一品牌的知名度和美誉度，使用与这一品牌相同的或相类似的品牌以达到混淆市场的目的，品牌申请注册成为商标后，就可以受到法律的保护，避免这种现象的发生。

根据中国《商标法》的规定，注册商标的有效期为 10 年。在商标权 10 年有效期满后，商标权人可以向商标局申请续展，商标局核准后商标权人继续享有商标专用权，商标权人可以无限次地申请续展，每次续展之后的商标权的保护期仍然为 10 年。

## 2．取得法律保护

（1）取得商标专用权。国务院工商行政管理部门商标局主管全国商标注册和管理的工作。国务院工商行政管理部门设立商标评审委员会，负责处理商标争议事宜。经商标局核准注册的商标为注册商标，包括商品商标、服务商标和集体商标、证明商标。商标注册人享有商标专用权，受法律保护。

任何能够将自然人、法人或者其他组织的商品与他人的商品区别开的可视性标志，包括文字、图形、字母、数字、三维标志和颜色组合，以及上述要素的组合，均可以作为商标申请注册。

使用注册商标，可以在商品、商品包装、说明书或者其他附着物上标明"注册商标"或者注册标记。注册标记包括®或⊕符号。使用注册标记，应当标注在商标的右上角或者右下角。

国际上对商标权的认定，有两个并行的原则，即"注册在先"和"使用在先"。所谓"注册在先"，是指商标的专用权属于首先申请注册并获批准的企业或个人；"使用在先"，是指商标的专用权属于首先使用此商标的企业和个人。中国法律对商标权的认定坚持"注册在先"的原则。因此，中国企业确定商标后，应该及时进行国内和国际注册，取得法律保护。

（2）取得专利权。在中国，国务院专利行政部门负责管理全国的专利工作，统一受理和审查专利申请，依法授予专利权。省、自治区、直辖市人民政府管理专利工作的部门负责本行政区域内的专利管理工作。

同样的发明创造只能授予一项专利权。两个以上的申请人分别就同样的发明创造申请专利的，专利权授予最先申请的人。

（3）取得著作权。按照《中华人民共和国著作权法》，在中国，国务院著作权行政管理部门主管全国的著作权管理工作；各省、自治区、直辖市人民政府的著作权行政管理部门主管本行政区域的著作权管理工作。中国公民、法人或者其他组织的作品，无论是否发表，依照本法享有著作权。

著作权人是指依法对文学、艺术和科学作品享有著作权的人。中国《著作权法》第九条把它分为两类：一类是作者，即直接创作作品的人；另一类是非作者，即是通过某种法律关系获得著作权的公民、法人或者非法人单位。非作者公民获得著作权的途径有两条：一是通过继承获得著作权，二是通过合同转让取得著作权。法人或非法人单位取得著作权的方式也有两种：一是通过法律规定取得著作权，二是通过合同约定取得著作权。

### 课内测试

智力作品创作者可以获得的三种法律保护形式是什么？

### 现实视点

许多人认为互联网用户是期待零成本地使用音乐、音像、书籍及报纸。但是，调查表明，一些消费者还是愿意为那些他们认为有价值的产品和服务支付合理的报酬的。有关数字内容产品收费的问题，消费者最大的抱怨是缺乏方便、可靠、安全的支付方式。

诸如音乐、文章或者视频等数字内容产品的价格常常从每件一元到几元不等。这些零星的费用在实现网上支付时很难找到一种有效的方式。如果企业能够使顾客相信它们会以一种合理而安全的支付方式提供有价值的产品，企业就可以在线销售这些产品。

#### ➲ 辩证性思考

1. 你愿意为哪些类型的数字内容产品付费？你认为哪些类型的数字内容产品应该免费？你所确定的这些应该付费与应该免费的不同产品有何区别？

2. 如果消费者对绝大部分数字内容产品都不愿意付费，你认为这对互联网意味着什么？

## 8.3.2 电子商务中的合法权益保护

产品、服务和艺术作品的创作者和所有者有权为他们所付出的努力进行呼吁。如果有人认为他们的作品是有价值的，他们也有权利为自己的努力得到报酬。这些权利通过履行法律程序得到认可从而获得保护，或者通过制定的法律在权利受到侵犯时能够得到补救。个人或企业知识产权的保护从来不是一件轻而易举的事情。如果有人为了个人利益不适当地使用了他人的知识产权，该知识产权的所有者必须及时察觉，并使用法律程序阻止这种不当使用，因此造成的各种损失也理应得到赔偿。

数码技术已经促进新一代产品和服务的产生，它使现有的书籍、文本、照片、音像制品以及艺术作品的复制更加容易。复制品常常具有和原版作品一样的品质。互联网可以实现成千上万网络用户的及时沟通，接入成千上万的网站，相当容易地传输数据资料。知识产权产品可以快速地在世界范围内获得、传播与使用。

## 1. 电子商务相关法律

电子商务法是指调整电子商务活动中所产生的社会关系的法律规范的总称，是一个新兴的综合法律领域。中国在研究国际先进经验的基础上，结合中国国情，初步制定了一套具有中国特色的电子商务法规。2004 年 8 月 28 日，第十届全国人大常委会第十一次会议表决通过了《中华人民共和国电子签名法》，这部法律规定，可靠的电子签名与手写签名或者盖章具有同等的法律效力。《电子签名法》的通过，标志着中国首部"真正意义上的信息化法律"已正式诞生，并于 2005 年 4 月 1 日起施行。

《国务院办公厅关于加快电子商务发展的若干意见》于 2005 年 1 月 8 日正式公布，它是中国第一个电子商务政策性文件，对中国电子商务的发展和信息化建设发挥着积极的引导和推进作用。中国银行业监督管理委员会公布的《电子银行业务管理办法》和《电子银行安全评估指引》，自 2006 年 3 月 1 日起已施行。中华人民共和国信息产业部发布的《互联网电子邮件服务管理办法》自 2006 年 3 月 30 日起施行。

国家发展改革委与国务院信息办于 2007 年 6 月发布了《电子商务发展"十一五"规划》。2007 年 3 月，商务部发布实施了《关于网上交易的指导意见》，2007 年年底商务部又发布了《商务部关于促进电子商务规范发展的意见》。可以说，这些法规的颁布，结束了中国互联网信息服务业、网站管理无章可循的无政府状态。政府的相关立法会越来越多，执法会越来越严，企业的网络营销活动应对其政治法律环境认真进行研究，以实现趋利避害的目的。

目前世界上已经有 30 多个国家和地区制定了综合性电子商务法，如新加坡《电子商务法》（1998 年）、美国《统一电子商务法》（1999 年）、加拿大《统一电子商务法》（1999 年）年、韩国《电子商务基本法》（1999 年）、澳大利亚《电子交易法》（1999 年）等。

电子商务知识产权问题虽然具有特殊性，但是其归根结底仍然属于知识产权，因而现行的《中华人民共和国著作权法》、《中华人民共和国商标法》和《中华人民共和国专利法》及其配套实施条例的基本规定同样适用于对电子商务知识产权的保护。但是，由于电子商务所涉知识产权问题的新颖性和复杂性，对电子商务知识产权进行专门保护的条文还主要散见于有关的行政法规、规章之中。

## 2. 网络法律的建设

一些互联网用户对于知识产权的法律保护形式并不十分熟悉。许多网络用户错误地认为，只要发布到网上的内容，就可以无限制地自由使用。同时，相应的法律建设还比较滞后，远没有实现与互联网同步发展的效果。网络法律法规的建设，需要慎重考虑以下一些问题。

- 你可以使用你并不拥有商标权的某企业或某产品名称作为你的网站域名吗？
- 在互联网上，未经信息原创者许可，你可以与他人共享你查找到的任何信息吗？
- 未经许可，你的网站可以与其他人的网站建立链接吗？
- 搜索引擎可以从其他来源收集信息，然后提供给你吗？
- 你可以打印并陈列在互联网上得到的图形和图片吗？
- 你可以复制网上获得的程序源代码并应用于你自己的网站吗？
- 为了重复使用或再次销售，从其他网站下载具有著作权的音乐、音像或图片资料。
- 使用那些由其他人非法获得的享有著作权的材料。
- 未经许可，发布从网上得到的其他人的个人信息。

中国 2006 年 7 月 1 日起施行的《信息网络传播权保护条例》和 2006 年 12 月 8 日起第二次修正后施行的《关于审理涉及计算机网络著作权纠纷案件适用法律若干问题的解释》明确了计算机网络著作权纠纷案件的管辖权和法律适用问题。

2001 年 7 月 17 日，最高人民法院发布了《关于审理涉及计算机网络域名民事纠纷案件适用法律若干问题的解释》，适用于域名的案件。该法规解释："被告的行为被证明具有下列情形之一的，人民法院应当认定其具有恶意：为商业目的将他人驰名商标注册为域名的；为商业目的注册、使用与原告的注册商标、域名等相同或近似的域名，故意造成与原告提供的产品、服务或者原告网站的混淆，误导网络用户访问其网站或其他在线站点的；曾要约高价出售、出租或者以其他方式转让该域名获取不正当利益的；注册域名后自己并不使用也未准备使用，而有意阻止权利人注册该域名的；具有其他恶意情形的。"

目前，一些有助于企业免受知识产权侵犯的技术正在开发之中。

- 加密软件和另外一些防盗版技术使互联网用户非法使用程序源代码或网络内容更加困难。
- 数码水印技术可以把作者或所有者的信息嵌入音像、声音或图片资料之中。
- 安全保存技术可以保存网络内容，只有那些收到电子密钥的信息购买者才可以打开。
- 追踪软件可以实现对所获得的网络信息监控，可以从计算机到计算机追踪信息线索。

📖 **课外资料**

2003 年 7 月 29 日，大为电子公司申请注册"国美电器.cn"中文通用域名，并获准注册。大为电子公司将其注册的"国美电器.cn"域名与大为电子公司 www.whdw.com.cn 网站相链接，并在该网站上从事介绍大为电子公司、相关产品、人力资源、在线定购、客户服务、联系我们及销售产品等商业活动。导致意欲访问国美电器网站的访问者直接进入了大为电子公司 www.whdw.com.cn 网站。2004 年 7 月 7 日，国美电器公司发现"国美电器"注册商标被大为电子公司注册为该公司的中文通用域名后，向北京市海淀第二公证处申请证据保全。

　　这是一起由网络域名注册形成的域名权与注册商标权发生冲突而引起的计算机网络域名侵犯注册商标专用权纠纷案。湖北省武汉市中级人民法院认为：域名的取得及行使应在法律许可条件下进行，注册和使用域名不得侵害他人合法的在先权利。被告大为电子公司的计算机网络域名是否侵犯原告注册商标专用权应适用最高人民法院《关于审理涉及计算机网络域名民事纠纷案件适用法律若干问题的解释》进行调整。被告大为电子公司将原告国美电器公司的"国美电器"注册商标注册为其域名的行为侵犯了原告国美电器公司的注册商标专用权，被告大为电子公司依法应承担停止侵权及赔偿经济损失的民事责任。

### ▓ 课内测试 ▓

　　列举一些网络用户有可能侵犯别人知识产权的行为。

### 工学结合

　　八年前，李龙高中毕业后，任职于一家大型无线通信公司，从事电话销售工作长达三年。工作期间，李龙参加成人高考，利用业余时间，经过三年的学习完成了电子技术专科学业，顺利取得专科毕业证书。随后又参加某高校远程教育，修完市场营销专业本科必修课程，两年前，李龙顺利毕业，拿到本科毕业证书，并取得学士学位。去年，他报名参加了该权威认证机构组织的职业资格认证考试，在认证注册通过后，他花六个多月的时间学习相关认证考试内容。最后通过考试与技能鉴定。

　　最近，李龙收到了某权威认证机构为其颁发的产品管理师职业资格证书，通过了该机构组织的技能鉴定与认证测试，意味着他已具备成为一名新产品开发专业技术人员的基本知识与技能。这一认证，使他有了资格和信心申请公司的产品经理职位，他对自己职业前景充满希望。

#### ◐ 辩证性思考

　　1. 认证对于那些想要在其职业生涯中有所建树的人们有何作用？

　　2. 假设你是李龙所在公司总经理，你在任用产品经理时会看重他所取得的有关资格证书吗？为什么？

## 评估练习

正确领会网络营销基本概念，将下列问题最正确的答案选出来。

1．用以识别产品的所有者并区别于其他同类产品的文字、名称或符号是（　　）。

　　a．专利　　　　　b．著作权　　　　　c．商标　　　　　d．知识产权

2．标志着中国首部"真正意义上的信息化法律"已正式诞生，并于 2005 年 4 月 1 日起施行的成人法是（　　）。

　　a．《电子支付法》　　　　　　　b．《电子签名法》

　　c．《电子商务法》　　　　　　　d．《个人信息保护法》

### 分析思考

尽可能完整地回答下列问题。

3．上网查看被电子商务企业正在使用的商标和著作权事例，判断这些使用行为哪些是合法的，哪些有可能是非法的。

4．有人说"网上所有内容对于所有网络用户都可以自由使用"，你是否赞同这一说法？写一份 2 000 字的论文论证你的观点。

## 第 8 章　评估测验

复习网络营销基本概念，将每个词汇前的字母写在与之相匹配的定义前。

（　　）1．每次顾客订购时，它们以相同的方式提供的服务。

（　　）2．顾客购买产品时所接受的所有有形和无形特性的总和。

（　　）3．对企业来说是第一次提供，但对顾客而言却是熟悉的新产品。

（　　）4．创造性思维的产物，包括产品、服务、程序和创意。

（　　）5．对于每一位顾客在服务类型和服务提供方式上具有明显的区别。

（　　）6．那些首次出现，消费者从未见到过的全新产品。

（　　）7．通过预计销售和利润的测算，证明该新产品需要投入的预算费用是否合理的客观分析。

（　　）8．企业所提供的独特而在许多重要方面优越于其他企业的利益总和。

a．商业计划

b．异质服务

c．同质服务

d．知识产权

e．企业新产品

f．全新新产品

g．产品

h．服务

i．价值

j．需要

将下列问题最正确的答案选出来。

9．服务与产品的不同之处在于，它不能提供（　　　）的所有权。

　　a．价值　　　　　　　　　　b．永久性

　　c．有形性　　　　　　　　　d．新内容

10．提供给所有者法律保护是为了打击（　　　）的误用。

　　a．知识产权　　　　　　　　b．电子技术

　　c．商业服务　　　　　　　　d．上述选项都不正确

11．下述选项中，提供一项发明独家使用权的是（　　　）。

　　a．商标　　　　　　　　　　b．著作权

　　c．专利　　　　　　　　　　d．商业计划

## 分析思考

12．你认为对于那些刚刚实施网络购物的消费者而言，他们更可能购买新的创新性产品还是更可能购买他们过去经常购买的产品。论证你的答案。

13．许多顾客购买某些产品的基本理由是品牌和形象，而另外一些顾客购买另外一些产品的基本理由却是产品特色。描述你认为分别适合于这两种消费者的几种产品。分析影响人们做出购买决策的差异是什么。

14．列举新产品市场化成功率低的原因，企业应该如何有效提高新产品成功率。

15．互联网的发展使得知识产权的保护更加困难。提出你支持这一观点的理由，你认为需要新的法律对企业和个人提供更有力的知识产权保护吗？为什么？

16．营销算术　欧德海曼公司很关心其新产品成功率。在过去三年中，这家公司推出83种新产品，在这些产品中仅有12种目前还在销售，其中仅有7种是赢利的。欧德海曼公司所处行业的新产品平均成功率是18%。试计算欧德海曼公司那些仍然存在于市场上的产品的百分比，以及那些尚能赢利新产品的百分比。该公司为了跟上行业平均成功率，83种产品中，应该有多少产品需要成功。

17．技能　使用互联网查找数字内容产品、数字技术、商业支持服务、客户服务及数字通信服务中的每一类数字产品和服务的各个实例。对于每一实例，写一份简短的描述，以论证为什么它属于某一特定类型。

18．历史　试对一种 50 年前是全新产品，但时至今日仍然被生产的产品进行研究。确定其发明者，查找一些有关该产品如何被开发的信息，通过图书馆或者互联网查找其最初产品的图纸或者照片，再找一张现在产品的照片，对比分析，该产品自发明以来发生变化的重要方面是什么。写出研究报告。

19．设计　选择一家在网上销售产品和服务的公司，浏览其网站，并对其网站进行全面分析研究。明确你认为对顾客服务十分有效的网站设计元素。提出该公司在网站设计方面可以改进的地方。通过投影或其他工具说明该网站有效或无效的功能各有哪些。

20．商法　通过网络、商业报纸和杂志查找三个有关知识产权法律保护案例的文章或报道。注意这三个案例中的每一个都应与知识产权和网络有关。对每一个案例写一份书面概要，总结介绍该案例的重要事实、主控方的诉讼理由和辩方的辩护理由及法院的最终裁决。

## 项目导向

项目的这部分内容将集中解决你的企业在新产品开发过程中的问题。

与小组成员一起完成下列活动。

1．确定你的企业 5 个潜在顾客，招集他们到一起开一个 30 分钟的会议。让这些潜在顾客讨论企业计划提供的产品类型，提出他们对竞争产品的意见，以及他们喜欢或厌恶的事情。根据这一讨论，请他们就其希望看到的新产品发表建议，如有可能，对会议进行录音，对这些建议写一份书面总结。

2．从这些顾客讨论的结果中，筛选出一项新产品创意，详细规划企业论证新产品开发可行性的步骤。

3．利用工艺材料或计算机制图或设计程序，设计生成以上建议产生的新产品模型。

4．创建一张表格，描述新产品及其主要性能、用途以及产品质量保证。如果有的话，还应包括所要提供的顾客服务。说明计划使用的品牌名称、产品形象和包装。

5．实施有关企业竞争对手的研究，确定相似的产品和品牌名称，确保你所选择的产品不会是别人的、已有的知识产权，避免开发的新产品得不到专利、商标及著作权等知识产权的法律保护。

## 案例分析

### 足不出户获得大学学位

竞争激烈的工作环境需要进行继续教育，而大学面临的预算裁减，为网络课程和大学教育提供了绝佳的机会。

学习网络课程的学生需要支付学费、购买课本，但他们不必在校园里参加传统的课堂教育。网络课程可以让学生们舒适地待在家里就可以拿到学分和学位。学生们要根据要求按时把作业通过电子邮件发给大学教师，互动问答也可以在网络上进行，学生只要点击上传按钮，学生完成的作业就会通过电子邮件发给导师，导师也会很快给学生回复邮件。

参加网络课程学习的学生可以在计划的时间内或一周中的某几天和自己的导师进行沟通。通过设立聊天室可以让学生们之间相互进行沟通与学习。成功的网络课程需要导师能够给学生及时的回馈。

许多学生喜欢在家就可以上课这种构思。网络课程的灵活性可以让学生在一天之内的任何时间都可以完成课堂学习。在许多情况下，雇主会鼓励网络课程并允许员工在工作时间内进行网络课堂学习。

并非所有的学生都能遵守纪律成功地参加网络课程学习。学生必须遵守纪律，按时完成所有的学习任务。由于大多数参加网络课程的学生都有繁忙的工作日程，所以，在课程设置上，一般有很大的灵活性。为了完成课程学习，许多课程从原来固定的期限改成允许有两周的自动宽展期。宽展期过去后，课程和相关的作业及小测验就不会在网上出现了。

老师也可以尽享网络教学的便利。这种课程省去了对教师仪容、仪表的要求，不必驱车赶往学校，他们也不必以有限的精力在教室里多次重复性上课。

有时，大学想在网络课程上多招收学生。但是，过多的招生对老师们来说，要与所有的学生沟通交流、及时批复所有的作业变得十分困难。

### ⊃ 辩证性思考

1. 为什么网络大学课程和远程教育学位变得越来越受欢迎？
2. 网络课程的优势是什么？
3. 网络课程的劣势是什么？
4. 为什么越来越多的大学转向网络课程？

 **实践准备**

#### 全方位服务餐厅管理角色扮演

斗牛士餐饮有限公司成立于 2001 年，是一家集中、西餐相结合的快餐连锁企业，其首创品牌航母店"斗牛士牛排馆"以其主导产品具有独特风味的"斗牛士牛排"，赢得了广大消费顾客的特别青睐，在国内独树一帜，颇享盛誉。面对竞争激烈的市场，斗牛士始终本着"诚信、务实、创新、服务"的经营理念，以优良稳定的产品品质，洁净、休闲的用餐环境，快捷至诚的服务，"顾客满意"的最高准则，不断地追求、创造卓越的核心精神，把握市场变化，不断满足市场新需求。

斗牛士牛排馆建有自己的网站，网站内容包括餐厅地理位置、标明价格的菜单，餐厅服务营业时间。菜单定价从高档的到低档的都有，作为正餐饭店，斗牛士牛排馆正常的营业时间是从下午 16 点到凌晨 0 点。

斗牛士牛排馆做出了拓展新市场的决策，两项重大的改变是提供午餐和扩充儿童菜单。儿童菜单包括更小的食品分量和以低于正餐菜单价格提供同样的食品。随着儿童菜单的扩充，斗牛士牛排馆希望能够吸引大量的家庭消费。同时，斗牛士牛排馆并不想对食品的高质量打折扣，也不想使菜单上提供的食品变得琐碎。

斗牛士牛排馆已经通过互联网进入利基市场，现在该企业想进一步扩大规模进入相关市场。为了利用网站所提供的信息吸引已经扩大的目标顾客群，你现在面临规划一套新战略的挑战。你曾经被邀请去为该餐厅讲解新网站。进一步来讲，你必须解释，在质量不受影响的基础上，新的运营时间和新的菜单品种如何实现有效的整合。

你将有 10 分钟的时间向该餐厅老板提出你的建议。他在问候你以后，会请你陈述规划好的战略方案。当你陈述完建议方案，并回答老板的问题后，老板会结束此次会见。

### 评估指标

1. 认识到斗牛士牛排馆所面临的机会和挑战。
2. 为该餐厅定义当前的目标市场。
3. 解释扩大顾客群的战略方案。
4. 规划出以不降低质量为前提的扩充后的菜单。
5. 讲述在餐厅网站上实施的有效的促销方式。
6. 讲述到餐厅的网络广告活动。

### ⊃ 辩证性思考

1. 叙述大型连锁餐厅面临的竞争？
2. 为什么已经取得成功的餐厅还要改变其菜单？
3. 什么样的营销策略会吸引新顾客到斗牛士牛排馆就餐？
4. 你认为在餐厅网站上应该增加什么样的特色？

# 电子商务分销

## 24 小时"日不落"商业公司麦考林

上海麦考林国际邮购有限公司（Mecox Lane）成立于 1996 年 1 月 8 日，它是中国第一家获得政府批准的从事邮购业务的三资企业。2000 年 4 月开通了电子商务门户网站——麦网（www.m18.com）。

麦网运作于功能全面、性能优异的电子商务平台上。麦网投入巨资建立了庞大的后台计算机化管理体系和前台网站应用系统，服务超过 250 万户的直销顾客，每天处理订单能力达 4 万多张。前台的网站应用系统采用了目前最先进的网络电子商务数据库应用系统，并和后台的计算机管理系统密切衔接，可快速地发布商品、进行各种网上促销活动。用户可轻松地浏览商品、购买商品、网上支付、查询账户和订单。

麦网拥有完善的结算体系，各种付款方式适应国内的现状。麦考林拥有完备的物流体系，麦网支持邮递、EMS、快递送货等多种送货方式，可满足用户的不同送货需要。公司 1 万平方米的发货中心具备日发货 1 万份的能力，遥遥领先于大多数 B2C 电子商务网站。

截至 2010 年年初，麦网在线销售的产品达 10 000 多种，包括时尚女装、鞋包配饰、创意家居、母婴童装及美容保健等五大类产品，其中时尚女装占到麦网整体销售额的 60%。拥有活跃会员 100 多万人，日均浏览量 800 多万人，日均订单接近 20 000 份，日销售额突破 400 万元。2009 年麦网的增长率接近 90%，麦网在麦考林各销售渠道中的占比达到 40% 以上。

麦考林在拥有目录、网站两种渠道后，又开始了第三种渠道的尝试。2006 年 6 月，第一家麦考林实体店出现在上海浦东的新梅联合广场，一经推出，立刻受到了消费者的青睐。从 2007 年起，麦考林逐渐扩大开店的步伐，在上海、北京、天津、浙江等 22 个省市共拥有门店 200 多家。麦考林网上定购 24 小时全年无休、电话订购、门店订购三种主要渠道形成了时间上的互补，真正形成了一个 24 小时"日不落"商业公司。

## 9.1 分销的作用

**教学目标**

1. 解释分销对于成功市场营销的重要性。
2. 明确组成分销职能的重要活动。

**任务驱动**

产品回收是减少垃圾填埋的一种被广为接受的方式，也是一种有效的自然资源保护方式。但是，由于成本居高不下，产品回收是十分困难的。收集并回收废旧产品到制造商用来生产新产品的代价是很高的。

全球回收有限公司管理着一个网上交易市场。这个网站可以让企业买卖可回收的材料，它与从小型一人回收场到大型跨国公司开展合作。全球回收网介绍买卖双方彼此相识，它协助进行那些可再利用材料的交易活动。全球回收网向在其网站上成交的每笔交易收取 1% 的佣金。随着企业的发展，其所有者希望管理整个交易过程，包括产品从卖方到买方的交付。

与同学一起讨论，列举成功回收产品的各种活动，买卖双方如何通过全球回收网的服务实现双赢？

### 9.1.1 分销的重要性

当前，企业是在一个面向全球的舞台上运营的。大型企业常常在许多国家开展跨国经营，即使是最小的企业也常常会卷入全球贸易之中。它们可以从其他国家购买优质产品，它们的产品也可以被分销到国际顾客手中。

电子商务快速地扩展了企业的全球业务机会。企业和顾客可以通过网络快速地进入几乎任意一个网站。全世界范围内的交互将有效的分销放在一个优先考虑的位置。如果一件产品收不到、送达滞后，或者在传送中损毁，不可能形成一次顾客满意的成功交易。对于所有企业来说，分销都是一项重要的市场营销职能，对于电子商务企业而言则尤其重要。

#### 1. 满意的交换

市场营销的目标是在企业及其顾客之间创造满意的交换。经济效用是产品或服务满足顾客需要和欲望的能力，它包括顾客消费时的产品形式，顾客获得该产品的时间与地点及顾客占有该产品的能力等，这种能力包括支付该产品费用的能力。良好的经济效用是交换满意的关键，努力改进经济效用，可以增加企业销售其产品或服务给潜在顾客的机会。

分销几乎完全地承担着传递时间效用与地点效用的责任，它对形式效用和占有效用的影响也是十分重要的。分销包括查询定位、组织及使顾客顺利取得产品的方式方法等内容。分销活动必须认真而及时地完成，否则，当企业生产产品时，同样的产品形式不可能具有同样的质量，当顾客需要却不能买到该产品时，产品就很难被定位，或者因为产品转换定位而使成本变高。当产品成本上升到某一点时，顾客就会认为它不再有价值而取消购买。

 **网络知识**

家庭固定电话的寿命可能已经屈指可数了。人们正在转向无线沟通方式。移动电话及其服务的价格也在不断下降。一些人在考虑，是否两种电话都需要呢？在美国有 1.5 亿多移动电话用户，其中有很多人放弃了电话线穿过他们墙壁的固定电话。这种变化，对于 18～24 岁人群是最明显的。在这个年龄段人群中，有 12% 的人只使用移动电话。而 24 岁以上人群中则只有 4% 使用移动电话。

中国工信部《2009 年全国电信业统计公报》显示，2009 年，中国电话用户总数达到 10.610 72 亿户。当年，中国移动电话用户净增 1.061 38 亿户，达到 7.473 84 亿户，固定电话用户减少 2 667.1 万户，总数为 3.136 88 亿户。移动电话用户在电话用户总数中所占的比重达到 70.4%，移动电话普及率达到 56.3 部/百人。移动电话用户与固定电话用户的差距超过 4 亿户。固定电话普及率达到 23.6 部/百人，比上年底下降 2.2 部/百人。

➲ **辩证性思考**

1. 为什么人们既需要一部家庭电话，也需要一部移动电话？
2. 为什么年轻人更愿意只使用移动电话？

### 2．有效的分销

为了将产品和服务分销给消费者，许多活动必须被完成。分销渠道包括从生产者到消费者之间有形地转移和传递产品所有权的所有组织和个人。如果一条分销渠道只涉及生产者和最终消费者，这种分销渠道就是直接分销渠道。在生产者和最终消费者之间，还涉及其他企业的分销渠道是间接分销渠道。拥有间接分销渠道，那些专注于某一分销领域的中间商将负责完成该领域的分销活动。

规划实施有效的分销渠道是市场营销重要的组成部分。企业必须明确，顾客喜欢何时、何地、何种方式获得他们希望购买和使用的产品。企业特别应该认识到，顾客有时愿意自己亲自完成一些分销活动以加快购买流程和降低购买成本，而企业则必须完成剩余的分销活动或者寻找其他企业参与分销活动。无论由谁来完成分销活动，保证分销活动切实有效都是企业义不容辞的责任。

**课内测试**

直接分销渠道与间接分销渠道有何不同？

### 9.1.2 分销活动

当你走进商店购买一双新鞋，你选择了一双智利生产的鞋。这双鞋是如何从智利来到这家商店的呢？涉及哪些企业呢？在这个过程中，完成了哪些活动呢？你所支付的购鞋款如何在这些参与的企业之间分配呢？如果这双鞋出现问题，谁将为此负责呢？这一系列问题的回答，都说明分销活动中有许多组织参与其中。

#### 1. 渠道参与者

参与分销过程的组织一般称做渠道成员。除生产者和消费者之外，最常见的渠道成员是零售商和批发商，这些企业一般参与到间接分销渠道之中。零售商聚集制成品然后将它们销售给最终消费者。批发商负责完成制造商与零售商或其他企业之间的产品分销活动。另外一些专业化的企业也可以参与到交易活动之中。

#### 2. 分销活动

渠道成员实施商品交换、实体分配和信息管理 3 类活动。

（1）商品交换。商品交换活动由购买、销售及提供顾客支持等活动构成。交换活动包括提供顾客查询及退换货程序。在间接分销渠道中，独立的销售公司、采购合作社、专业的顾客服务企业也参与商品交换活动。

（2）实体分配。实体分配包括产品被处置的所有活动。通常，产品处置需要临时存储在仓库或配送中心。此阶段订单被完成并传送给下一个渠道成员或最终消费者。在全世界的每一天，卡车公司、快递公司、铁路、水路、航空、管道都在运送着产品。一些渠道都在成员负责包装产品以便储存和运输。运送产品的范围可以从小件商品、易碎物品到危险材料。仓库、配送中心和仓储设备一直保存产品到收到发货指令。

（3）信息管理。信息管理活动有助于记录、组织、传送、储存和更新商品交换与分销所需的信息。信息管理活动包括向顾客提供产品信息、编制订单形式、保留库存与订单记录。接受并处理付款并使渠道成员便于获得信息也是重要的信息管理活动。许多分销渠道包括专业的订单处理、数据处理及财务管理企业。另外一些渠道成员则是致力于信息储存与安全及顾客支持服务等分销活动。

#### 课内测试

除生产者和消费者之外，间接分销渠道还包括哪两类主要的企业？

## 评估练习

正确领会网络营销基本概念，将下列问题最正确的答案选出来。

1．经济效用的四种形式都会受到（　　　　）的影响。

a．产品　　　　　　　　　　b．分销

c．价格　　　　　　　　　　d．促销

2．无论直接分销渠道还是间接分销渠道都包括（　　　）。

a．零售商　　　　　　　　　b．批发商

c．消费者　　　　　　　　　d．上述选项都正确

### 分析思考

尽可能完整地回答下列问题。

3．创建一个表格列出四种经济效用形式。对于每一种形式，描述两种可以用来提高顾客满意度的分销方式。

4．使用网络搜索引擎查找一份企业名录。对于三种分销活动的每一种，至少确定三个可以参与间接分销活动的企业。对每一个企业所提供的分销活动做出简要描述。

## 9.2　服务于电子商务的分销

### 教学目标

1．比较传统企业与电子商务企业的分销活动。

2．解释主要的电子商务分销活动。

### 任务驱动

美国大众超级市场公司（Publix Super Markets）成立于 1930 年，是目前美国最大的商店之一，也是最大的雇员所有的连锁超市，有 650 家分店遍布于佛罗里达、阿拉巴马州等地。

虽然，有许多早期尝试开辟网络杂货订购的公司都以失败而告终。但是，该行业的许多企业却希望看到 Publix 的成功。该网站运营以已经取得较大成功的 Publix 实体店铺为基础，不需要在设备和人员上有更大投资，原本寄希望于 Publix 实体店铺已有的老顾客，认为这些老顾客会有信心尝试一种新的网络服务方式。

虽然使用网络购物的顾客体验到更高水平的满意。但是，因为该企业没有吸引到足够多的新顾客而最终没有存活下来。Publix 每个仓库具有一星期处理 14 000 份订单的能力。实际上，一星期却只有 4 000 份订单被处理，只有 9 000 个产品可以实现网络销售，这只是 Publix 实体店铺所售产品的 1/4。运营两年以后，该项服务遭受 3 000 万美元的损失。Publix Super markets 关闭了其提供网络订购和杂货入户配送服务的 Publix Direct 网站。

目前，从国际上看，美国沃尔玛和英国 Tesco 的电子商务公司也是全球领先的电子商务公司。

与同学一起，列出沃尔玛为了处理和交付顾客订单而需要完成的活动。对于顾客而言，网络食杂店各有哪些优缺点。

## 9.2.1　分销规划

分销是市场营销活动一项重要的组成部分，它通常会涉及几个企业，它需要花几天或几个星期完成许多活动。分销的成本是昂贵的，分销成本有时可能占到企业产品最终价格的50%以上。当企业转到电子商务战略时，分销活动并不会消失。事实上，分销活动可能变得更复杂和更关键。许多早期的网络公司，失败的原因就在于分销问题。

### 1．传统企业的分销

类似沃尔玛这样的传统企业的产品分销通常会如何解决？大量产品从制造商那里运送到沃尔玛的配送中心，沃尔玛再用卡车将这些产品配送到各个店铺。顾客光顾商店时选择他们所需要的产品，然后到收银台结账付款，顾客可以使用现金、个人支票、信用卡或借记卡支付货款，销售活动随之完成。

因为顾客在沃尔玛购买的大多数商品并不是很大，所以，通常就由顾客自己将这些产品带回家。如果所购商品笨重或者需要特殊处置，类似来自西尔斯的大型家电等，企业就需要送货与安装，通常还会收取一定的费用。如果产品出现故障，服务人员可以到顾客家中维修，顾客也可以到当初购买的商店退换货。

### 🌐 现实视点

黑网（Darknets）是网络用户秘密而安全地进行信息交易的私人团体。秘密的信息交易阻止了网络犯罪和黑客访问信息。黑网最初应用于共享非法复制的音乐和视频文件。

黑网用户通过安装专门的软件建立一个只有凭借数字密钥才可以进入的网络。软件和密钥只是很小范围的人共有。数据被发到网络上之前被加密。黑网的寿命很短，常常只有几天或几小时。随后，黑网则被关闭，一个新的黑网开始在另一个网站运行。企业间的黑网正在形成，它们被用做私下分享软件密码和引导重要谈判。

#### ➲ 辩证性思考

1．黑网是否还可以有其他一些用途？

2．你认为对于黑网是否应该施加一些控制？为什么？

B2B 分销的通常是那些不经常购买的商品。例如，销售人员定期与企业用户联系销售施乐复印机。收到订单后，销售人员在最近的配送中心检查库存，确定供货能力。然后，订单被派发并将货物运送给购买者。一些制造商拥有自己的储存设施和运输设备，而大多数公司则通过其他企业完成这些分销活动。订单处理、结算和付款在售后完成。这些分销活动常常涉及邮寄发票，支票或电子资金转账等活动。

## 2．电子商务企业分销

当企业转移到电子商务战略，一些分销过程会发生一些变化。沃尔玛的顾客不再必须现实地访问店铺。顾客可以在沃尔玛的网站上查询产品，顾客可以通过网络下订单、支付价款、查询订单状态。对于类似于音乐之类的数字产品，当顾客支付并下载音乐后，随着电子化购买行为的发生，现实的占有权随之发生转移。

许多电子商务企业销售由传统店铺提供的同样的产品。在这种情况下，分销过程可能与传统的产品分销活动类似。产品可能被储存、运输、安装和服务，必要时由顾客退回到销售者。

当消费者成为常规的网络购买者后，他们对于分销的态度常常会发生变化。消费者使用网络的目的是降低成本，查找那些其他地方无法买到的产品及增加购物的方便。网络顾客通常希望得到一天 24 小时、一周 7 天的服务，希望能够快速访问有关产品、价格、运输方式等客户支持信息。由于网络速度的快捷性，网络顾客也希望得到快速的配送服务。顾客不愿意接受那些等待好几天或好几周的送货服务。网络顾客希望使用容易的、易于理解的及安全的订单系统和支付系统。网络顾客希望得到订单被及时处理的承诺。如果所购买的产品不能满足他们的需要，顾客也希望有一个简便而低成本的退换货方式。

### 📖 课外资料

90%的制造商和分销商不在它们自己的网站上把当前销售的主要品牌直接销售给消费者。主要的原因在于，它们担心因此而产生电子零售商与传统零售商之间的竞争和冲突。

### ▓ 课内测试

网络顾客对电子商务企业的分销转变有什么样的期望？

## 9.2.2　网络渠道

电子商务活动中，间接分销渠道比直接分销渠道更具典型意义。订单处理与完成会涉及几个企业。企业主要参与网站建设与管理、数据处理、财务结算等活动。参与分销渠道促进生产者与消费者之间交换的企业称做（中介机构）渠道中间商。在电子市场上促进商品交换的企业称做电子中间商。

### 1．电子商务交换

电子商务的买卖活动通过一个网站进行。网站设计、管理、安全和维护可以由生产者自己完成，也可以外包给主机托管企业。电子零售商是网上推广许多企业产品的商家，生产者可以选择电子零售商推广销售其产品。电子商厦提供了一个允许相关企业网上展示的地点，企业也可以通过电子商厦推广自己的产品。电子商厦可以为每一个企业推广其产品，也可以提供有助于顾客做出购买决策的信息，通常包括价格比较、产品评论及客户服务等。

## 2. 电子商务实体分配

产品在被订购时，必须能够保证有货可供，而且能够将产品快速安全地运送给顾客。顾客对电子商务的选择在增加，电子商务企业必须适应特定顾客的需要以提高其竞争力。对于那些网络定制企业，在顾客提交订单后，必须快速地组织生产，生产出产品并快速地运送给顾客。

为了加快订单交付速度，电子商务企业不断地建立更大规模的配送中心。这些配送中心一般位于属于企业市场的几个中心区，而且实现电子化连接，通常还会使用卫星传递信息。

专递公司（Fulfillment Company）为其他企业提供完成配送活动的服务。有时，生产者或零售商不愿意管理部分或全部的配送活动，在此情况下，企业会选择一些专递公司处理这些配送活动。专递公司负责处理许多公司的产品和配送活动。它在包装、运输材料和顾客信件上使用客户的名字，因此，顾客通常不会意识到专递公司的存在。

电子商务企业面临的配送挑战是提供简便而低廉的顾客退货途径。对于传统企业，顾客只是将产品带回到卖方换货或接受退款。电子商务企业并没有接近顾客的有形场所，退换货可能是更困难和令人沮丧的。传统企业的优势在于，实施网络购物的顾客可以到企业的本地店铺里退换货。

电子商务企业学习目录营销和电话营销领导企业的成功经验处理其退换货。与订单一起，企业运送退换货地址标签与产品退换指南给顾客。顾客将需要退换的产品重新打包后，按照地址标签所提供的联系方式通知企业。类似 FedEx（联邦快递公司）或者 UPS（联合包裹服务公司）的包裹递送服务企业到顾客家中或企业用户所在地提取货物，然后退回给售卖者。一些电子商务企业还与超市、包装和邮寄商店签订协议，作为其面向当地顾客的产品退换站。

## 3. 电子商务信息管理

电子商务依赖有效的沟通和信息交换，数字化沟通可以使整个分销过程信息的捕捉和使用更加容易。许多与电子商务企业的沟通实现了电子化。一个完整的电子商务信息系统应该包括如下部件：

- 顾客数据库
- 产品目录
- 最新产品库存
- 网上订购
- 订单处理
- 付款处理
- 订货供应与顾客通知
- 货运信息
- 销售产品及顾客
- 订单跟踪
- 企业-顾客交互
- 渠道成员交互

为了实现一个部门收集的信息可以被其他部门使用的目的，信息系统应该实现一体化。信息必须能够让渠道成员访问，包括那些需要数据资料成功完成其商业活动的企业。同时，必须保证信息的安全，注意限制那些不应该访问该信息的人的访问权限。

**课内测试**

解释什么是电子中间商？

## 评估练习

正确领会网络营销基本概念，将下列问题最正确的答案选出来。

1. 当企业销售数字化产品时，（　　）分销活动可以除去。
    a. 订单处理　　　　　　　　b. 产品存储
    c. 占有权转移　　　　　　　d. 客户服务
2. 为其他企业提供配送服务的组织是（　　）。
    a. 专递公司　　　　　　　　b. 配送公司
    c. 全方位服务的公司　　　　d. 航运公司

**分析思考**

尽可能完整地回答下列问题。

3. 技术　查询两个介绍产品退换货程序的企业网站。准备一份图表，比较这两家企业的退换货程序，你认为哪家企业的退换货程序更好，为什么？

4. 沟通　许多电子商务零售商向顾客提供免费货运已有好几年。现在，越来越多的企业在订单中增加了货运成本。撰写一份简要的建议信给电子商务企业主，建议该电子商务企业是否应该制定免费货运策略。

## 9.3 分销渠道管理

**教学目标**

1. 解释渠道管理如何支撑电子商务战略。
2. 介绍渠道管理的重要工具。

**任务驱动**

制造商现在可以与分销商一起管理其产品的在线销售活动。新的软件可以让顾客看到订单被发送给分销商，事实上，制造商管理着产品目录和订单处理流程，产品也是从制造商的配送中心起运。但是，分销商的名字和地址却打印在运输标签上。

　　制造商的订单处理系统被整合到分销商的网站，整合保持了分销商业务独特的外观和感觉。这样做的优点是：几乎没有任何成本，分销商现在实施了有效的电子商务战略。制造商及时接受并处理了所有订单，但销售却被归功于分销商。制造商依赖的只是订购和订单处理程序。

　　与同学一起讨论，为什么分销商可能不想要参与这种类型的在线订购合作伙伴关系。制造商如何才能保证顾客问题被回答、难题被解决？

## 9.3.1　渠道管理

　　几乎流转到消费者手里的每一件产品都要经过几个组织。每个组织负责一项或一系列支持生产者及其顾客之间商品交换的活动。每一项活动必须在合适的时间被提供。为了使整个分销活动能够正常工作，各项分销活动必须有效地实施。

### 1．电子商务渠道

　　假设你是某一乐队的成员之一，在夏季展览会期间，要在一家主题公园演出。根据音乐爱好者的兴趣，你们乐队决定在网上发行你们的 CD、宣传画和 T 恤衫。几家企业为你们乐队生产出产品。乐队设计并通过一家 ISP 运营了自己的网站。

　　这家 ISP 提供了安全的购物车，用于产品订购和处理信用卡付款。你的团队与一家订单处理中心签订协议，该中心从制造商得到顾客订购的商品，然后通过包裹投递公司运送给顾客。装运时，包裹公司会生成一个产品跟踪码。这个跟踪码被发送到你的办公室、订单处理中心以顾客。使用这个跟踪码，可以从货物装运一直到进入顾客家门跟踪货物交付的全过程。订单处理中心提供了一个顾客服务台，这个顾客服务台可以对顾客通过电子邮件、网页表单或者免费电话提交的问题做出回应，帮助顾客解决一些与订单相关的问题。

　　这是一个小规模分销渠道的范例。虽然它只是一个小企业层面的问题，但是它仍然有几个渠道参与者，仍然包括许多分销活动，仍然需要认真的规划与管理。对于一家具有遍布全球的供应商与顾客的大型企业而言，则更需要考虑到渠道管理的复杂性。

　　如果由你负责一家小企业或者一家大型跨国公司的渠道管理活动，你将面对什么样的挑战？

 **网络营销误区**

　　在线销售将导致企业缩减其实体店铺的数量吗？有证据表明，那些网络顾客也将通过其他途径购买同一个企业的产品。高达 78%的网络购买者也在同一商家的实体店铺里购买产品。45%的网络购买者也会通过电话或邮寄订购企业目录中的产品。23%的目录营销企业也会用到网络营销工具。仅仅有 6%的实体店铺购买者通过网络也购买同一家企业的产品。

除了家乐福、沃尔玛等国外零售企业开通了网上购物以外，中国国内传统零售企业的网上业务也开展得如火如荼。国美是国内较早进入网上零售的企业，其网上商城做了好几年，在国美电器网上商城（gome.com.cn）上，不少商品都实现了在线订购。经营家居建材商品的东方家园，其电子商务网站（ohome.cn）在营销推广上也将门店经营的 4 万余种商品在网上展示，并保持与门店价格、库存数据的同步，方便顾客在网上查询、研究及购买。此外，以北京西单商场、王府井百货、百联集团等为代表的传统零售商也都开辟了各自的网上商城。

与此同时，在淘宝网、易趣网这些网络商店上，"拥有实体店"也成为很多网店宣传的重要方面，实体店与网络店的结合同样成为网络商店的营销出路。这样的结合对于很多网友而言，既方便又踏实。方便是因为网络购物的便利它全部具备，踏实是因为人们在现实中可以看到这个实体店。拥有实体店的网店往往更能让人信任，从而在购物时减少顾虑。

**⊃ 辩证性思考**

为什么你会相信网络顾客也将通过其他途径购买同一个企业的产品？

### 2. 规划供应链

过去，企业需要生产或者购买大量的产品。这些产品生产出来后被储存起来直到被顾客订购。然后，企业分别处理订单和运送顾客订购的产品。现在，许多企业按照 JIT 生产系统运营。为了降低成本和适应特定顾客的需要，企业只掌控着很小的库存，当接受订单后，产品被快速地运送给顾客。在可能的情况下，企业还会按照个别顾客的需要定制产品。

企业的分销活动和分销渠道可以看做更长的渠道——供应链的一部分。供应链是指在企业产品生产、营销过程中，经过所有相关组织的产品流、资源流和信息流。它是围绕核心企业，通过对信息流、产品流、资源流的控制，从采购原材料开始，然后制造成中间产品及最终产品，最后由销售网络把产品送到消费者手中，将供应商、制造商、批发商、零售商，直到最终用户整合而成的一个整体功能网链结构。它涵盖着原材料供应，产品开发、生产、批发、零售，最后到达最终用户的有关产品或服务的形成与交付的每一项业务活动。概括而言，供应链负责处理以下要素。

- 产品——来自供应商的原材料及销售给顾客的最终商品。
- 资源——内含人员和资金的生产和分销活动。
- 关系——包括顾客在内的渠道成员之间的联系。
- 信息——所有渠道成员履行其职责所需的数据资料。

供应链是复杂的，为了形成满意的交换活动，它必须有效运行。如同企业需要一位行政长官一样，供应链也需要有一个企业牵头管理这个长而复杂的渠道。我们可以称这个组织与控制供应链的渠道成员为渠道领袖。制造商通常是供应链的渠道领袖，大型零售商也可以充当这个角色。有时，开展电子商务业务的企业也行使渠道领袖的职责。如前所述的那个有自己网站的乐队的例子，乐队可能就发挥着渠道领袖的作用。渠道领袖需要精心规划与认真协调供应链内各组织间的关系及其活动。

**■■■■ 课内测试 ■■■■**

比较分销渠道与供应链。

## 9.3.2 渠道管理工具

渠道领袖是供应链的组织管理者。供应链管理首先要确定需要开展哪些活动以及可能参与供应链的成员有哪些。渠道领袖与渠道成员一起制定有关角色、职责和标准的规划。制定的规划应该确保供应链运行过程中各项活动的有效性。在当前的数字科技时代，渠道领袖可以使用大量工具管理供应链。

### 1. 供应链管理

供应链管理（SCM）软件可以用于管理渠道领袖所需信息，也可以实现渠道成员之间信息的共享。该软件记录了原材料供应商、供应时间表、生产进程、成品盘存和储存等信息，也记录了有关货运、交付、财务往来事项和退换货信息。数据资料必须在产品生产和分销过程的各环节被收集，并由各渠道成员负责输入。例如条码系统、全球跟踪硬件、SCM 软件等技术支撑着数据收集、整理分析与交换活动。

### 2. 顾客关系管理

顾客满意与企业赢利是供应链成功管理的目标。成功的供应链管理要求企业跟踪目标市场与顾客的信息，所收集的信息可以用以分析产品与顾客需要之间的匹配关系，有助于保证营销组合策略各组成部分的按计划实施，控制成本费用和监测顾客满意。因此，渠道领袖及其他渠道成员都使用 CRM 软件管理顾客关系。

通过 CRM 软件收集和分析的数据类型包括：特定顾客的基本资料、需要及购买历史。另外，CRM 软件可以跟踪产品请求、退换和投诉等信息，也有助于识别新顾客和营销机会。

当顾客购买或者退回产品时，相关信息被扫描到计算机终端，随之被 CRM 软件和硬件收集。每当企业的客服代表和修理人员与顾客互动沟通时，他们都会将有关信息输入记录。网络购买与支付结算信息可以被购物车软件记录下来，货物交付和退换信息则可以被货运人员和客服人员输入 CRM 数据库。

### 3. 改进供应链

竞争要求供应链中的企业必须更快速、更高效和更优质地完成他们所负责的活动。顾客有着越来越多的选择空间，如果企业的产品价格太高，或者不能满足顾客的需要，顾客会很快地转换到竞争者那里。供应链中所有的企业都需要共同协作以保证供应链的有效运行。

电子商务企业的供应链合作正在不断完善。以前，电子商务方面许多努力都以失败而告终，其原因在于，部分分销系统不能有效运行，顾客不能得到所承诺的产品或服务。

当改善分销效率时，确立渠道领袖是十分重要的步骤。渠道管理需要采用所有渠道成员都可以进入和使用的软件。当所有的渠道成员通过共同的软件相互联系时，可以实现收集信息、分析信息和共享信息的目的，存在的问题可以被快速识别并及时修正。每一个渠道成员都努力工作以改善他们所实施活动的质量和效率。企业供应链的不断完善，可以实现产品的JIT生产、定制化和快速分销。

近来有证据表明，企业在供应链管理技术方面的投入每年超过210亿美元。这些投资的结果是，配送增长了25%，存货水平缩减达50%，同时，顾客订单处理量也增长30%。

### ■■■ 课内测试

确定可以用于供应链管理的两种软件，并解释各自的功能。

### 课外资料

根据赛门铁克新闻资料，2009年垃圾邮件总量有增无减，占所有电子邮件的87.4%，即接收者每收到10封电子邮件，就有近9封是垃圾邮件。自2007年以来，垃圾邮件平均增加了15%。

垃圾邮件基本上占到网络所传递信息的一半。在美国有34个州已经颁布反垃圾邮件法。这些法规试图减少垃圾邮件的数量。但是，隐藏自己身份发送垃圾邮件并不是一件困难的事情。

美国飞塔（Fortinet）公司技术专家解释说："'网络钓鱼'是一种利用网络骗取用户个人信息的程序。黑客通常利用这种程序假扮成享有信誉的公司，如银行等，以此向用户索要账户名及密码等信息。"

2009年，微软、谷歌、雅虎和美国在线等公司旗下的电子邮箱遭遇黑客"网络钓鱼"，至少3万邮箱账户信息失窃。

### 工学结合

艾莉莎吃完早餐，打开计算机，然后进入电子邮箱。虽然这是在日本的清晨，但是她知道有许多来自经理杰里科的邮件需要处理。杰里科的办公室在克里夫兰（美国俄亥俄州第一大城市），两地有半天多的时差，因此，杰里科下班时分派工作给艾莉莎，当他明天回到办公室时，艾莉莎已经完成任务并发送回来。

艾莉莎过去常常与杰里科一起在克里夫兰工作。两年前，当她丈夫的公司将她丈夫调动到日本大阪时，她也随之搬迁到了大阪。艾莉莎成为一名虚拟助手，以便能够继续完成她的工作。虚拟助手是居家为企业主及管理者有效处理行政事务的工作人员。他们一般通过计算机、网络、电话、传真机工作。他们的工作任务可能包括回复电子邮件、起草信函、撰写报告、安排会议和旅程，或者实施调查研究。根据技能水平及所完成的任务，虚拟助手可以每小时可以赚 25～75 美元。虚拟助手将他们经理的时间大大释放，经理可以集中精力于战略规划、管理决策、会见访客和领导公司运营。

对于企业而言，聘请虚拟助手有许多优点。可以保留高素质的人才而不受他们居住地的限制，因不需提供办公场所而节约费用。如果作为一个私人承包商，虚拟助理还要为许多典型的雇员福利负责。在艾莉莎的案例中，时差可以使工作几乎一天 24 小时持续进行。一些雇主聘请 2 个或者 3 个虚拟助手作为兼职；他们都具有专业化的技能。

⊃ 辩证性思考

1. 除了工作地点之外，出于另外一些什么原因，艾莉莎愿意成为一名虚拟助手？
2. 对于虚拟助手和经理职位而言，可能有哪些缺点？
3. 除了材料中提到的职责，虚拟助手还可能完成哪些任务？

## 评估练习

正确领会网络营销基本概念，将下列问题最正确的答案选出来。

1. 下列选项属于供应链管理职责的是（　　　）。

　　a．产品　　　　　　　　b．资源

　　c．关系　　　　　　　　d．上述选项都正确

2. 可以用于管理渠道领袖所需信息，可以实现渠道成员之间信息共享的软件是（　　　）。

　　a．CRM 软件　　　　　　b．电子数据处理

　　c．SCM 软件　　　　　　d．分销管理软件

### 分析思考

尽可能完整地回答下列问题。

3. 调研　使用网络查找几个近年来失败的电子商务企业的报告。分析其失败的原因。列举没有有效完成的分销活动，按照商品交换、实体配送和信息管理问题进行分类。

4. 技术　使用网络确定几个 SCM 和 CRM 软件供应商。分析在该供应商网站上提供的软件包信息。归纳该软件收集与管理的信息类型，然后将你的结果与其他同学的结果进行对比分析。

## 第9章 评估测验

复习网络营销基本概念，将每个词汇前的字母写在与之相匹配的定义前。

（　　）1. 从生产者到消费者之间有形地转移和传递产品所有权的所有组织和个人。

（　　）2. 参与分销渠道促进生产者与消费者之间交换的企业。

（　　）3. 在生产者和最终消费者之间，还涉及其他企业的分销渠道。

（　　）4. 组织与控制供应链的渠道成员。

（　　）5. 聚集制成品然后将它们销售给最终消费者。

（　　）6. 一条分销渠道只涉及生产者和最终消费者。

（　　）7. 参与分销过程的组织。

（　　）8. 在电子市场上促进商品交换的企业。

（　　）9. 为其他企业提供完成配送活动的服务。

（　　）10. 在企业产品生产、营销过程中，经过所有相关组织的产品流、资源流和信息流。

a. 渠道领袖

b. 渠道成员

c. 电子中间商

d. 直接分销渠道

e. 分销渠道

f. 专递公司

g. 间接分销渠道

h. 渠道中间商

i. 零售商

j. 供应链

k. 批发商

将下列问题最正确的答案选出来。

11. 下列各项不属于分销活动类型的是（　　）。

　　a. 商品交换活动　　　　　　b. 实体配送

　　c. 信息管理　　　　　　　　d. 生产制造

12. 对于传统企业管理而言更容易，但却是电子商务企业面临的主要配送挑战是（　　）。

　　a. 收集潜在顾客信息　　　　b. 与顾客沟通产品价格

　　c. 提供简便而低廉的顾客退货途径　　d. 提供一项顾客可以联系企业的简便方式

**分析思考**

13．为什么对于企业而言，为了实现顾客满意的交换仅提供好的产品是远远不够的？

14．对于企业而言控制直接分销渠道比控制间接分销渠道更容易。但是，为什么企业还会选择间接分销渠道分销它们的部分产品或全部产品。

15．为什么顾客可能在当地实体店铺购物时要比网络购物时更愿意完成一些分销活动？

16．你是否认为，专递公司可以有效地充当电子商务分销渠道中的渠道领袖？为什么？

**工学结合**

17．沟通　你任职于一家销售体育纪念品的电子商务公司。该公司注意到，根据时间、地点和占有效用，顾客并不愿意购买其产品。请你策划一篇杂志广告，通过沟通说服顾客购买该企业的产品，可以通过举例和图形强化沟通。

18．技术　查询一个你所熟悉的传统企业网站。查看该站点面向电子商务顾客的产品分销程序说明。结合你对该公司的经验，创建一份比较该企业电子商务分销与实体店铺分销的表格，指出其异同点来。

19．营销算术　登录某一提供产品价格比较的网站，选择一款至少与三个企业有价格区别的产品。创建一份表格，比较来自三个企业产品的价格。然后登录各公司网站，分析该公司收取多少运费和产品处理费。将这些费用也填入表格，计算每个公司包含运费和处理费的总成本。然后与最初的价格做对比。

20．沟通　查询一个电子中间商网站，阅读该网站提供给企业的有关服务条款的信息。撰写一封推销信，说服潜在的电子商务企业接受该电子中间商的服务。

21．辩论　在制造商与当地分销商的直接竞争中，制造商应该从不使用电子商务销售其产品。选择一个立场，支持还是反对该观点。请为你的观点形成书面原因，并组织一次小范围或者全班的辩论赛。

 **项目导向**

项目的这部分内容将集中在你的企业如何规划其分销战略。

与团队成员一起完成下列活动。

1．准备一张图表，比较直接分销渠道与间接分销渠道对你公司作用的不同。对于每一种渠道，确定分销过程所涉及的组织有哪些，并确定每一渠道参与者需要完成的活动内容。

2．通过网络确定一家可以用来协助你公司产品分销活动的专递公司。辨析该公司所提供服务的范围。简要解释，你将请求该公司提供给你企业的服务。

3. 使用 PPT 或挂图准备一个你公司构建供应链计划的说明。说明应该覆盖从原材料来源到最终产品分销给顾客的全过程，确保考虑到将成为你企业供应链一部分的所有产品、资源、关系和重要的信息，确定你认为应该成为渠道领袖的组织，并辅以简要分析，解释为什么该组织是最好的选择。

 **案例分析**

### 商务部扶持电子商务"国家队"

根据 2010 年 3 月 2 日腾讯科技消息，国有资本大规模进军互联网的浪潮中，再次涌现了一批新的旗帜。在商务部等部门的政策与资金的双重扶持下，以北京王府井、武汉中百、上海百联为代表的传统商贸企业正在吹响进军电子商务的号角。

商务部明确将大型国有流通企业纳入政策扶持范围，始于 2009 年 12 月出台的《关于加快流通领域电子商务发展的意见》（以下简称《意见》）。2010 年 2 月 25 日，商务部例行新闻发布会在京举行，新闻发言人向媒体透露，2010 年，商务部将以加强流通体系建设为重点，增强国内消费特别是居民最终消费对经济增长的促进作用，加大政策支持力度。加强网络购物消费即是措施之一，未来将进一步支持传统的商贸企业、流通企业、商业企业进一步完善网上购物系统。

数据显示，2009 年前三季度中国网络购物销售总额达 1 689 亿元。目前网购仅占全社会消费品零售总额的 1%～2%，相比韩国的 10%、美国的 4%，中国网购市场还存在巨大空间。

2009 年 8 月，商务部中国国际电子商务中心下属"诚商网"上线。在短短几个月内，诚商网在国内连续推出 30 个区域性电子商务平台，这些区域性平台很快引起了媒体关注。

从 2009 年年底开始，一些具备庞大实力的国有百货企业将目光放在 B2C 领域。这些传统百货公司在互联网大潮的逼迫下，也面临着转型的巨大压力和内在需求。顺应商务部政策要求，进军电子商务无疑是大势所趋。分析人士对此认为：从最早的当当网、卓越网等互联网公司，到苏宁、国美等电器类传统巨头，再到王府井等更加传统的商贸企业，中国 B2C 电子商务正在经历"由轻向重"演变的"三部曲"。实际上，除了国内大批的传统商贸企业外，类似中粮集团这样的垄断型国企也在加快争夺 B2C 版图的步伐。2009 年，中粮旗下"我买网"（www.womai.com）正式上线，为了招揽人气，"我买网"甚至还推出了"中粮生产队"等 SNS 类时髦游戏，并接连推出一系列营销推广服务。

#### ⮞ 辩证性思考

1. 你认为传统零售业是否有必要开展电子商务？
2. 如果传统零售业开展电子商务，应该如何处理好网上与网下两种分销渠道的关系？
3. 传统零售业电子商务是否会革了卓越、当当、淘宝的命？
4. 你认为中国国有大型传统零售业进军电子商务有何优劣势？

 **实践准备**

### 传统零售业电子商务战略规划角色扮演

网上零售已成为大势所趋。2009年第三季度中国网上零售额已达658.5亿元，环比增长17%，同比增长91%，成为发展最快的行业之一。

苏宁、国美等家电连锁巨头也开始加入网上商城创建。苏宁电器总裁孙为民更是给"苏宁易购"定下2010年销售额15亿～20亿元的新目标。上海农工商超市集团斥资亿元打造的便利通网上商城正式开业。该集团董事长杨德新称："便利通网上商城2010年销售额争取达到30亿元，两三年后，网上商城将超过目前实体门店年销售260亿～270亿元的规模。"

不过值得注意的是，尽管试水者不少，生意也算红火，但效益却难以匹配。即便是交易额超过40亿元的京东商城，到现在还是亏损的。相比之下，家乐福网上商城则有点形同虚设，商品远不如实体店丰富，还要求购物金额必须达到500元才能下单。和家乐福情况差不多，很多超市名义上有了网上超市，但多数更像是赶时髦，跟面子工程差不多，收益不佳。

作为较早"试水者"之一的浙江人本超市，虽然已经运营了七八年，目前还只能作为一种辅助。营销部经理张少武告诉记者："开店之初影响力真不小，但因商品和价格都和实体店一样，消费者渐渐失去了兴趣。"河北国大的网上商城于2000年开始运行，在行业中首创电话网、互联网、物流网、店铺网"四网并行"的新商业模式。总经理于树中表示，目前效益虽然也不乐观，但电子商务仍是一个颇具成长性的新模式。

成立于2000年、被称为"中国超市第一网"的联华OK网，经过9年发展成长为一个构架完善的专业电子商务公司，拥有各类生活用品1.5万多种，发展会员将近千万人，目前网店已成为其重要的赢利增长点。

有专家指出，差异化商品的选择、价格体系的重造都很重要，但高成本的物流配送一直都是一个大硬伤。这对于刚开始试水的零售企业而言，更显得重要。

家家美集团创立于1997年，是一家以超市大卖场为主营业态的大型连锁企业集团。集团在中国四个省区8个大中城市开设22家门店，拥有固定资产6亿元，员工6 000余人，年销售额40亿元以上。面对零售业众多企业纷纷上网营销的大潮，该企业也计划大力拓展电子商务，争夺网络市场。

大学电子商务专业毕业后的你，受聘于该企业新设立的电子商务事业部，你当前承担的主要任务是为该企业制定一份拓展电子商务业务战略方案。

你有10分钟时间考虑并决定你将如何处理这一角色扮演的情况。你有最多10分钟时间，向扮演集团所有者角色的其他同学介绍你的战略方案，并有5分钟时间回答问题。

**评估指标**

1. 对该企业拓展电子商务业务进行了 SWOT（优势、劣势、机会、威胁）分析。

2. 规划了企业拓展电子商务业务的战略目标。

3. 制定了实现战略目标的业务战略与市场战略。

4. 规划了企业拓展电子商务的具体策略，包括网站建设、物流解决方案、支付体系、客户服务策略、产品、价格、渠道、促销策略等。

5. 考虑到网络店铺与传统店铺两种分销渠道关系的协调处理。

6. 投资预算与经济效益分析与预测。

# 价值、价格的规划与沟通

## Dell 的价值体系

1965 年，迈克尔·戴尔出生于休斯敦，1983 年进入得克萨斯大学，成为一名医学预科生。但事实上他只对计算机行业感兴趣，他很想大干一场。他从当地的计算机零售商那里以低价买来了一些积压过时的 IBM 的 PC，由他自己进行改装升级后转手又卖出去，很快便销售一空，他也靠此赚得了他的第一笔收入。1984 年，戴尔在其大学宿舍创建了 Dell 公司。起初他通过电话发布广告和销售计算机，随着业务增长，他开始使用邮寄目录驱动销售。1996 年，Dell 公司将其计算机销售延伸到网络之上。1996 年 7 月，Dell 公司的客户就能够通过公司的站点直接配置和订购计算机。在 6 个月内，Dell 公司每天通过网络销售价值达 100 万美元的计算机产品，到 2000 年，Dell 公司每天的网络销售额就从 1998 年的 500 万美元上升到 5 000 万美元。

Dell 公司为中国大陆小型企业提供的定制服务，客户只需要点击鼠标就可以购买想要的产品，同时还可以直接在网站获得技术支持与服务。Dell 公司凭借这种创新性的根据订单进行生产并直销的营销模式，使得传统渠道中常见的代理商和零售商的高额价格差消失了，同时 Dell 公司的库存成本大大降低，与其依靠传统方式进行销售的主要竞争对手相比，Dell 公司的计算机占有 10%～15%的价格优势。

迈克尔·戴尔发现在提供贫乏服务和高行业价格背后的商机，即直接满足顾客的愿景，革命性地改变了计算机产业。

2007 年，戴尔颠覆其延续 23 年之久的单一的直销模式，逐步进入零售渠道，Dell 产品已进入沃尔玛、家乐福、百思买、史泰博等全球连锁零售巨头。2009 年 Dell 在北京、上海、广州、深圳等地打造了旗舰体验店，并在重庆、成都、南京、西安等地开设了 Alienware 游戏计算机专卖店。

### ➲ 辩证性思考

1. 你是否认为 Dell 公司的多渠道战略是成功的？

2. 解释戴尔起初为什么不通过传统店铺销售产品？而在中国市场，为什么 2007 年后则逐步开始实施分销策略？

3. Dell 公司的多渠道战略是否会出现多渠道博弈的问题？

## 10.1　电子市场的价值

**教学目标**

1. 讨论有助于电子商务企业顾客价值递送战略。
2. 解释为什么在线企业有比较高的满意度。

**任务驱动**

亚马逊基于最大化的顾客价值构建了一个完全在线的企业。消费者一旦与亚马逊建立关系，他就会被视做一个独特的客户。顾客可以进入一个个性化的网站，该网站提供图书与产品购买建议，可以让顾客选取样书和试听音乐，客户可以查看商品评价和获得服务信息。

亚马逊通过提供网络订购、一对一的顾客服务和数字化沟通创造价值。它提供网上拍卖，低廉的价格和有效的业务流程。另外一些企业，如美国大型跨国玩具连锁店玩具反斗城（Toys "R" Us）和美国塔吉特百货公司（Target）也通过亚马逊销售他们的产品。亚马逊有效地提供价值给顾客，并不断向顾客满意度冲刺。

与同学一起讨论，分析顾客如何从亚马逊接受价值。找一个与亚马逊网站有关系的人，查看该网站的个性化内容，分析其个性化营销策略，分析这些个性化内容是如何增进其顾客价值的。

## 10.1.1　递送电子商务价值

顾客的价值决策是以如何使用自己可用资源满足其需要和欲望为基础的。最基本的顾客价值是他们从所付出的货币、时间和精力成本中得到的利益。电子商务企业必须为其顾客创造价值。企业为其顾客创造价值是与可接受价格对应的优质的产品和服务。

### 1. 价值战略

电子商务企业使用技术型战略与顾客、员工以及供应商建立联盟。电子商务影响产品、分销、沟通和定价策略。企业为了得以生存必须有一个超越其竞争对手的优势。电子商务企业必须使用价值战略获取竞争优势。

电子商务是一种既可以被完全电子商务企业使用，又可以被传统企业使用的工具。许多新兴的技术型战略可以使企业增进顾客利益。顾客可以通过网络收集许多企业竞争对手的信息，这使得顾客比以往拥有更多的产品与价格选择。在日益激烈的市场竞争中，企业为了能够存活下去，必须具有更强的创新性和更高的效率。

概括而言，有7个战略有助于电子商务企业提供价值给顾客。

（1）网络订购战略。致力于通过向顾客提供便利的网络信息查询和网络购买获得销售增加。

（2）数字沟通战略。致力于组织管理信息、产品、服务或支付等内容的数字化传递。

（3）业务流程战略。努力通过简便高效而顺畅的业务流程获得优势。有效性一般是通过商务交易和工作流程自动化技术获得增长。

（4）个性化市场战略。以与大量产品相近的成本为单个顾客提供定制产品。

（5）服务战略。通过降低成本、改进质量、增加服务速度获得竞争优势。

（6）定价战略。通过低价销售或者根据市场需求动态调整价格以获得市场份额。

（7）拍卖战略。致力于通过在线竞拍获得产品销售。

上述 7 个战略中的每一个都可以用来增进顾客价值。企业可以通过有效的技术和简化的业务流程提供利益给顾客。

## 2. 在线订购战略

零售业电子商务被期望在今后几年有所发展和变化。网络购物的消费者数量估计会有较大增长。由于宽带接入的日益普及，网络传送的产品信息也希望有所改观。宽带网络用户与拨号上网网络用户相比，具有更强的产品研究和网络购买能力。由于宽带用户一般是较富裕的市场，宽带用户具有更高的消费能力。

在线订购战略的另外一个影响是趋向多渠道购买行为的运动。许多消费者使用组合式购物资源实施购买行为。消费者可能选择某一渠道浏览查看产品，然后到另一渠道实施购买行为。例如，顾客可能在网上查询产品，然后在实体店铺里购买产品。或者，顾客在实体店铺里比较选择好产品，然后到网上订购产品，随后产品被运送到他们家里。

## 3. 数字沟通战略

数字化产品包括娱乐（如音乐、电影、多媒体和游戏）、网络信息服务和电子出版物。顾客可以访问并立即下载数字产品。广播媒体利用网络提供它们丰富的内容，这些内容包括新闻、无线电广播节目和特别节目。好莱坞使用网络推广电影。规模较小的独立电影制片人通过网络提供电影和电视类娱乐节目。网络电影最大的好处之一是其低廉的传送成本。网络提供了一个发表一次，多次浏览的环境。

 **课外资料**

网络用户可以进行网络购物，但是，他们通常会利用网络收集信息。有资料表明，每 1 美元的网络消费，将引发实体店铺 1.5 美元的销售。

**课内测试**

列举至少五个电子商务企业用以创造顾客价值的战略。

**网络知识**

当版权作品以数字化形式存在时，其可复制性大大增加，变得更加容易。其易于复制性对于音乐和电影产业是一个头疼的问题。更多的人选择下载音乐而不是购买光碟。许多人并不在意他们窃取了受版权保护的材料。受网络电影文件共享的影响，电影工业每年遭受的损失达 13 亿～40 亿美元。

⊃ **辩证性思考**

1. 假设你是一位富有创造性的艺术家，如果有人在网上复制了你的作品，你会有什么样的感觉？如果他们并不向你支付任何费用，你还会继续创作作品吗？

2. 解释窃用受版权保护的作品对音乐和电影工业能产生什么样的危害？推断宽带接入将对盗用版权产生什么样的影响？

## 10.1.2 顾客满意

美国顾客满意度指数评估是指行业内和各种个体工商业户的顾客满意度。2002 年，对实体零售商店的平均满意水平是 74.6（以 100 为基数），最高级别的商店是美国柯尔百货公司，得分 84。对电子商务零售商的平均满意指数是 83。亚马逊的满意指数最高，线上和线下得分皆为 88。紧随其后的是巴诺，得分为 87。

亚马逊的满意度得分以前从未在服务业中看到过。亚马逊是把其用于图书产品价值创造流程应用到其他产品之上。亚马逊的电子商务应用树立起如此高的价值水平，以至于网络顾客不仅对亚马逊而且对所有企业的期望也水涨船高。

电子商务企业用以增进顾客价值的主要技术是网络和数据库。网络可以让顾客访问电子商务通信平台。数据库可使顾客快速而方便地查询和浏览产品，使顾客疑问被随时答复，使顾客快速而方便地订购产品。同时，完全电子商务公司是使用这些技术唯一的企业。当前，传统企业纷纷把电子商务战略增加到其营销组合策略之中。当电子商务与知名品牌和高水平的服务相结合，传统企业获得了前所未有的竞争优势。

对于许多网络购买者而言，最重要的价值是便利。一项研究表明，消费者采取网络购物，一年之内大约可以节约 64 小时。

**课内测试**

列举两种电子商务企业用以增进顾客价值的主要技术。

**课外资料**

　　根据 CNNIC《2009 年中国网络购物市场研究报告》，整体而言，用户对网购经历的满意度较高。其中，有 54.4% 的人对网络购物比较满意，25% 的人非常满意。不太满意和非常不满意的总计只有 2%。从不同类型购物网站使用满意度评价看，用户对 C2C 购物网站使用满意度低于 B2C 购物网站。B2C 网站在支付、物流和售后服务上较之 C2C 网站有先天的优势。在 C2C 网站占据比较优势的商品和网站使用上，B2C 网站的用户体验也没有输给 C2C，网购用户对京东商城、卓越和当当的商品性价比和网站好用性评价都不低于甚至优于 C2C 购物商圈。从商业运行的差异上看，由于 B2C 购物网站商家相对单一，进货渠道较为透明，产品可信度较高。并且，大多网站自建了物流和配送中心，使得 B2C 购物网站在产品品质和服务质量上都领先于 C2C 购物网站。

## 评估练习

正确领会网络营销基本概念，将下列问题最正确的答案选出来。

1. 致力于信息、产品、服务或者支付等内容数字化传递活动的组织的价值战略是（　　　　）。

　　a．网络订购战略　　　　　　　b．网络优惠战略

　　c．数字沟通战略　　　　　　　d．个性化市场战略

2. 2002 年，美国具有最高顾客满意指数的零售企业是（　　　）。

　　a．亚马逊公司　　　　　　　　b．戴尔公司

　　c．柯尔百货公司　　　　　　　d．沃尔玛公司

**分析思考**

尽可能完整地回答下列问题。

3. 本教材涉及许多价值创造领域。分析 7 项价值战略分别是由本教材哪些章节讲授的。解释你为什么选择这些章节。

4. 技术　浏览某一电子商务网站，辨析该电子商务网站应用了 7 项价值战略中的哪一个，解释这些战略是如何使企业的顾客满意度。

## 10.2　竞争优势与价值链

### 教学目标

1. 解释企业如何获得竞争优势。

2. 解释电子商务价值链。

### 任务驱动

航空业已经使旅客如何购买和接受机票发生了改变。曾几何时，几乎所有的旅客在购买机票之前都要和旅行社就航班时间和价格时间进行联系。航空公司与顾客就机票销售与旅客互动是无效的。今天，大多数机票都是在网上销售的。

网上购票是更有效的。因为旅行社不再能增进顾客价值，航空公司不再因提供订票服务而向旅行社支付费用。航空公司发现，它们完全可以使用网络技术提供订票服务。于是，航空公司将网络机票销售增加到它们的价值传递流程之中。

与同学一起，辨析为什么旅客选择通过从网上订票而不是从旅行社订票来获得更大的价值。选择在某一职能方面比其竞争对手做得更好的企业，解释为什么该企业在这一职能方面能获得竞争优势。

## 10.2.1　竞争优势

### 1. 竞争优势的概念

在某些方面能够比竞争者提供更好的价值或者长期维持低成本称做竞争优势。低成本可以使企业以更低的价格销售产品，或者以同样的售价获得更高的利润。技术本身并不能形成竞争优势，技术只是一种适应企业及其顾客需要的工具。但是，无论是传统企业还是完全电子商务公司，都在了解如何使用技术增进顾客价值。

### 2. 业务流程战略

业务流程战略是指为了提高效率而设计的某一特定活动实施方案。外联网可以让企业通过电子化联系处理 B2B 交易。远程员工可以使用内联网开展调查研究、项目开发，参加网络会议、给顾客和员工提供支持。

服务企业已经通过流程改进获得了竞争优势。例如，医疗行业通过网络降低了成本，改善了病人护理，提高了护理人员技能。有超过 55%的医生使用网络查询信息、同事间交流、给患者发送电子邮件。政府使用网络降低成本和改善诸如访问出版物和数据库等的市民服务。企业可以通过削减重复而无效的工作节约几十亿美元。

业务流程改进可以使经济运行更有效。一项研究预测，美国基于互联网的商业行为可能占到 2001—2011 年生产力预计增长额的 40%。

### ▰▰ 课内测试 ▰▰▰▰▰▰

解释电子商务如何影响其业务流程战略？

## 10.2.2 电子商务价值链

企业可以通过不同的方式为顾客创造价值。价值创造过程在不同行业及行业内竞争者之间是不同的。例如，在当地商厦里的一家书店，虽然没有网络书店提供的个性化服务流程和种类繁多的图书，但是，它却提供了大量优秀的导购服务人员，顾客可以翻阅和立即购买。这两个企业提供给顾客的价值与批发商提供给其顾客的价值也是不同的。

企业运作过程可以看做大量独特功能协作运行创造价值的过程。价值链将企业划分成几个职能区域。价值链的各个环节表明企业如何获得原材料，如何生产、分销和营销其产品，以及如何提供顾客支持等。所有的环节一起协作形成优势。为了形成竞争优势，企业的价值链必须发挥一些优于其竞争对手的职能，也必须有效实施价值链的所有其他职能，以保持其竞争优势。

电子商务为价值链增添了新的视角。电子商务价值链把信息技术作为其整个价值链的一项重要组成部分，大大地增强了企业的竞争优势。如图 10-1 所示，电子商务技术和技巧是如何影响电子商务价值链的。价值传递被电子商务通信平台所支持。

如 10-1 所示，企业可以通过内联网、外联网及电子商务的使用获得成本优势。但是，竞争者也可以应用成本节约技术，成本节约能为企业带来的只是短期优势。因此，企业必须致力于通过营销活动增进其传递给顾客的价值。许多电子商务企业通过外包其关键职能或者与其他企业缔结合作伙伴关系，以创造电子商务价值链。美国大型跨国玩具连锁店玩具反斗城（Toys "R" Us）和美国塔吉特百货公司（Target）就与亚马逊结成合作伙伴关系，使用亚马逊的外联网、电子商务和服务。无疑这些企业利用了亚马逊在市场营销、销售、目标顾客和支持等方面的专业优势。

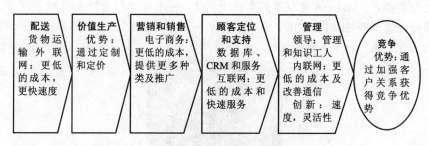

图 10-1 电子商务通信平台对电子商务价值链的影响

电子商务价值链的关键是拥有一支愿意和能够在电子商务环境下工作的管理团队和员工队伍。管理团队和员工队伍必须能够理解并创造顾客数据库和买卖双方网络信息访问的优势。

**课内测试**

叙述价值链在企业战略中所发挥的作用。

 **课外资料**

旅游预订指的是"飞机+酒店+旅游"模式，旅游者通过在线旅游服务提供商的网站，提交机票和酒店住宿相结合并包含其他附加服务的自由行旅游产品预订订单，通过网上支付或者门店付费。

目前，网络旅游预订市场蓬勃发展，商家越来越注重线上营销，纷纷加大网络零售渠道的投入力度。由于在线旅游预订便捷、个性化的服务优势，用户习惯的培养在逐步强化。未来网络旅游预订的形式将进一步丰富，越来越多的传统企业开始建立自己的在线服务平台，如航空公司、连锁酒店等。

根据CNNIC《第25次中国互联网发展状况统计报告》，截至2009年12月，旅游预订的使用率为7.9%，用户规模3 024万人，年增长77.9%。

**网络营销误区**

Webvan是一家曾经一度非常著名的美国网上杂货零售商。许多企业试图竞争食品日杂配送业务，Webvan创建于1998年，它选择了完全电子商务战略，建设了服务于大市场的配送中心。WebvanWebvan提供了个性化的网站，低廉的价格，有保证的交货时间。Webvan需要获得1亿美元的销售额支撑其战略。美国当地时间2001年7月9日，早已陷入经济困境的网上杂货店停止经营。公司称，它没有在任何市场方面重新恢复经营的计划，公司打算有计划、分步骤地停止经营，并出售所有资产及停止所有业务。

在电子商务界，Webvan曾经是最美丽的童话，一个好的创意带来近12亿美元的投资，然而，童话也有梦断的时候，2001年7月，Webvan公司关门大吉，并且申请破产保护时，此时，它已经"烧"掉了8.5亿美元。

成功的多渠道经营杂货商使用实体店铺和网络在线销售相结合的战略服务于顾客。为了降低成本，这些网络杂货商由现有的实体店铺处理顾客订单，而不是建立独立的配送中心。

Webvan.com网站现在仍然出售各种杂货，但只限于非鲜活产品，是亚马逊商业帝国的一个部分。

**⮑ 辩证性思考**

1. 比较和对比被 Webvan 和多渠道杂货商采用的战略。
2. 解释为什么多渠道杂货商成功了，而完全在线的杂货商却没有存活下来。

## 评估练习

正确领会网络营销基本概念，将下列问题最正确的答案选出来。

1. 下列各项关于价值链描述正确的是（　　　）。
  a. 价值链表明企业购物的场所　　b. 价值链将企业划分为职能部门
  c. 所有企业拥有同样的价值链　　d. 上述选项都不正确
2. 下列哪项可以成为企业业务流程战略的一部分（　　　）。
  a. 外联网　　　　　　　　　　　b. 内联网
  c. 互联网　　　　　　　　　　　d. 上述选项都正确

### 分析思考

尽可能完整地回答下列问题。

3. 选择一家企业，将其业务流程划分为职能部门以创建价值链。哪项职能可以从电子商务战略中获益。

4. 沟通　假设你是上述所选企业的顾问，建议该企业如何通过电子商务战略改进其业务流程。使用你创建的价值链说明，企业的哪些领域可以改进。

## 10.3 顾客与价格策略

### 教学目标

1. 解释以顾客为基础的价值战略。
2. 解释以价格为基础的价值战略。

### 任务驱动

Lands'End 是一家销售服装及各类家用器具的邮购公司。该公司使用互联网提供顾客价值，该公司网站发挥着产品在线查询的功能。该公司联合 My Virtual Model 虚拟模型公司共同研制出了在线购物试衣模型。这个全新的工具，只要客户输入自己的穿衣尺寸，就可以注册一个虚拟模特，试穿 Lands'End 公司的 1 000 套以上的服装，并且可以显示穿着的舒适度。如果客户可以买到合适自己的衣服，退货的情况就会减少，客户才会对 Lands'End 的服务表示满意。顾客可以在网站上看到定制指南，如果订购商品有困难，可以使用该网站接受服务。

Lands'End 顾客可以获得仅在网站上提供的折扣。该公司可以在不重印商品目录的情况下调整库存积压商品的价格。该公司拥有在线零售行业中最好的商业模式之一。

与同学一起浏览 Lands'End 网站，收集有关该网站的信息，分析该企业是如何通过其网站增进其价值的，描述服务在在线服装销售中的作用，分析 Lands'End 网站是如何满足顾客需要的。

## 10.3.1　顾客导向战略

电子商务可以通过许多途径创造顾客价值。顾客被视为由一人构成的市场。服务企业正在加强他们提供服务的方式，顾客可以接受更多种类、更低价格的产品。

**1. 个性化市场战略**

在产品开发过程中，通过网络沟通交流，提供顾客以个性化为基础的服务称为个性化市场战略。个性化的网站形成牢固的顾客关系。数据库定位每个顾客具体需要的信息。数据可以用来定制网页和目标电子邮件，有助于展示产品提供给顾客的特殊利益，有助于展示个性化广告以及购买流程的速度。个性化可以防止顾客转移到其他公司。

定制产品开发可以通过生产流程与特定顾客数据的连接获得。例如，戴尔公司可以让顾客定制订购的计算机，订单信息可以在产品被生产和发送的工厂车间被访问。

网络可以让企业大批量定制大范围的产品。被顾客定制的产品包括眼镜、服装、高尔夫球具、自行车、垂钓用品和 CDs。更小的企业通过定制获得竞争优势，更大的企业通过定制降低成本。客户只接收和支付他们所需要的功能。订单过程的组织通过降低成品库存而提高了效率。

**2. 服务战略**

服务战略旨在通过降低成本、改进质量、增加服务速度而获得竞争优势。

服务战略对于服务企业而言尤其重要。服务企业包括教育机构、医疗机构、银行、房地产经纪、保险代理等。电子商务对服务企业的影响，一般可以通过服务产品所具有的 4 个基本特征体现出来。

（1）无形性。企业所提供的服务一般是看不见摸不着的。网络可以让顾客评估服务项目和比较服务企业，一般可以从服务产品、服务价格和服务提供等方面进行评估。

（2）易逝性。服务通常不能被存放在仓库里和店铺里。网络服务与传统实体店铺服务相比，一般可以更有效地在顾客需要的时间和地点提供服务。这对于那些诸如教育机构和政府部门等提供以信息为基础的服务的机构尤其如此。

（3）不可分离性。服务很难与其提供者相分离。服务企业可以通过网络与顾客联系，并通过网络提供各种类型的服务给顾客。服务因房地产和医药企业使用网络与顾客联系的不同而不同，然后提供不同的服务。医生甚至还可以通过网络提供有限的诊断。

（4）可变性。由于服务提供者与顾客之间人际互动请求的不同，服务质量常常会发生变化。数据库、新产品和分销技术可以让企业通过网络提供给顾客标准化的服务。例如，网络环境下，凡客诚品所有的顾客可以接受到相同水平的服务。

**课内测试**

叙述电子商务如何影响服务企业？

 **课外资料**

一项研究表明，75%受访者认为，个性化对于满意购物体验具有重大贡献。网络个性化包括电子邮件、跟踪顾客购买行为与网络请求的能力、了解顾客历史的客户服务代表等。

个性化服务（Customized Service）就是按照用户特别是一般消费者的要求提供特定的有针对性的服务。个性化服务包括 3 个方面的内容：服务时空的个性化，即在人们希望的时间和希望的地点得到服务；服务方式的个性化，即能根据个人爱好或特色进行服务；服务内容的个性化，即不是千篇一律，千人一面，而是各取所需，各得其所。网络为企业在给用户提供个性化服务上提供了强有力的技术上支持。

## 10.3.2　价格导向战略

价格导向战略是指通过低价销售或者根据市场需求动态调整价格以获得市场份额的价值战略。

更高的效率可以使企业总成本降低，从而可以使企业产品售价更低。当企业不需要实体店铺资产，需要极少的员工，使用新技术接触和服务客户时，也会节约大量成本。当顾客使用网络辅助产品查询和购买时，也会大大节约货币成本、时间成本和精力成本。

有三个借助新技术实现成本节约的服务企业的方面。

- 平均每次电话呼叫服务收费 5 元，而自动服务每次呼叫只需花 0.01 元。
- 实体银行出纳员成本为 1.07 元，电子银行交易只需付费 0.01 元。
- 网上购票的费用可以节约 8%的成本。

当这些单位成本差异乘以每天处理的交易次数时，能够节约的成本无疑是巨大的。

 **课外资料**

支付宝是目前网购用户使用的最主要的电子支付工具。在使用电子支付的网民中，使用支付宝的用户占 64.6%，通过网上银行汇款的用户占 34.9%，使用信用卡直接支付的用户有 19.8%，使用财付通的用户有 14.9%，手机支付的用户有 10.3%。与 2008 年相比，使用信用卡和财付通的用户占比分别上升了 8.2 和 9.1 个百分点。手机支付初现端倪。

**现实视点**

电子商务活动中，当个人或企业销售了产品却不愿意交付货物，或者购买了产品却不愿意付款，这便是网络欺诈。欺诈对于电子商务是主要难题之一。电子零售因欺诈而产生的损失有 1%以上，是实体零售业的 19 倍多。零售商必须保证订单的有效性，并保证在发货之前办理支付手续。最高档次的网络欺诈与网络拍卖有关。消费者防御网络欺诈最好的方法是使用具有安全保障的信用卡。

许多购物网站采取第三方支付的结算工具，以解决网络营销中的信任与结算问题。第三方电子支付，指基于网络，提供线上（网络）和线下（电话及手机）支付渠道，完成从用户到商户的在线货币支付、资金清算、查询统计等系列过程的一种支付交易方式。从事第三方电子支付的非银行金融机构被称为第三方电子支付厂商。"第三方支付机构"是具备一定实力和信誉保障的独立机构，采用与各大银行签约的方式，提供与银行支付结算系统接口的交易支持平台的网络支付模式。在第三方支付模式中，买方选购商品后，使用第三方平台提供的账户进行货款支付，并由第三方通知卖家发货；买方收到货物，并检验商品进行确认后，就可以通知第三方付款给卖家，第三方再将款项转至卖家账户上。比较典型的第三方支付工具如阿里巴巴的"支付宝"，腾讯的"财付通"、银联电子支付（www.chinapay.com）、快钱、首信易支付、环迅支付、网银在线、易宝支付、云网支付等。

➲ **辩证性思考**

1. 网络商务活动中为什么会产生欺诈行为？
2. 买方如何防御网络欺诈现象？
3. 欺诈对电子商务有何危害？

### 1. 动态定价

网络使顾客的议价能力得以提高，顾客可以轻易地在众多供应商之间发现并比较价格。顾客还可以使用一种称做智能购物代理的基于软件的搜索系统，顾客使用该系统可以得到自动查询的比较性产品和价格信息。购物询价网站 Mysimon 使用智能购物代理提供产品和价格比较信息。智能购物代理对于那些具有相似性能和多个供应商的产品比较是十分有用的。

网络在任何时间、任何地点提供价格信息给所有买方和卖方的能力最终形成动态定价。动态定价意味着售价可以在标价基础上上下浮动，产品售价根据市场需求做出相应调整。如果需求太少，为了刺激产品销售，价格就会相应下调。如果需求太多，价格则会相应上调。航空业和酒店业企业使用动态定价软件，以适应顾客对可供产品和服务需求的变化。该软件可以适应市场需求及时进行价格调整。

### 2. 拍卖战略

拍卖战略可以通过汇集买主和卖主网上动态决定市场价格而增进顾客价值。拍卖可以发生于 B2C、B2B 和 C2C 三种电子商务模式。拍卖常常被 C2C 行业领袖 eBay 所采用。B2B 拍卖可能被行业性交易或个体企业组织管理。

　　eBay 是最大的 C2C 拍卖网站，卖主通过网站发布产品信息，竞拍人进行网上竞标。当拍卖结束，出价最高的人提交可以接受的付款方式。卖主支付 eBay 一定数额的手续费然后向买方发货。

　　企业可以采取拍卖的方式销售新产品或者库存过多的产品，也可以通过拍卖的方式采购商品。B2B 网络拍卖的运作与 C2C 基本相同。当企业想要购买物品或服务时，可以实施反向拍卖（逆向拍卖）的采购方式，几个供应商可以相互竞价获得这一采购项目。

### ▰ 课内测试

解释在电子商务环境下，价格是如何被影响的？

### 工学结合

　　张华是一家大型花园产品供应企业的网络营销经理，该企业向大量顾客提供种子、植物、园艺工具等产品和咨询建议及其他服务，她的职责是保证网络和技术能为其企业及顾客提供价值。

　　张华负责管理来自供应商的存货，也保证顾客能够容易而安全地参与到电子商务活动之中。她必须保证，当顾客需要时可以轻易地查找得到某一产品信息，也必须保证顾客在与企业联系服务时感到满意。她负责开发与维护顾客数据库，并把顾客数据库作为有效的顾客关系管理工具。

　　张华是市场营销专业的大学毕业生，有三年的网络客户经理工作经验。她具有很快的工作适应能力，能胜任多重任务，具有工作第一的精神，具有较强的组织管理与沟通技能，具有能够满足工作进度要求的承担工作压力的能力。张华能够独立工作，并积极与网络部门、第三方供应商及重要顾客互动沟通。

　　➲ **辩证性思考**

　　1. 辨析作为一名成功的网络营销经理应具备的技能？

　　2. 评估某一花园产品供应网站，明确被该企业使用的价值战略。张华怎样做才能维持企业的竞争优势？

## 评估练习

正确领会网络营销基本概念，将下列问题最正确的答案选出来。

　　1. 网络零售商可以让顾客使用个性化模特试穿服装，该企业使用的是哪种类型的价值战略（　　）。

　　　　a. 网络订购战略　　　　　　　　b. 服务战略

　　　　c. 个性化市场战略　　　　　　　d. 上述选项都不正确

2. 动态定价意味着（    ）。

a. 售价可以在标价基础上上下浮动　b. 价格只有到最后时刻才能确定

c. 没有人能预测到产品的价格　　　d. 上述选项都不正确

**分析思考**

尽可能完整地回答下列问题。

3. 个性化可以与顾客形成牢固的顾客关系。列出你希望实现个性化的产品类型。解释为什么这些产品将给你带来更高层次的满意度。

4. 假设你在负责销售产品给一家大型企业的工作，该企业希望其供应商能够通过反向拍卖共享该业务。解释反向拍卖将怎样影响你的业务。

## 第 10 章　评估测验

复习网络营销基本概念，将每个词汇前的字母写在与之相匹配的定义前。

（　　）1. 通过降低成本、改进质量、增加服务速度获得竞争优势。

（　　）2. 售价可以根据市场需求做出相应调整，在标价基础上上下浮动。

（　　）3. 致力于组织管理信息、产品、服务或支付等内容的数字化传递。

（　　）4. 在某些方面能够比竞争者提供更好的价值或者长期维持低成本。

（　　）5. 通过汇集买主和卖主网上动态决定市场价格。

（　　）6. 致力于通过向顾客提供便利的网络信息查询和网络购买获得销售增加。

（　　）7. 在产品开发过程中，通过网络沟通交流，提供顾客以个性化为基础的服务。

（　　）8. 为了提高效率而设计的某一特定活动实施方案。

（　　）9. 顾客可以得到比较性产品和价格信息的基于软件的搜索系统。

a. 拍卖战略

b. 业务流程战略

c. 竞争优势

d. 数字沟通战略

e. 动态定价

f. 电子商务价值链

g. 智能购物代理

h. 个性化市场战略

i. 网络订购战略

j. 定价战略

k. 服务战略

l. 价值链

将下列问题最正确的答案选出来。

10．网上广播向家庭网络用户发送电影剪辑。该网上广播使用的价值战略是（　　）。

    a．网络订购战略　　　　　　　　b．服务战略

    c．数字沟通战略　　　　　　　　d．上述选项都不正确

11．几个供应商可以相互竞价获得某一采购项目的是（　　）。

    a．拍卖　　　　　　　　　　　　b．反向拍卖

    c．价值链　　　　　　　　　　　d．上述选项都不正确

**分析思考**

12．选择一家服务企业。从服务业务的 4 个基本特征评论该企业所受到的电子商务技术的影响。这些变化会增加你对该业务的满意度吗？为什么？

13．在黑板上画图或制作 PPT，画图比较卓越、亚马逊（www.amazon.cn）与当地一家实体书店价值链的不同。通过这些价值链分析，这些企业各自从哪些环节获得竞争优势？

14．选择两家相互竞争的企业。创建一个 8 行 3 列的图表。列标题为战略、企业 1、企业 2，将 7 种价值战略分别填入第 1 列。在表中相应位置说明这两个企业所采用的价值战略，辨析各个企业形成顾客满意的根源是什么？

**工学结合**

15．营销算术　使用某一搜索比价网站，或者查询某一特定商品在各网站的价格。计算并比较价格差异的百分比。思考为什么同一产品在不同网站会出现不同的价格？

16．历史　教育最小限度地改变了其价值传递体系。使用 7 个价值战略建议未来的教育模式，该新模式将如何影响学生的满意度？

17．技术　实施你在活动 16 中所建议的教育模式，需要哪些技术手段？论证你的回答。

18．沟通　参阅活动 16 和 17，应用服务产品的四个特征分析你建议的教育模式将如何传递服务。比较和对比你建议的教育服务模式与传统的教育服务模式有何不同？

19．沟通　管理者和服务提供者一般不愿意改变他们所采用的价值传递方式。分析教师不愿意采用你在活动 16 中所建议的教育模式的原因是什么。提炼出能够说服教师使用你所建议的教育模式的理由。

 **项目导向**

项目的这部分内容将集中在你的企业如何规划其价值战略。

与团队成员一起完成下列活动。

1. 使用挂图或者 PPT，创建一个矩阵图，用以说明你企业的竞争对手如何实施本章内容所提到的 7 个服务战略。说明你的每个竞争对手在哪些方面具有竞争优势？指出你的企业为了应付竞争必须实施的价值战略，分析你的企业在哪些方面具有竞争优势。

2. 概括列出你所实施价值战略的具体做法。例如，如果你使用个性化市场战略，你将像淘宝网一样使用虚拟试穿模特？还是像亚马逊一样使用数据库提供个性化内容。

3. 绘图说明你企业的电子商务价值链，指出你企业价值链的哪部分需要自己完成，哪部分需要通过外包解决。

## 案例分析

### 吸取失败电子商务企业的教训

Pets.com、Furniture.com 和 Living.com 共同的特点是什么？因为它们曾经试图销售不适合电子商务的产品，最终导致这三个公司现在都已不复存在。

Pets.com 是一个向猫和狗的主人出售宠物用品的网站，Pets.com 诞生于.com 最辉煌的 1999 年。Pets.com 使用一个极具商业特色的布袋小狗描绘其商业利益。但是，Pet 通过网络供应的商品需求量很小，其原因在于这些商品随时可以在类似沃尔玛一样的超级零售商那里以合理的价格买到。商业计划的不足是许多电子商务最终导致失败的原因。许多早期电子商务企业失败的原因在于经营不善，没有得到很好的规划，以及不能很好地适应网络业务。

#### 务实一些

急功近利的企业家常常会使他们创意成功的可能性不断膨胀。那些失败的.com 公司最初就是抱着每年销售业务增长 100%～200% 的不切实际的期望而建立的。许多雄心勃勃的电子商务先锋并不像 eBay 和亚马逊一样，早已消失了。新生的网络公司已经从这些失败的企业那里吸取了不少教训。

#### 节约投资

失败的.com 公司常常有急功近利的企业主，这些投资人往往缺乏强有力的财务战略。资金常常被投资到设施、政党、宴会及个人特殊待遇等方面，从而导致金融危机。但是，有些公司却并没有与新财富失之交臂。

NetBank 节俭的总裁选择购买二手计算机设备和低租金的办公室。现在，该公司是最成功的网络银行。

#### 战略规划

成功的公司必须对其线上线下产品销售进行战略规划。在线销售应该是传统店铺与目录销售的有益补充。Circuit City 和 Best Buy 成功地实现了其在线业务和离线业务运营的有效整合。

### 发送货物

成功的电子商务企业必须提供可靠的货物交付。电子商务零售商应该保证商品库存以迅速满足客户的订单请求。顾客服务意味着不辜负顾客期望，如果因库存缺货而延迟交货应该及时通知顾客。糟糕的顾客服务是对任何零售商都置之不理。

### 价格适当

电子商务企业不应该把太多的注意力放在低价优势上。低价战略可能很快被竞争对手击败。很多顾客愿意为独特的产品和优质的服务支付高价。

消费者希望得到他们所购买产品精确的信息。常识和财务稳健是各类企业成功的必要因素。早期的电子商务爱好者经常吸取这些惨痛的教训。

### ➲ 辩证性思考

1. 为什么如此多的.com 公司都失败了？
2. 解释为什么人为因素是许多.com 公司失败的原因之一？
3. 顾客对.com 公司的期望是什么？
4. 为什么零售商开设在线和离线店铺都是重要的？

## 实践准备

### 网络营销管理团队决策

你和一位合作伙伴被 Vail 物业所有者聘请为营销顾问，Vail 是美国优秀的滑雪胜地之一。有许多在滑雪季节租金可能溢价的排屋和公寓，在 5 月到 9 月的淡季期间可以以合理的价格租到。拥有度假别墅的滑雪爱好者请 Vail 物业在温暖的季节将这些单元房出租出去。度假物业每次可以租用一个星期至数月的时间。Vail 物业保持淡季期间的租金。Vail 物业还从度假者那里收取租金，单元房拥有者则拿出租金的 30% 向 Vail 物业支付服务费。

Vail 物业的所有者就如何成为.com 公司希望得到你的建议。他们想要提供虚拟参观广告，并能接受网上预订。你必须告知 Vail 物业的所有者，为什么一些.com 公司已经失败了。你必须解释 Vail 物业如何做才能避免失败。Vail 物业的所有者也想知道这些问题的哪些环节与网站有关，原因是什么？

你有 10 分的时间规划你的报告，还有 10 分钟的时间向物业所有者解释你的战略，还有 5 分钟的时间回答问题。

### 评估指标

1. 解释决定是否开设.com 业务需要考虑的因素。
2. 理解通过网络广告宣传出租物业的价值。
3. 解释面向当前淡季游客可以使用的个性化战略。
4. 叙述网页上应该包括的信息内容。

5. 解释出租物业虚拟参观的价值。

### ➲ 辩证性思考

1. 为什么网络可能成为 Vail 物业的广告媒体？
2. 为什么给出租物业提供虚拟参观是一个好创意？
3. 为什么跟踪网站访问者是重要的？

# 网络促销

## 宝马的行动计划

BMW，全称为巴伐利亚机械制造厂股份公司（德文：Bayerische Motoren Werke AG），创建于 1916 年，是德国一家世界知名的高档汽车和摩托车制造商，总部位于慕尼黑。BMW 在中国内地、中国香港地区与早年的中国台湾地区又常称为"宝马"。80 年来，它由最初的一家飞机引擎生产厂发展成为今天以高级轿车为主导，生产享誉全球的飞机引擎、越野车和摩托车的跨国公司，名列世界汽车制造业前 20 名。

宝马购买者通常比普通汽车购买者要富有。这个富裕市场有 85% 以上的人在访问经销商之前，会通常使用网络信息支持其购买决策。宝马通过传统促销媒介告知人们其品牌信息。广告激发人们的兴趣，激励消费者在网上查询更多的信息。

宝马网站可以让访问者观看其汽车。潜在购买者可以使用富媒体在网站上设计其理想的汽车。他们可以保存他们所喜好汽车的信息，或者通过电子邮件发送给经销商。该网站也通过主办聊天室来促进顾客关系。

宝马公司为其汽车规划了独特的网络促销战略，用好莱坞的大手笔演绎汽车的性能，令人疑惑是广告还是大片。它聘请好莱坞导演李安（《卧虎藏龙》）、约翰·弗兰肯海默（《驯鹿游戏》）、盖·里奇（《偷拐抢骗》）为其执导广告片，通过五分钟的动作视频广告展示宝马汽车。在演员方面，宝马公司也不马虎，它使用了克里夫·欧文、米基·洛克和麦当娜等电影明星，拍摄每部视频广告的成本都超过了 100 万美元。2001 年 4 月，这些影片首先在宝马网站发布，到 2001 年 12 月，这些视频的点击率超过 1 200 万次，宝马公司还在电视广告中推广其视频。

### ➲ 辩证性思考

1. 为什么你认为宝马公司通过互联网与其目标顾客建立联系？
2. 为什么宝马网站上包含聊天室、产品定制和网络视频？
3. 列举宝马公司的网络促销战略与印刷广告和电视广告相比具有的优点？

## 11.1　促销

**教学目标**

1. 解释 AIDA 模型如何与促销过程相适应。
2. 解释超媒体在促销组合中的作用。

**任务驱动**

汽车租赁公司是极具竞争性的。它们必须得到顾客的注意并说服他们从其代理机构租赁汽车。许多顾客为了满足其旅行需要，通过互联网研究并预定汽车租赁服务。了解到这一点，许多汽车租赁公司正在把它们的广告转移到互联网之上。

因为互联网可以使广告信息更有效地到达顾客，并可以提供可衡量的结果，汽车租赁公司使用互联网开展促销活动。

Thrifty（斯瑞弗提或富田）汽车租赁公司是北美三大租车集团之一，该公司将其大约 100 万美元广告预算的 25%投资到了互联网之上。类似 Thrifty 的汽车租赁公司一般在传统广告上的投入要更少一些。

与同学一起讨论，你会如何决定从某一具体的汽车租赁公司租赁汽车。你会向一家你不熟悉的汽车租赁公司租赁汽车吗？为什么？浏览一家汽车租赁网站，叙述它是如何推广其服务的。

### 11.1.1　促销目标

互联网为企业开辟了一套新的沟通渠道，企业可以利用这些渠道抵达其目标受众。

促销是一种通过设计实现通知、劝说和提示顾客有关企业产品或服务信息的沟通形式。互联网有利于促进促销目标的实现。例如，可以通知顾客新产品信息，劝说顾客浏览某一店铺，提示顾客企业的地理位置等。

#### 1．电子商务企业促销目标

电子商务企业设定的促销目标包括以下 6 个方面：

- 吸引目标顾客访问企业网站；
- 增加企业网站的独立用户访问量；
- 获取销售线索或电子邮件列表对象；
- 收集目标顾客资料；
- 完成销售；
- 促进产品和品牌忠诚。

#### 2．AIDA 模型

传统广告业通常会用到"AIDA"模型，AIDA 中的 4 个字母分别代表注意（Attention）、兴趣（Interest）、愿望（Desire）和行动（Action），它们是消费者做出购买决策的逻辑过程。

该模型表明，必须使顾客意识到企业的产品或服务，广告向目标顾客推销产品所产生的影响可以划分为注意、兴趣、愿望和行动四个阶段。注意导致兴趣，兴趣引发愿望，愿望最终导致购买行为的产生。

因此，在考察某一广告活动的效果时应该分别测量广告是否或者在多大程度上引起了消费者的"注意"、激发了他们的"兴趣"、刺激了他们的"愿望"、改变了他们的"行为"或者"行为意向"。

企业为了实现其目标常常会用到促销组合策略。促销组合策略包括广告、人员推销、销售促进和超媒体。当前，许多电子商务促销活动需要组合运用传统的促销方式与超媒体，仅依靠超媒体不可能使企业实现其促销目标。

在促销过程中，市场营销者使用 AIDA 模型指导其战略规划。通过战略规划与实施获得目标受众注意，以实现企业的通知性促销目的。通过激发受众对企业产品或服务的兴趣和愿望，实现企业的劝说目的。通常，企业会设立促使目标受众采取某种行动的目标。在许多情况下，单一的信息或媒体很难使受众实现 AIDA 各阶段的转移。企业可以参照以下几个建议完善其 AIDA 模型。

（1）注意。应用传统媒介创建品牌注意，通过线下广告促使受众形成对企业网站的注意。使用搜索引擎确保企业网站易于被发现。在其他网页上发布网站推广广告或者设置链接。发送如同直复营销一样的目标电子邮件以获得目标受众最初的注意。

（2）兴趣。使用个性化的沟通方式满足个体消费者的需要。使用富媒体发送有目标的、经过许可的电子邮件。

（3）愿望。开发能够吸引目标受众的网站设计和内容。包括保持网站受众的关系发展要素。能够实现产品性能比较和个性化设计。

（4）行动。使用促销活动诱发行动。使用推荐书或者展示模拟产品。设计安全而友好的订购系统。

## 课内测试

列举并解释 AIDA 模型的几个阶段。

### 现实视点

网站必须有足够的财务支持。一种财务支持办法是广告销售。但是，网络冲浪对充满太多广告的网站的反感越来越大。一项研究表明，63%的网络冲浪者将远离那些每页充塞两个以上广告的网站。青少年更可能拒绝那些杂乱无章的网站。这种对网站广告不容忍的态度，使得网站借以存活的网络广告变得举步维艰。

⊃ 辩证性思考

1. 解释为什么许多人不喜欢在一个网页上看到两则以上的广告。为什么网络冲浪者将远离那些杂乱无章的网站？

2. 比较网络广告和那些布满杂志和报纸的广告。

## 11.1.2　促销组合

### 1．促销组合与 AIDA

对于实现特定的沟通目标，促销组合中的每一项元素可以说都是各有所长的。整合营销沟通战略综合应用在多种媒体形式以实现激发目标顾客购买愿望的目的。这种战略包括应用超媒体技术在促销活动之中。超媒体提高了企业知名度，并开创了新的商业机会，也为企业接触新顾客节约了大量时间和资金。图 11-1 表明，包括超媒体在内的促销组合要素如何影响AIDA 模型的 4 个阶段。图中颜色越暗表示该促销方式在 AIDA 相应阶段影响作用越大。

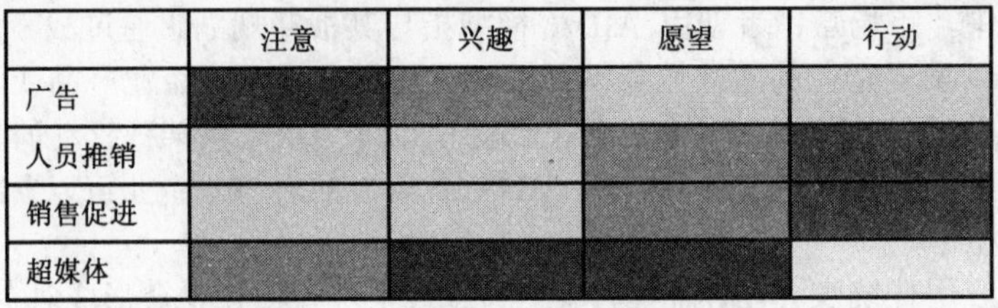

|  | 注意 | 兴趣 | 愿望 | 行动 |
|---|---|---|---|---|
| 广告 |  |  |  |  |
| 人员推销 |  |  |  |  |
| 销售促进 |  |  |  |  |
| 超媒体 |  |  |  |  |

图 11-1　促销组合与 AIDA 矩阵

在引起注意阶段的广告是最有效的促销方式，在激发兴趣阶段所发挥的作用较大，但在激发购买愿望和引起购买行动阶段发挥的作用却较小。使用推销人员的成本较大，人员推销在引起注意阶段发挥的作用不大，但在激发愿望和最终形成购买行动阶段却作用较大。类似有奖销售、POP 陈列的销售促进在形成购买行动阶段作用最大。超媒体在激发兴趣和愿望阶段作用最大，但也可以运用在促进购买选择和做出购买决策等方面。

### 2．超媒体

传统媒体使用信息吸引和保持受众的注意力。网站与传统媒体不同，顾客必须积极地通过链接登录企业网站查询信息。信息发送者只有经受众许可、企业产品的品牌名称只有被受众所认知，多媒体信息才会被浏览或与之进行互动。如果顾客并不知晓企业的网站，他们肯定不会访问企业的网站，如果顾客不了解企业的品牌名称，他们也不会点击与之相关的链接。

**课内测试**

叙述超媒体在促销组合中的作用。

 **课外资料**

顾客有许多可供选择的媒体。通常，在某一时间段，他们不会只使用一种媒体。一项针对 25～34 岁年轻人的调查显示，有超过 30%的人既会网络冲浪也会看电视。

## 评估练习

正确领会网络营销基本概念，将下列问题最正确的答案选出来。

1. 一种通过设计实现通知、劝说和提示顾客有关企业产品或服务信息的沟通形式是（ ）。

    a. 广告              b. 电子邮件

    c. 促销              d. 上述选项都不正确

2. 下述选项不属于 AIDA 模型组成部分的是（ ）。

    a. 注意              b. 兴趣

    c. 指导              d. 行动

### 分析思考

尽可能完整地回答下列问题。

3. 选择一家你熟悉的全国餐饮连锁企业。分析该企业是如何吸引你的注意的，说明该企业是如何激发你的购买愿望和需要的。分析该企业怎样做才能促使你产生行动？

4. 选择一家你熟悉的全国服装零售连锁企业。说明该企业使用的各种媒体。你是否认为该企业有一套用于沟通的促销组合策略。为该企业提供一份改进促销组合策略的建议。

## 11.2 电子商务中的 AIDA

### 教学目标

1. 解释市场营销者如何吸引受众的注意。

2. 讲述如何通过超媒体激发兴趣。

3. 讨论市场营销者如何激发顾客愿望和行动。

### 任务驱动

福特水星部进行了总的广告预算缩减。应对预算缩减的战略包括各种媒体的应用。水星的目标市场已经对该品牌有所认识与了解。水星部计划通过直邮的方式向其目标市场传递信息。除此之外，水星部认识到其顾客情况与和 AOL 一致，还和 AOL 就广告投放建立合作伙伴关系。

福特水星在 AOL 上发布弹出广告、旗帜广告和富媒体视频广告，还赞助了美国在线有关生活方式方面的一些网页。福特设计了一件促销赠品活动，在此活动中，水星蒙特雷被赠出，参加者只有提交他们的名字和电子邮件地址才可以进入该画面。

与同学一起，评估福特水星的广告战略，解释福特为什么会选择网络广告战略。列出该战略相对于传统媒体战略的优势？解释为什么福特要求人们选择接受该赠品？

## 11.2.1 注意

在受众被通知或说服之前，市场营销者必须首先得到受众的注意。互联网不一定是吸引受众注意力的最好媒体。类似电视、报纸和杂志的传统媒体常常用于提高受众对电子商务企业及其网址的认知。企业的网址应该出现在其广告文案、商务卡片、电子邮件以及发布在其他网站的旗帜广告中。现在，超过 90%的印刷广告包含有网址。

### 1. 搜索引擎

搜索引擎是顾客用来查询产品信息的最基本的工具。搜索引擎根据用户所提交的信息请求审查数据库，然后提供给用户所查询信息的链接地址。搜索引擎是提升网站认知度最具成本效益的方式。但是，它并不能保证人们会选择访问或者会记住该网站。

许多搜索引擎，如 Google，是使用网络蜘蛛（Web Spiders）收集站点信息的。网络蜘蛛是一个很形象的名字。把互联网比喻成一个蜘蛛网，那么 Spiders 就是在网上爬来爬去的蜘蛛。网络蜘蛛通过网页的链接地址来寻找网页，从网站某一个页面（通常是首页）开始，读取网页的内容，找到网页中的其他链接地址，然后通过这些链接地址寻找下一个网页，这样一直循环下去，直到把这个网站所有的网页都抓取完为止。如果把整个互联网当成一个网站，那么网络蜘蛛就可以用这个原理把互联网上所有的网页都抓取下来。用户输入某一信息查询请求，搜索引擎可能会返回大量的匹配记录（通常有几百万条）其中大量记录其实并不适合查询者的兴趣。

搜索引擎使用特定的标准决定哪些站点排列在搜索结果首位，或者排列在搜索结果开头。搜索引擎所用标准包括网站关键词的数量、从其他网站链入的数量、网站更新的频率，网站的点击率、特定文本的相关度，以及其他一些只有搜索引擎管理者才知晓的因素。排列在搜索结果前面的常常是那些规模较大并为此位置付费的企业。

搜索引擎可能收录数十亿的网页，这个数字其实仅占到可获网页总数很小的比例。许多网络用户在浏览返回的搜索结果的前两页后就会选择放弃，不再继续浏览下去。由于网站很可能会淹没在搜索结果列表中，因此，电子商务企业也不应该仅仅依靠搜索引擎获得关注。

 **网络营销误区**

*许多人认为搜索引擎可能是清白如纸的电话簿，其实，搜索引擎更像一个仅能看到搜索引擎付费排名企业的黄页。根据美国联邦贸易委员会（FTC）的定义，"paid placement"是指：可以让一个网站或 URL 通过付费的方式在搜索结果列表中获得较高排名的任何程序，如果按照相关性自然排名的结果，这些网站或者 URL 的排名不应该占有付费才能得到的位置。许多网络用户并不会意识到，搜索引擎会把那些付费客户的网站排列在最靠前的位置。*

研究表明，消费者对那些不明显标明搜索引擎付费排名企业的搜索引擎将失去信任。美国联邦贸易委员会发布一封公开信，要求搜索引擎在搜索结果中明确和突出地披露搜索引擎付费排名企业。

**➲ 辩证性思考**

1. 将付费企业信息排列在搜索结果前面是否公平？为什么？

2. 站在搜索引擎网站的立场考虑这个问题。分别就"搜索引擎提供的是一种公共服务"和"搜索引擎是为了赢利而设计的"两种情况做解释。

3. 对于付费搜索结果，搜索引擎付费排名企业的告知是否让你感到更舒服一些，为什么？

### 2. 超链接

企业常常在网站或者电子邮件等超媒体中使用链接吸引受众的关注。这些链接可能出现在网络广告、赞助广告、联盟营销计划（Affiliate Marketing Programs）等处。赞助式广告将公司品牌信息整合到经过编辑加工后的网页内容中。例如，企业可以赞助某一新闻站点或者某一社区电子公告板（Bulletin Board System，BBS）。

联盟营销计划也称网站联盟计划，包括提供链接到某一商务网站的内容网站。其运行机制为，商务网站为自己的产品设置一个联盟计划，其他站长可以参加这个联盟计划，参加联盟的站长会得到一个联盟网站链接，站长把这个代码放在自己的网站上，或通过其他形式推广这个联盟计划链接。消费者通过联盟计划链接给商务网站带来销售额，站长将得到一定比例的提成或佣金。联盟营销计划是一种低成本获得新顾客的方法。

**▓▓ 课内测试 ▓▓▓▓▓▓**

解释搜索引擎在得到受众注意方面所发挥的作用。

## 11.2.2 兴趣

顾客在采取购买行动之前，必须首先对产品或服务具有兴趣和愿望。电子商务促销战略必须给网站访问者一个令人信服的理由留下来。令人信服的理由可以通过网站设计和网站内容形成。

### 1. 网站设计

网站设计必须考虑企业的沟通目标，受众的性质和受众正在使用的技术。网站访问者浏览主页后很快决定是否浏览该网站。

### 2. 网站内容

网站必须具有精心组织的内容，可以让访问者容易地获得信息。许多网站提供搜索引擎。如果不能发现他们所寻找的内容，人们通常就会马上离开该网站。

网站内容应该不断更新。网站内容的类型取决于潜在顾客所使用的浏览器。对于具有高速宽带连接的目标市场，网站常常包括富媒体。对于速度较低的带宽，网站内容应该以文本内容为基础。

网站内容应该能够吸引目标受众。例如，儿童网站应该具有丰富的动画；商务网站则应该基于信息而设计，可以让用户快速地发现信息。

■■■ **课内测试** ■■■

叙述站点设计在激发兴趣方面的作用。

### 11.2.3　愿望

个性化服务是激发电子商务愿望最有效的工具之一。访问者在网站注册后，所提交的个人信息可以被企业将来用以提供个性化服务。一项研究表明，接近 75%的个人认为，个性化服务是形成满意购物体验的重要因素。

网站使用信息记录程序 Cookies 跟踪网络行为用以提供个性化服务。Cookie 是驻留在用户浏览器上的一段简短的代码，可以使网站服务器辨别有哪些人正在访问网站。当用户初次访问某网站时，网站会发送 Cookie 到用户浏览器上。Cookie 不能识别个人但可以识别用户所使用的计算机。记录网络冲浪者行为所提供的数据资料给自动化软件，该软件产生的个性化内容和设计传送回浏览器。Cookies 是一种能够让网站服务器把少量数据储存到客户端的硬盘或内存，或是从客户端的硬盘读取数据的一种技术。当你浏览某网站时，由 Web 服务器置于你硬盘上的一个非常小的文本文件，它可以记录你的用户 ID、密码、浏览过的网页、停留的时间等信息，当你再次来到该网站时，网站通过读取 Cookies，得知你的相关信息，就可以做出相应的动作，如在页面显示欢迎你的标语，或者让你不用输入 ID、密码就直接登录等。

激发购买愿望最有效的促销战略之一是直接面向现有顾客的电子邮件营销，即针对特定目标传递个性化信息的战略。由于成本较低，电子邮件营销与其他直复营销技术相比，具有更好的投资回报。每次直邮联系的成本可能是每次电子邮件联系成本的十几倍。在企业发出的大量邮件中，高达 40%的目标电子邮件被用户打开阅读，其中几乎有 9%的电子邮件被目标用户点阅邮件中所列出的超链接部位，链接进入邮件所推广的网站。

### 11.2.4　行动

行动并不意味着产生购买行为，行动的目标可以包括促使网络用户访问某一网站或者获得高点击率。网站点击率（Click Through Rate，CTR）是人们通过其他网站点击进入企业网站的百分比。例如，100 个人看到了你的关键词广告，其中 5 人点击访问了你的网站，那么网站点击率就是 5%。行动的目标也可以是收到完成的调查问卷，获得线索，或者产生来自潜在顾客的信息请求。企业越适应其目标市场的特定需要，产生行动的机会也就越多。

富媒体在激发行动方面十分有效。一项研究发现，富媒体的点击率是 2.7%，而没有富媒体的网站点击率却仅有 0.27%。

电子商务可以通过提供类似奖券或免费货运的优惠鼓励网络用户采取购买行动。提供与顾客愿望请求和相似的产品建立链接的搜索引擎也可以产生行动。创建有关产品使用感言和评论的论坛也可以影响行动。

### 课内测试

列举与电子商务促销活动有关的 5 项目标。

## 评估练习

正确领会网络营销基本概念，将下列问题最正确的答案选出来。

1. 下列哪项方法可以在网站上用于激发网络用户兴趣（　　）。

    a. 科学组织的内容         b. 提供搜索引擎

    c. 不断更新站点内容      d. 上述选项都正确

2. 驻留在用户浏览器上的一段简短的代码，可以使网站服务器辨别有哪些人正在访问网站的是（　　）。

    a. Spider           b. Cookie

    c. Bot             d. Search engine

### 分析思考

尽可能完整地回答下列问题。

3. 你被一家新创电子商务企业聘用。你将如何通知你企业的目标顾客。指出你计划使用的目标和媒体。

4. 你为这家新电子商务企业获得高点击率设定了促销目标。设计一则你觉得可以实现该目标的网络广告（弹出广告、旗帜广告或其他网络广告）。论证你所选用的广告类型与设计。

## 11.3 电子商务广告

### 教学目标

1. 讲述常用网络广告的种类。

2. 解释在电子商务环境下，如何测量广告效果。

### 任务驱动

广告主一直希望得到最佳的投资回报。广告行业领先的贸易杂志《广告时代》实施的一项研究发现，一些媒体广告的投资回报率极低，投资回报率最低的是有线电视，而且也是最难测量的广告媒体。

投资回报率最高的媒体是直邮广告，其次是互联网。另外一项研究发现，目标电子邮件的投资回报率甚至要比直邮广告还要高。成功在于企业识别特定顾客需要和通过有效信息定位受众的能力。

与同学一起，列举电视广告的影响难以测量的原因有哪些。然后列举网络广告易于测量的优点。预测未来广告收入在这两种媒体之间如何被各类企业分配使用。

 **课外资料**

　　根据艾瑞咨询即将发布的《2009—2010年中国网络广告行业发展报告》数据显示：2009年中国网络广告市场先抑后扬，全年市场规模达207.3亿元，同比增长21.9%。艾瑞咨询预计2010年中国网络广告市场规模将加速增长，预计突破300亿元。

## 11.3.1　网络广告

在媒体上的促销性刊载活动就是广告。广告媒体是用于向公众发布广告的传播载体，是指传播商品或劳务信息所运用的物质与技术手段。目前，网络广告市场正在以惊人的速度增长，网络广告发挥的作用也越来越大，以致广告界认为互联网将成为第五大广告媒体。

与传统的四大传播媒体（报纸、杂志、电视、广播）广告及近年来备受垂青的户外广告相比，网络广告具有得天独厚的优势，是实施现代营销媒体战略的重要组成部分。网络广告与传统广告在设计和跟踪广告活动实效方面存在着明显的差异。

### 1. 旗帜广告

网站建设中，常常在网页中分割出一定大小幅面的区域（视版面规划而定）发布广告，因其像一面旗帜或悬挂的横幅，故称旗帜（Banner）广告或横幅广告。旗帜广告是应用最为普遍的网络广告方式。旗帜广告类似于刊载在印刷媒体上的广告，通常是具有不同尺寸的矩形信息。小型旗帜广告一般也称按钮广告。高而窄的横幅广告被称为擎天柱广告。为了吸引人们的眼球，旗帜广告常常使用动画、JAVA程序和多媒体。旗帜广告在形成产品认识以及传播产品信息方面具有较大作用，但是，在获得点击率方面却不是十分有效。美国互联网广告中心已经为网络设定了尺寸标准，这些标准的设立可以让广告主对不同网站的网络广告进行价格比较。

旗帜广告会因出现在网站页面上的位置、幅面尺寸不同而收费不同。一个好的旗帜广告，通常应该使用具有震撼力的词汇，广告词应简单、明了、直截了当，文字与图形的设计及色彩、动画应相互协调。

旗帜广告一般可以划分为链接型和非链接型两类。非链接型旗帜广告不与广告主的主页或网站建立链接，浏览者点击后可以打开该广告，进一步了解具体详细的广告信息。链接型旗帜广告与广告主的主页或网站建立链接，浏览者点击后可以直接链接到企业的网站页面。

### 2. 弹出式广告

弹出式广告也称插播式广告，插播式广告包括弹出广告、背投广告和浮游广告。当一个网站被打开时，弹出式广告会自动加载并展示内容。背投广告是打开网站页面时在当前页面的背后弹出的一个窗口广告，不会影响用户的正常浏览也不会被用户及时关闭，当用户把所有的网页都关闭的时候它还会在计算机桌面上存在着。该类广告能够迅速吸引浏览者的注意，能让浏览者留下深刻影响。具有独立页面、大幅显示的特点。

浮游广告是一种可以在屏幕上移动的小型图片广告。用户只要点击该图片，该移动图片广告就会自动扩大展示广告页面。

精心设计的插播式广告可能是有效的。但是，不可否认的是，许多消费者认为插播式广告是极其烦人的。大量知名网站都采取措施限制插播式广告。网络用户可以安装专门的软件阻止插播式广告的弹出窗口。

## 11.3.2　网络广告测量

广告主总是关心他们广告投入的效果。理想的广告效果测量体系应该反映有多少人看到该广告（覆盖面）、人们会看到该广告多少次（频率），人们什么时间观看广告，广告是否实现了通知、劝说和提示等促销目标。对于传统媒体，在广告的插播和效果测量之间几乎总会有滞后。广告主必须通过研究明确，传统广告是否被人们看到，以及该广告是否产生一些效果。而网络可以即时跟踪实际的广告暴露率。正因为这种及时反馈，广告主可以改变他们如何支付网络广告的投放，他们需要借助一些类型的广告测量工具按照广告效果付费。

### 1. 广告效果测量

广告主希望确定最具成本效益的方式获得来自他们目标受众的信息。千人印象成本（CPM），即以广告图形被载入 1 000 次为基准的网络广告的收费模式。例如，报 CPM 价为 50 元，若有 10 万个用户点击了该广告，则广告发布者向广告主收取 5 000 元广告费。由于这种方式对广告发布者有利，因此广告发布者愿意采取这种收费方式。

CPM 是被广告主使用的传统的成本测量指标或付费方式之一，广告主可以通过比较媒体的 CPM 选择媒介。其计算公式为

$$CPM=（广告创作成本+媒体刊载成本）\div广告点击达到千人次$$

传统媒体在内部或外部审计的基础上报告受众规模。而网站却可以自动报告总体受众和

独特的个别受众。网络 CPM 常常要高于其他媒体，但是，到达目标市场的能力却可以使网络更具成本效益。

　　网络广告主可以将消费者行为与广告监测建立连接，这种能力可以产生新的基于效果的支付测算体系。按效果付费可以将广告风险转移给媒体。如果媒体不能产生预期的效果，它将得不到广告主的付费。目前，国际上通用的网络广告效果测量指标主要有以下 4 种。

　　（1）CPC，即千人点击成本（Cost Per Click），是以广告图形被点击并链接到相关网址或详细内容页面 1 000 次为基准的网络广告收费模式。由于这种方式是建立在用户进一步阅读广告的基础上的，因此广告主更倾向于这种方式。

　　（2）CPA，即每次行动成本（Cost Per Action），是根据每个访问者对网络广告所采取的行动收费的定价模式。对于用户行动可以是形成一次交易、获得一个注册用户或者对网络广告的一次点击等。这是广告主为了规避广告费用风险，按投放的广告引起的受众行动次数来计数的，而不限广告投放量。

　　（3）CPL，即每次引导注册成本（Cost Per Lead），是按照浏览广告后通过特定链接到服务商指定网页并注册成功的用户数量计费。一般限定一个 IP 在 24 小时内只能点击一次。

　　（4）CPA，即每获顾客成本（Cost Per Acquisition），是获得一位顾客所需支付的费用。

### 2. 广告拦截

　　网络广告活动中，由于广告拦截软件的帮助，主动权实现了由企业向消费者的转移。消费者可以购买广告过滤器软件审查文件和文件类型，以反击需拦截广告列表中的广告、插播式广告或者动画旗帜广告。企业为了提高网络运行速度也常常使用广告拦截软件。一些广告主也采取相应措施阻击那些使用广告拦截软件的个人。

 **网络知识**

　　在家庭消费市场，DVR（Digital Video Recorder，数码录像机）正在取代 VCR（Video Cassette Recorder，卡带式影像录像机）。DVR 用硬盘取代了传统的录像带，具有录制节目的功能。

　　在美国，购买一台 TiVo，每个月付 12.95 美金，就可以录制下所有自己喜欢的娱乐节目。TiVo（TV in Video out）是一种数码录像机。它用硬盘存储，可以直接连接到电视机上，最多能录制 140 个小时的节目。TiVo 可以搭配有线电视，卫星收视或是无线收视等系统。它通过每天一次定期的与服务中心的联网，提供最新的节目表信息，并由此提供点选式菜单，使用户可以轻松设定要录像的节目。

和传统录像机比起来，这种新产品有不少优势。它像录像机一样也具有手动设定预约录像的功能，使用者不一定非要等在电视机前，而是事先确定好录制的时间就可以了；而且使用硬盘当做存储媒体，可以说不需要再为录像带和录像时间伤脑筋了。像 TiVo 这样的数码录像机还可以接收指令，自动剪辑电视节目中插播的广告，这样使用者就不必把时间浪费在不想观看的广告上面。比传统录像机最高明的一点是，即使一段节目尚在录制过程中，也可以随时暂停、慢放，甚至回放，又不影响机器正在进行的录像工作。

可以预测，使用 DVRs 的家庭会越来越多。这一变化将极大地改变电视广告的有效性和电视节目的收入体系。电视广告业可能因此损失几十亿元的收入。

### ➲ 辩证性思考

1. 如果广告可以被观众选择性跳过，预测传统电视广告的未来发展前景。
2. 在观众可以跳过广告的情况下，设计产品电视广告战略。
3. 推荐一个能够取代电视广告的媒体。

### 3. 广告策划

广告策划通过企业电子商务战略与媒体的有效结合实现其战略目标。一项研究重点调查企业如何规划其广告活动，这项研究关注企业如何提高企业知名度、增强企业美誉度以及了解顾客怎样做出购买决策。对于大多数产品而言，电视和口碑传播在提高知名度方面作用最大。超媒体在美誉度和购买决策方面发挥的作用最大。

美国互动广告局发布一项研究报告，该项研究重在测试浮游广告和普通旗帜广告两种广告形式的效果。该广告由美国 Bandy Carroll Hellige 广告公司策划，广告主是麦当劳，广告主题为"（美国）肯塔基赛马会推广"，包括使用传统媒体，其目标是为将来的营销活动形成一份许可电子邮件列表，其目标受众为 18～49 岁的成人。通过跟踪软件形成的网络行为跟踪结果表明，浮游广告在三周内以 6.4% 的点击率形成 48 872 的总展示频率（即网络广告接受浏览的次数），点击该广告的人群中，有 32.6% 进行了注册，有 15% 选择未来的促销活动。传统的旗帜广告虽然形成 1 050 697 的总展示频次，但仅有 0.01% 的反应率。浮游广告在获得点击率方面具有超过旗帜广告 640 倍的表现。

### ▓▓▓ 课内测试 ▓▓▓

列举并解释 3 个网络广告效果测量指标。

### 工学结合

暑假期间，小丽在一家广告公司实习，在互动营销总监领导下工作，她协助广告和营销专业人士完成一些具体项目。她的工作职责包括，收集用来评价网络广告效果的信息，测试各种搜索引擎营销方案，并协助完成提案和发言。小丽满怀激情，因为，她也将向试图登录网络广告账户的客户进行销售说明。

最后，小丽希望获得互动营销总监这个职位。她认识到这个职位不仅是广告策划，而且还包括制定沟通战略、做出广告投放建议、评价广告效果等。

#### ⊃ 辩证性思考

1. 评价互动营销总监这个职位，明确小丽成功获得互动营销总监这个职位需要具备的知识和技能。

2. 假设你将向试图登录网络广告账户的客户进行销售说明。概括说明客户选择你们公司作为其广告代理机构的主要原因。

## 评估练习

正确领会网络营销基本概念，将下列问题最正确的答案选出来。

1. 当一个网站被打开时，会自动加载并展示内容的广告是（　　）。

    a. 旗帜广告　　　　b. 弹出式广告　　　　c. 汽车广告　　　　d. 点击率

2. 广告主常用的传统的按照效果付费的方式是（　　）。

    a. CPM　　　　　　b. CPC　　　　　　c. CPA　　　　　　d. CPL

### 分析思考

尽可能完整地回答下列问题。

3. 沟通　你正在一个网站上发布一则企业的广告。准备一个论据论证按照效果付费而不是按照位置付费。指出这种付费方式对企业和该网站而言各有何优点。

4. 广告拦截可能限制企业与其目标受众沟通的能力。比较广告主、广告刊载网站与顾客关于广告拦截正反两方面的意见。

## 第 11 章　评估测验

复习网络营销基本概念。将每个词汇前的字母写在与之相匹配的定义前。

（　　）1. 排列在搜索结果开头的站点。

（　　）2. 根据用户所提交的信息请求审查数据库，然后提供给用户所查询信息的链接地址。

（　　）3. 包括广告、人员推销、销售促进和超媒体。

（　　）4. 驻留在用户浏览器上的一段简短的代码，可以使网站服务器辨别有哪些人正在访问网站。

（　　）5. 将公司品牌信息整合到经过编辑加工后的网页内容中。

（　　）6. 综合应用多种媒体形式以实现激发目标顾客购买愿望的目标。

（　　）7. 也称网站联盟计划，包括提供链接到某一商务网站的内容网站。

（　　）8. 在媒体上的促销性刊载活动。

（　　）9. 当一个网站被打开时，会自动加载并展示内容。

（　　）10. 人们通过其他网站点击进入企业网站的百分比。

（　　）11. 网络广告接受浏览的次数。

（　　）12. 发布在网站上的类似于刊载在印刷媒体上的广告。

（　　）13. 以广告图形被载入1 000次为基准的网络广告的收费模式，是被广告主使用的传统的付费方式。

a. 广告

b. 联盟营销计划

c. AIDA

d. 旗帜广告

e. 点击率

f. Cookie

g. 千人印象成本（CPM）

h. 展示频次

i. 整合营销沟通战略

j. 弹出式广告

k. 促销组合策略

l. 搜索引擎

m. 赞助式广告

n. 搜索排名首位

将下列问题最正确的答案选出来。

14. 下列选项不属于根据效果付费方式的是（　　）。

    a. CPM　　　　　b. CPA　　　　　c. CPL　　　　　d. CPC

15. 最有可能出现在搜索引擎搜索结果首位的网站是（　　）。

    a. 有大量来自其他网站的链接

    b. 经常会受到大量点击

    c. 那些规模较大并为此位置向搜索引擎网站付费的企业

    d. 拥有大量关键词

**分析思考**

16. 整合营销沟通战略使用多种媒体实现其战略目标。撰写一份战略说明，分析一家电影院如何使用传统媒体和超媒体实现其沟通目标。

17. 参考活动16，在挂图或PPT上，创建促销组合和如同图11-1的AIDA矩阵图。解释你建议的每一种媒体如何实现 AIDA 目标。

18．为剧场规划一个仅使用超媒体引起其目标市场注意的战略。列出这种方法的优势和劣势。叙述个性化在此战略中将发挥的作用。

**工学结合**

19．技术　登录你偏爱的搜索引擎，搜索一项你喜爱的体育运动。指出排列在搜索结果首位的网站的类型。如果你要查找一家小型企业网站，其链接信息在搜索结果中会有多远？推测为什么这些企业的信息会出现在搜索引擎首位。分析这些企业是付费排名吗？

20．假设　你正工作在下一代互联网上。未来的互联网将提供宽带通信到无线设备。估测促销组合将如何变化。规划一套使用这种新技术实现促销目标的战略。

21．营销算术　经理为你们企业网站设定了获得 1 000 次点击率的目标。你了解到旗帜广告的平均点击率是 1%，个性化电子邮件是 25%。旗帜广告的 CPM 是 15 元，个性化电子邮件的 CPM 是 250 元。通过计算说明，哪一战略更具成本效益。

 **项目导向**

项目的这部分内容将集中在你的企业如何规划其促销目标。

与团队成员一起完成下列活动。

1．为你的企业确立具体的促销目标。你正在注意通知、劝说或提示目标受众吗？你希望获得注意、兴趣、愿望或行动吗？如果你想行动，说明你正在寻求的行动类型，如选择或购买。

2．参照图 11-1，在挂图或 PPT 上展示说明你企业实现其目标的促销组合和 AIDA 矩阵图。说明你在各单元格使用的具体媒体。例如，说明你将如何使用报纸、广播、电子邮件和网络广告。针对每一单元格，说明你将使用的具体战略，如设计或个性化等。

3．说明你的企业愿意以哪种形式支付其广告费用。你希望在基于 CPM 付费和基于效果付费之间选择哪一种？说明哪种媒体可以实现按照效果付费。

 **案例分析**

### 日益普及的政治网络营销

超过 50% 的美国人使用互联网。政治家也意识到了网络互动的重要意义。网络已经成为选举获胜、募集资金、招募志愿者、阻止法案通过。政治家只要单击一下鼠标就可以使用互联网将重要的信息发送给成千上万的选民或特殊利益集团成员。

在收集为实现变革的签名请愿书能够生效所需人数方面，网络营销也具有重要作用。加州居民可以上网填写表格要求邮寄给他们一份请愿书。加州 2003 年的特别选举罢免了州长戴维斯，展示了独特的政治环境。载有足够多选民签名的请愿书一旦提交，罢免选举获得通过。几乎与此同时，意外的候选人提交文件并缴纳报名费竞选州长。在候选人名单中得到更多认可的一个名字是阿诺德·施瓦辛格。

罢免选举是在 8 月被批准的，选举定于 11 月第一周。候选人只有很短的时间开展竞选活动。这一政治方案为网络营销竞选提供了一个很好的事例。阿诺德·施瓦辛格赢得了竞选取代了戴维斯成为加州的州长。

在 1996 年的选举中，参议员鲍勃多尔和参议员克里利用互联网抵达其志愿者的 1/3。1998 年，杰西文图拉以 3%～4% 的票数优势当选明尼苏达州州长，互联网的使用和来自商界领袖的意见帮助杰西文·图拉获得了取胜至关重要的这 3%～4% 的票数。

参议员麦凯恩认识到了政治网络营销的重要性。2000 年的总统候选人使用互联网在不到 3 天内，募集到超过 140 万美元的竞选资金。佛蒙特州州长霍华德·迪安则要归功于他在 2004 年民主党总统竞选中早期的政治网络营销活动。通过互联网投票在未来的选举中具有很大的可能性。

### ⮕ 辩证性思考

1. 为什么网络营销已经成为受到政治家欢迎的沟通工具？
2. 在选举的日子里，政治候选人可以通过网络做些什么以鼓励更多的市民投票？
3. 在网上投票可以付诸实施之前，哪些安全问题需要解决？
4. 政治可能是肮脏的。在设计候选人网站时，应该采取哪些预防措施？

## 实践准备

### 企业服务营销

一年前，冯莫尔百货建立一个网站销售其产品。冯莫尔最引人注目的是高品质的服装。冯莫尔对其信用卡客户提供免费的改装和礼品包装。冯莫尔的信用卡是免息的。所有信用卡购买必须在 4 个月的期间内以预先确定的费率按照总额收费。

冯莫尔刚刚实施了一项顾客调查，决定了其网络营销成功的第一年。该项调研结果并不像管理者所期望的那样积极。

许多顾客表明，他们不得不点击许多链接以至完成交易。一些顾客则关心输入信用卡信息实施购买。顾客也会感到，从网站上展示的图片，他们不会得到有关服装准确的描述。

你被聘请为冯莫尔提供创意，以增加顾客对其网站的使用。你必须向管理者建议简化购物流程，你也必须建议改进网上所售服装的展示。

冯莫尔也希望增加信用卡客户的基本规模。你必须策划一项战略，增加通过网络接受的使用信用卡申请数。促销活动应该被规划，用以鼓励那些网下顾客访问网络店铺。

你有 10 分的时间规划你的报告，有 10 分钟的时间向物业所有者解释你的战略，还有 5 分钟的时间回答问题。

### 评估指标

1. 认识到冯莫尔所面临的机会和挑战。
2. 解释百货商店通过网上和网下两种渠道销售产品的重要性。
3. 解释在电子商务活动中，保持优质顾客服务的重要性。
4. 分析在冯莫尔网站应该包括的信息内容。
5. 解释为什么顾客不愿意通过网络购买商品，如何才能消除此顾虑。
6. 分析如何让网络顾客获得冯莫尔服装更详尽的描述。

### ⊃ 辩证性思考

1. 为什么电子商务是冯莫尔实现其目标的好领地？
2. 实施哪些具体的促销活动可以鼓励顾客使用信用卡网上购物？
3. 为什么对于冯莫尔而言，顾客服务是个大问题？
4. 如何可以使网络顾客放心，他们会得到与实体店铺一样水平的服务。

# 开创电子商务企业

## 本地到全球的货运

UPS 是世界上最大的包裹运送公司，也是全球领先的供应链服务提供商，UPS 的总部设在美国佐治亚州的亚特兰大市，公司的业务网点遍布世界 200 多个国家和地区。其成功来自 UPS 在数字时代来临时紧紧抓住了发展电子商务这一良机，实现了由传统物流企业向电子物流企业的跨越。

1907 年，富有创业精神的 19 岁青年 Jim 从朋友处借来 100 美元创建了位于华盛顿州西雅图市的美国信使公司（American Messenger Company）。1919 年，公司业务首次扩展到西雅图以外，并采用了一直保持至今的名称——联合包裹运送服务公司。"联合"提示顾客公司在每个城市的运营都是同一机构的一部分，"包裹"则指定了业务的特性，而"服务"指出了它产品的内容。

1993 年，UPS 每天为超过 100 万的固定客户递送 1 150 万件邮件，这使得 UPS 必须开发新技术才能保持高效率和低价格。于是，从小型手持设备、包裹递送车到计算机与全球通信系统，UPS 进行了大范围的技术开发。每名 UPS 驾驶员配备的手持速递资料收集器（DIAD），可以向 UPS 网络快速传递相关信息，甚至包括收件人签名时的数字图片。这种专用设备使得驾驶员与总部可以随时保持联系，促进了工作效率的提高。

UPS.net 是 UPS 应用的一种全球电子数据通信网络，该系统连接 46 个国家和地区的 1 300 多个 UPS 配送站，每天可跟踪 82.1 万个包裹。1994 年 UPS.com 问世，客户可以通过该网站跟踪正在运输中的包裹。UPS.com 每天都收到数百万条在线邮件跟踪请求。

2005 年，UPS 成为第一个在中国独资运营的外资物流企业。目前，UPS 在中国拥有超过 4 000 名的员工，直接掌控覆盖中国 200 多个城市的 23 个商业中心的国际快递业务，这些城市的国际贸易量占到中国 GDP 总额的 80% 左右。与其他美国航空公司相比，UPS 拥有飞往中国的航点数量最多。

### ⊃ 辩证性思考

1. UPS 成功运营一个世纪的原因是什么？

2. 你预测未来包裹递送和技术的哪些变化会对 UPS 的成功产生影响？

## 12.1 电子商务与创业者

**教学目标**

1. 描述一个电子商务企业的成功要素。
2. 辨析电子商务企业的创业机会。

**任务驱动**

仅仅用了 10 多年的时间,互联网已经成为个人或企业一种重要的资源。在美国有高达 20% 的人们把互联网看成是他们生活中最重要的媒介。在 12~34 岁的年轻人中, 有 46% 的人们把互联网看成是最重要的。有超过 1/3 的受访者给予互联网比电视还要高的评价,认为互联网是最酷和最令人兴奋的媒介。

宽带与无线连接、流媒体,以及手持网络设备使得互联网成为更为有用的资源。当消费者转向这些技术的使用,他们花费在互联网上的时间也相应增加。消费者越来越愿意花费更多的钱从网络内容提供商那里购买订阅服务。

与同学一起讨论,消费者如此迅速地把互联网当做生活中一项重要的媒介接受的原因是什么? 假如你正在考虑开发一项新业务,如何才能把互联网的广泛接受转换成一种优势?

### 12.1.1 电子商务企业

创业从来没有像使用互联网这样容易和费用低廉。所需要的只是一台具有高速网络连接的低成本计算机,网站设计软件和一套低成本的分销程序就足以满足你虚拟业务开张的需要了。如果像 eBay 一样建立在线拍卖网站销售产品,网上创业甚至可以更简单。

电子商务创业与传统的砖头加水泥业务具有一样大或更大的风险。所有新业务 5 年内的失败率几乎是 50%,超过 80%创立于 20 世纪 90 年代中期的互联网企业不复存在。对于电子商务企业而言,可以总结出的经验教训是,规划与管理是至关重要的。不过,企业可以通过互联网轻易地吸引大量潜在的顾客。无论如何,创办一个电子商务公司需要具备像创办一个传统公司一样的商务、营销与管理知识。当然,创办电子商务公司需要更深入地理解技术。

#### 1. 创业过程

创业者是商业投机的组织运作与风险承担者。大多数创业者以赢利为目标创办一个企业。他们最初创办一个企业通常是根据自己的兴趣或技能而定,掌控一个新组织和个人责任感的挑战性激发着他们,在企业主领导企业发展的过程中,他们乐在其中。

创办电子商务企业对于早期网络爱好者而言,是一个合乎逻辑的延伸。许多电子商务创业者创新性地使用互联网，他们基本上属于那些最早建立自己网页、最早使用宽带和多媒体程序、最早从在线公司购物的人。

## 2. 成功要素

有几个要素有助于电子商务企业的成功。首先是创业者即后来的企业主，其次是那些需要产品或服务的顾客，最后是提供具有价值主张的产品或服务。

（1）企业主。开创电子商务业务的创业者必须具有兴趣、热情和在新型商务环境下冒风险的意愿。创业者必须能够确保长时间地规划实施与构建这个企业。新企业的创办者需要对企业运营和网络技术有一个全面的理解和认识。除此之外，创业者还应该向那些在市场营销、金融、法律、科技及企业运营与管理其他方面的专业人士寻求建议。导致许多创业者失败的一个要素是缺少向他人寻求帮助与专业指导的意识。

（2）顾客基础。企业只有顺利实现自己产品或服务的销售才能成功。因此，新兴的互联网企业必须激发本企业产品或服务能够满足的顾客需要。为了实现成功的目的，电子商务企业必须识别其目标顾客基础，这个目标顾客基础应该是那些能够自如地在线购物的稳固的网络使用者。

（3）价值主张。最后一个成功要素是公司的价值主张。价值主张是企业为了更好地满足顾客需要而设计开发的整体产品。目标顾客可能已经购买了其他企业类似的产品或服务。为了赢得这些目标顾客，新企业必须提供一个让顾客感到可以比当前选择获得更大价值的营销组合策略，即产品、分销、定价和促销四个方面策略的组合运用。

### 📖 课外资料

网络时代，让很多怀有创业梦想的人距离梦想更近了。网络店铺、网上创业成为这个时代的热门话题，无数的年轻人跃跃欲试，渴望体验创业的激情。网络给现代商业以崭新的与传统商业截然不同运作模式，让我们每一个人，只要有网络环境就能拥有创业的机会。淘宝、易趣上无数的店铺显示着网络店铺的兴旺，而庞大且正不断增长的网民群体为电子商务提供了巨大的市场潜力，这也正是网店生存的基础环境。

网络店铺的优势是非常明显的：投资小，运营费用极其低廉。一个面向全球的、24 小时、一年 365 天不间断营业的店铺，辅助以 QQ、手机等现代通信方式和发达的物流配送体系，就构成了网上店铺的软硬件环境，只要会上网就能开店创业不再是梦想，而是现实的存在。这给无数充满创业理想的朋友提供了良好的发展机遇。

### 课内测试

对于一个新创办的电子商务企业而言，三个成功要素是什么？

## 12.1.2　电子商务机会

许多新的创业者几乎没有任何商业经验。他们常常意识不到存在的机会。由于大多数人是以消费者的身份使用互联网的，所以，新的创业者往往只想到创办一个 C2C 公司或 B2C 公司。虽然有一定的机会在这些领域，但最大数量的电子商务却发生在 B2B 市场。此外，巨大需求中商务服务商也发挥着重要作用。

### 1．C2C

从一个消费者到另一个消费者的销售可以通过三种方式实现。

首先，加入电子商务最简单的方式是委托那些已有的拍卖网站进行产品销售。拍卖网站将作为买方或卖方的消费者聚集在一起。拍卖公司通过自己的网站提供一定的技术手段，可以使卖家把自己产品的文字说明和数码照片提交给该网站。拍卖公司会制定具体的竞买、销售和支付的政策与流程。拍卖公司可以帮助卖家将货物运送给买家。

其次，C2C 方式是网上商城。许多网上商城通过商品分类来推广大量竞争性企业的产品。例如，有些网上商城提供儿童玩具、电子产品、度假旅游和服装等品类。网上商城可以使消费者更方便地查询与比较不同企业的产品。

最后，创业者也可以在业余时间通过创建个人网站并在网站上推广产品来开创 C2C 业务。可以通过电话、传真、电子邮件或一些 ISP（网络服务提供商）提供的低廉的购物车服务接受订单。

### 2．B2C

B2C 网络商务与 C2C 网络商务类似，都是把主要力量投向最终消费者。两者的不同之处在于，拥有一个 B2C 企业，创业者必须保证形成并运营一个专门的企业而不是利用业余时间开展销售活动。大多数 B2C 电子商务创业者通过自己的商务网站销售产品，也可以通过网上商城或其他企业的零售网站推广自己的产品。

### 3．B2B

虽然最大量的在线销售发生在 B2B 市场，但当前很少有 B2B 企业实施完全在线的战略。最为常见的还是那些砖头加水泥的传统企业通过接受客户在线购买来扩展他们的营销活动。随着企业开展在线业务的日渐得心应手，完全在线业务企业的机会也将与日俱增。电子商务的增长也使传统企业进入 B2B 市场更加容易。电子商务可以使企业投入更少的人员与设备，更容易地获得更远距离的客户。大多数 B2B 公司将产品直接销售给客户。同时，在线批发商与代理商也日渐增多，这些电子商务企业负责分销若干个 B2B 公司的产品给另外一些企业。

### 4．电子商务服务企业

有许多专业企业参与到传统的分销渠道之中，它们提供从销售、运输到顾客签单结算等一系列服务。专业企业因能够提供一般企业不愿执行或不能有效执行的一系列服务而已经形成。电子商务服务企业能够提供支撑其他企业电子商务战略的一种或多种活动。电子商务要求传统企业实施前所未有的技术和商务流程。于是，企业常常求助于电子商务专家向客户提供在线服务。

电子商务服务企业提供专业化服务器空间、安全保障、站点设计和网站管理等业务。另外，一些电子商务服务企业则是提供运输、签单结算或支付流程等传统服务，不过它们也使用网络技术以处理信息和方便买卖双方之间的沟通。提供全面服务电子商务的企业数量在日渐增多。这些企业既可以与卖方一起管理整个在线商务活动，也可以提供与卖方合同约定的一小部分服务。

### ▰ 课内测试

C2C 创业者如何把他们的产品销售给顾客？

### 网络知识

免费送货服务可以增强企业业务对顾客的吸引力。根据一项关于消费者购物行为的调查，网络用户称，免费货运与配送最有可能促使他们选择在线购物。事实上，有一半以上的网络用户称，他们为了避免运费而选择了在本地零售商店中购物。不到 50%的网络用户称，因为高昂的货运手续费，他们已经从在线业务转向了其他购物方式。

➔ **辩证性思考**

1. 许多消费者为什么宁愿去传统店铺中购物而不愿支付货运费接受网络商务？
2. 为什么货运成本是影响在线购物如此重要的一个因素？

## 评估练习

正确领会市场营销概念，将下列问题最正确的答案选出来。

1. 企业为了更好地满足顾客需要而进行整体设计的是（　　　）。

    a. 营销组合           b. 价值主张

    c. 电子商务业务      d. 产品或服务

2. 最大量的在线销售发生在（　　　）市场。

    a. B2C              b. 电子商务服务

    c. C2C              d. B2B

**分析思考**

尽可能完整地回答下列问题。

3. 你已经决定开创设计与销售顾客定制文具和商务名片的电子商务业务。辨析并详细描述开展这些新业务在 C2C、B2C、B2B 等方面的机会。面对这些最好的机会，你将选择哪一个？

4. 技术　利用网络查找至少三个可以被看做电子商务服务企业的公司。并用表格比较这几个企业的服务。

## 12.2 电子商务企业的构成

**教学目标**

1. 描述重要的业务关系。
2. 识别电子商务企业所要求的关键技术。

**任务驱动**

美国小企业管理局（SBA）正在与 eBay 一起提供各种资源以帮助小企业获得成功。eBay 是中小企业管理局接触小企业理想的渠道。据估计，有超过 150 000 人运营着专职或兼职企业通过 eBay 销售产品。除此之外，超过 2 千万 eBay 买家与卖家受雇于小企业。

这种关系形成了美国小企业管理局与 eBay 之间的信息链。小企业管理局在区域性金融资助与小企业管理方面对小企业提供指导，并给小企业提供获得政府合同与进入国际市场的帮助。小企业主能通过 eBay 获得疑难问题解决帮助，甚至可以向退休的高管直接咨询。

与同学一起讨论，尽管美国小企业管理局有自己的网站和在线资源，但是它还要和 eBay 合作？eBay 如何从与小企业管理局的关系中获得利益？

### 12.2.1 角色与关系

作为一个创业者不能孤立地运营一个企业，有许多因素是成功不可或缺的组成部分。如图 12-1 所示，重要的企业关系由企业、供应链、顾客、技术、信息与沟通形成。

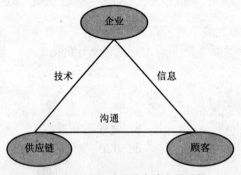

图 12-1　重要的电子商务企业关系图

 **课外资料**

企业主管依赖网络获取信息。最近的一项调查显示，有 51% 的企业主把网络看成是最重要的商务信息资源，远远超过报纸、杂志和电视。

### 1．企业

首先，电子商务企业需要决定生产或者为了转卖而购进哪些产品或服务。其次，分析并选择自己的目标市场。目标市场的选择意味着哪些企业将成为企业供应链的组成部分，以及企业要和哪些企业缔结关系。最后，企业要开发产品、营销、管理及安排客服流程。

### 2．顾客

顾客发现需要后会寻求能够满足他们需要的产品或服务，他们在对产品、服务及企业分析研究的基础上做出最好的选择，购买产品或服务后，他们还要明确所做出的购买决策是否给他们带来满意。

### 3．供应链

会有许多企业协助本企业满足顾客的需要。如果企业是一个制造商，分销商和为企业提供设备、原材料和供应品的企业将形成企业的供应链。对电子商务企业而言，技术和网站服务企业也可能参与到供应链之中。

### 4．信息、技术与沟通

企业与供应链、顾客之间的密切互动和持续沟通是至关重要的。因此，必须开发数据收集与信息交流的程序，而且信息必须是可获得的而且是安全的。可靠的技术必须保证所需服务的提供。

▓▓▓ **课内测试** ▓▓▓

说出成功电子商务活动参与者的名字。

## 12.2.2　电子商务技术

为了取得成功，电子商务业务需要 6 个重要的技术要件。

### 1．网络服务器

企业网站存放的计算机叫网站服务器。服务器必须具有足够的处理商务信息沟通与交流的能力。企业可以拥有并管理自己的服务器，也可以向 ISP（网络服务提供商）或网站托管公司租用服务器空间。

### 2．信息管理

消费者对可供选购的产品需要完整而容易理解的信息。产品数据包括产品描述、技术资料和各个产品的利益。购买数据包括存货信息、价格、货运、手续费和税收。信息管理的技术包括关系数据库、多媒体软件及接受顾客反应的实时沟通平台等。

### 3．购物车

购物车是消费者放置所购物品的一个虚拟位置。购物车的作用是管理结账流程，网商通过购物车可以实现接受订单，收集支付信息，获得订单处理与货物运送所必需的数据资料。顾客可以通过购物车增删物品或者修改订购量。当顾客在购物车中增加物品时，购物车能够显示物品的价格及包括税收、货运的订单总费用的最新数据。当顾客完成购买行为时，购物车有效地完成接受订单的功能。

### 4．付款过程

在线付款处理涉及企业、顾客、支付处理公司及企业与顾客的开户银行。企业希望既简化支付流程，又要确保收到货款和防止欺诈。顾客希望保证在线提供信息的安全性，货款支付给一家合法的公司。支付公司则必须确认支付信息的有效性和审核待处理的订单。资金则从顾客的开户行结转到企业的开户银行。

### 5．数据仓库

电子商务企业收集、存储和分析的数据包括产品数据、营销数据、顾客数据和供应链数据。不同类型的数据被分别储存到具有各自数据库与软件的系统里。更新的系统则整合了所有类型的数据。数据挖掘软件则可以搜索和分析信息。

### 6．企业应用集成

运营电子商务企业所需要的资源与程序是庞大的。新技术集成系统使得运营电子商务企业变得更加容易、可靠和便宜。运营一个电子商务企业需要技术知识和正确的软件与硬件投资。如果企业不想亲自管理控制运营系统，也可以外包给其他公司来处理。

### 课内测试

识别电子商务业务需要的技术要件。

## 评估练习

正确领会市场营销概念，将下列问题最正确的答案选出来。

1．不属于供应链组成部分的业务是（　　　）。

　　a．原材料供应商

　　b．运送产品给顾客的快递公司

　　c．管理企业网站的技术公司

　　d．竞争者

2．在线支付处理涉及（　　　）。

   a．支付处理公司　　　　　b．企业

   c．顾客　　　　　　　　　d．上述选项全对

**分析思考**

尽可能完整地回答下列问题。

3．在互联网上搜索，辨析确认一种增加在线交易支付安全性的新技术。撰写一份介绍这种新技术及带来的利益的分析报告。

4．一位创业者正在抉择是自建自管网络服务器，还是付费给那些主办商务网站的服务器托管公司。

如果企业自建自管网络服务器，企业主至少在硬件方面花 12 000 美元，软件方面花 8 700 美元，支付技术管理人员一年工资的福利为 83 000 美元。

如果企业付费外包给托管公司，则每月的费用为 8 100 美元。比较两种方案每年的成本。除此之外，创业者决策时还应该考虑哪些因素？你会建议选择哪种方案？

## 12.3　新创电子商务企业

**教学目标**

1．介绍开创电子商务企业的步骤。

2．讨论撰写商务计划的价值。

**任务驱动**

惠普公司最近展示了一款新产品 VEDA（虚拟环境自动化设计）以增加网上购物的体验。这款产品采用可视化数据库创建了一个三维网上商店。顾客在显示器上浏览商店的前台后，通过移动鼠标，进入店门就可以开始一个虚拟的购物旅程，他们可以访问任何部门并挑选和查看商品。惠普的目标是建立一个用户友好的技术，增加网上购物体验的现实性。

与同学一起讨论，三维网上商店购物体验的优点是什么？为什么一个以计算机和打印机闻名的公司还要开发软件以支撑其电子商务业务？

### 12.3.1　开创电子商务企业

如果想要成为电子商务创业者及早开始制定计划是首要的问题。如果你能够认真地致力于创意和计划的形成，凭借有限的资源开创电子商务企业也并非不可能。这就需要投入足够的时间学习商务管理、市场营销以及电子商务的知识与技能。开创一个小型电子商务企业的步骤如图 12-2 所示。

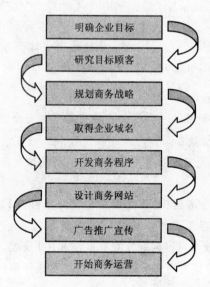

**图 12-2　开创小型电子商务业务的步骤**

### 1. 明确企业目标

网站可以有许多用途，它可以提供信息，提供访客的站内互动，或者是完全集成的商务活动。通过一个完全集成的电子商务网站，顾客可以在线完成整个购买交易过程，一般而言，需要复杂与昂贵的维护与运营。

### 2. 研究目标顾客

遵循市场营销观念，必须识别并了解目标顾客以满足他们的需要，特别重要的是需要识别那些乐于参与电子商务的顾客群，了解这些目标顾客的网络应用能力与水平。

### 3. 规划商务战略

你是准备生产和销售自己的产品，还是转售别人的产品或者经营在线服务业务？成功的电子商务活动需要生产与营销责权分明的有效的供应链做支撑，这就需要确定渠道商中的"领头羊"，并发挥其带头努力的作用。一套能够提供独特价值主张的完整的营销组合策略必须被规划。

### 4. 取得企业域名

对于企业而言，确定的位置和名称是必要的，电子商务企业也不例外。电子商务企业的物理位置是服务器。人们通过域名或独一无二的网址与你的企业建立联系。这就必须决定是拥有并维护自己的服务器还是租用虚拟主机服务。同时，还要选择并申请一个独特并容易记住的域名，这个域名应该能够传递一种良好的企业形象。域名注册需要每年续费与信息更新。

### 5. 开发商务程序

开发商务程序主要指网络订购、订单处理和客户服务程序的开发。潜在顾客如何获取信息、如何浏览网站、决策时如何获得帮助？他们将如何下订单、查询订单状态，并获取客户服务？订单将被如何处理和交付？必要时顾客如何才能实现退货？这一系列问题描述了影响企业成败的关键商务流程。

### 6. 设计商务网站

有的电子商务创业者会考虑先开发商务网站，然后再做其他规划。但是，在电子商务企业被精心策划之前，很难知道商务网站应该包括哪些内容、如何组织及需要哪些技术等问题。因此，商务网站应该以企业商务战略规划为依据进行设计与建设。需要注意的是，商务网站的设计必须富有吸引力和魅力，必须是内容完整和易于使用的，必须是内容载入快捷、信息定期更新、所有链接保持有效的。同时，要做到顾客在任何时候使用企业的网站都可以很容易地联系到企业并获得援助。

### 7. 广告推广宣传

只有潜在顾客意识到企业网站的存在才会访问企业的网站。所以，一定要将企业的商务网站提交注册到诸如 Google、Yahoo!、Excite 和 Baidu 等主流搜索引擎。使用有意义的关键字，企业业务将与对应的用户搜索查询建立联系。投放广告到那些目标顾客经常访问的站点，也是广告推广的常用办法。

### 8. 开始商务运营

对所有工作进行精心规划后，就要准备开张营业了。当然，这并不意味着就可以坐下来等客上门了。你还必须做好确保技术持续工作、跟踪网站访客行为、监测竞争者活动以及网站更新等工作。与渠道成员密切地合作。监测订单处理和客户服务。收集数据并根据所获得的信息调整更新企业的电子商务战略。虽然你可能比以往任何时候都更加努力地工作，但是，当你看到业务增长并规划其未来时，你会从中体验到创业的乐趣。

**现实视点**

1911 年，美国女童子军的创立者朱丽叶·洛夫人同英国女童子军的创立者巴登·鲍威尔女士进行了商议。1912 年，洛夫人招集了 18 名女孩成立女童子军。在美国，无论在学校、家庭、城镇或郊野，都经常能见到穿制式服装的女童子军身影。女童子军每月定时聚会，学习各种生活常识，做些手工艺品，参加唱歌、体育活动或游行。女孩子通过这些活动接触社会，既克服胆小害羞的毛病，也体会生活的艰辛和乐趣。此外，丰富的各种活动使她们的童年生活变得多姿多彩，在玩乐中既得到教益，也树立起竞争的信心和勇气，以及体验互助合作的团队精神。团队在活动中贯彻奖励制度，只要学会一种技能或完成一项任务就发一枚徽章，女孩子们乐此不疲地去争取。女童子军是非营利的志愿组织，活动经费多靠自筹，除交年费外，每次参加活动都要交费，卖饼干活动是筹集经费的渠道之一。

女童子军应该在其年度筹款期间利用互联网出售曲奇饼干吗？显然，电子商务尚未被童子军看做一种发展资金管理、市场营销和沟通技法的有效方式。女童子军组织的董事会有一项政策，禁止成员使用个人网站或互联网拍卖网站销售赞助商的任何产品。

人们可以在 eBay 等拍卖网站购买到女童子军饼干。一部分饼干可能是来自那些从女童子军把购买的饼干再转卖的人们。还会有一部分饼干来自那些为了帮助他们孩子实现销售目标的父母。

➲ **辩证性思考**

1. 女童子军不愿让他的成员网上销售其产品的原因可能是什么？
2. 写一个支持或反对童子军组织的董事会政策的简短声明。

---

 **课外资料**

博客（简称网络日志）是个可以公开查阅的个人网上日志。博客已经成为一种流行的网上自我表达形式。目前，在公共网站上有一百多万人打理着他们活跃的博客。

**课内测试**

为什么要等关于电子商务企业的大部分规划完成后才开始开发建设商务网站？

## 12.3.2　编制商务计划

开创电子商务新业务是复杂的。新的创业者常常会忽略商务活动重要的环节或者不能保持活动的协调性。快速的变化发生在各种商务活动之中，电子商务尤其突出。重要的是准确预测将要发生的变化，并做出必要的调整。

成功的创业者制定并遵循商业计划。商务计划是一份描述商务活动性质、目标与目的以及取得成就的方法等的书面文件。对于电子商务企业而言，商务计划主要部分的要点如图 12-3 所示。一些商务信息服务网站会提供撰写商务计划指南以及针对不同类型商务活动的计划样本。

商务计划的目的主要体现在以下几个方面。商务计划提交给可能的投资者及供应链成员可以帮助他们了解企业业务并对企业业务潜力建立信心。商务计划可以对企业拥有者和其他管理者发挥长短期指导作用。商务计划可以协助电子商务创业者进行活动协调和目标实现进程核查。商务计划可以使电子商务创业者更清楚地意识到商务活动的风险性和复杂性。商务计划可以使电子商务创业者在日常管理中更加客观与自信。

① 企业商务活动描述
② 商务环境和竞争分析
③ 商务活动宗旨和目标
④ 生产与经营计划
⑤ 技术要求和管理
⑥ 营销战略——目标市场与营销组合
⑦ 供应链成员与供应链管理
⑧ 三年期财务预测
⑨ 筹资要求和计划
⑩ 佐证材料

**图 12-3　商务计划主要部分的要点**

## 课内测试

叙述电子商务企业计划的主要部分。

 **工学结合**

　　小杰是一名市场营销专业大三的学生，他在就读的大学商务系兼职做一名网管。看上去，他大部分时间用于上网并且乐在其中。

　　小杰是他学校所在社区老年大学的一名志愿者，在那里他主要面向老年大学的学生讲授计算机课程。他在校内还专门为计算机爱好者成立了一个俱乐部。小杰为俱乐部创建了一个用于拍卖捐赠物品以筹集资金的网站，在 6 个月的时间里，该网站为俱乐部筹集到近 1 万元的资金。

　　小杰的姑妈经营着自己的一家饰品店，小杰使姑妈认识到要想小店生意兴隆需要建一个网站，于是，她姑妈从某公司聘请一名工程师为小店设计网站。在这名工程师为小杰姑妈建设网站期间，小杰一直认真学习，并和该工程师不失时机地交流学习，该工程师也让小杰协助他设计网站。这个项目一结束，该工程师就聘用小杰参与他承揽的其他几个项目的工作。目前，小杰对电子商务技术和几个先进软件的应用已经十分自如了。

　　小杰希望毕业后从事电子商务某些方面的工作。因为他在上大学期间，选修了不少的创业课程，他一直感兴趣于开始自己的企业。然而，他认识到新企业具有很高的失败率，他对自己是否具备一名成功创业者应具备的技能与经验还缺乏自信。

**⊃ 辩证性思考**

1. 列举创业者所需要的技能与个性特征。

2. 你基于上述资料的信息，认为小杰毕业后是否有充分的准备开创自己的企业？为什么？

3. 鉴于小杰的教育和经验，他应该考虑开创哪些类型的企业？

## 评估练习

正确领会市场营销概念，将下列问题最正确的答案选出来。

1. 下列网站中哪一类的运营与维护是最复杂与昂贵的（　　）。

　　a. 交互式　　　　　　　　b. 集成式

　　c. 信息性　　　　　　　　d. 孤立的

2. 除（　　）之外，商务计划书对所有商务活动参与者都是特别有用的。

　　a. 顾客　　b. 投资者　　　　c. 商务管理者　　d. 供应链成员

**分析思考**

尽可能完整地回答下列问题。

3. 研究　列举你认为开创一个小型电子商务网站必须的资源。利用互联网和其他商业信息来源，收集你所列举的每项资源的成本。建立一个电子表格，列出项目及其费用，计算你所列举资源的总成本。

4. 沟通　你已经决定开创一个电子商务企业。在这个企业开始赢利之前，你需要20万美元用于开业和9个月的运营成本。你叔叔是一位成功的小企业主，请写一封信给你的叔叔，邀请他投资你的企业，信中应该提供足以令人信服的投资的理由。

## 第12章　评估测验

复习网络营销概念，将每个词汇前的字母写在与之相匹配的定义前。

（　　）1. 提供一项或多项支持其他企业电子商务战略重要活动的专业人员。

（　　）2. 企业设计生产的能更好地满足顾客需要的整体产品。

（　　）3. 描述业务的性质、目标和目的，以及实现目标的方法的书面文件。

（　　）4. 组织、运营和预估商务投机风险的人。

a. 商务计划

b. 电子商务服务商

c. 创业者

d. 价值主张

e．网络服务器

将下列问题最正确的答案选出来。

5．新创电子商务企业与传统小企业相比，其失败率（　　）。

　　a．更高　　　　　　　b．略低　　　　　c．低得多　　　d．完全一样

6．许多电子商务创业者往往是首先（　　）的人。

　　a．网上购物　　　　　　　　　　　b．建立自己网页

　　c．使用网络　　　　　　　　　　　d．包括上述所有情况

7．导致许多创业者失败的因素是（　　）。

　　a．建设网站前做计划　　　　　　　b．基于个人兴趣开创企业

　　c．不愿向他人寻求帮助和专业指导意见　　d．确定目标顾客群

8．开创一个小型电子商务企业的首要一步是（　　）。

　　a．建一个网站　　　　　　　　　　b．确定企业的宗旨

　　c．识别目标市场及其重要需要　　　d．聘请一位电子商务专家

9．成功的创业者（　　）。

　　a．制定商务计划　　　　　　　　　b．低成本地为企业筹集到资金

　　c．涉及其他家庭成员　　　　　　　d．上述都不对

**分析思考**

10．什么使得创业者不同于那些雇用来管理现有企业的职业经理人？

11．为什么即使并不是最有利可图的选择，创业者也可能会开创一个与他兴趣和技能相匹配的企业？

12．类似淘宝、eBay 的拍卖站点为什么会吸引如此众多的想要创业的人？

13．列举导致顾客访问企业网站后可能出现一去不复返的问题？

**工学结合**

14．技能　在互联网上搜索，分别查找一个采用 C2C、B2B 或 B2C 进行产品或服务销售的实例。对于每一个例子，介绍其卖方、所提供的产品或服务及目标市场。简要概括这一实例符合电子商务某种模式的原因是什么？

15．营销　列举市场营销的 7 项职能。在互联网上搜索，分别查找能为在线商务活动完成市场营销某一职能，足以充当电子商务服务商的一个公司。写出这个公司的名称、地址、网址，并简要介绍这家公司所提供的服务。

16．营销算术　假设你正在开创一个电子商务企业。你已经计算出你的企业运营 9 个月后才能赢利。你有 25 000 美元的节余，这部分资金可以支付开创企业 80% 的初始成本。你可以在新企业里兼职，你需要每月额外赚 1 200 美元。这个企业每个月运营费用大概是 13 600 美元。

你希望前 9 个月平均每个月要形成 7 800 美元的收入。试计算，在企业获得赢利之前，你需要取得多少借款才能支付所有的费用？

17．**研究**　当创业者规划一个新企业时，需要收集和分析大量的信息。设计一个三栏式表格，三栏内容分别为类别、问题和资料来源。将顾客、竞争者、供应链和技术等项目排列在类别栏中。在问题一栏中，针对每一类别设计创业者应该了解的两个问题。在资料来源一栏中，列出创业者可能用来收集所需信息的一个资料来源。

18．**促销**　对于电子商务企业而言，一项重要的促销战略是在各大搜索引擎获得有利的搜索结果排名。识别一个搜索引擎网站，访问这个网站，查找一个企业如何被这个搜索引擎收录的信息。撰写一篇关于被搜索引擎收录列示的步骤及相关成本的简短的报告。把自己的报告与研究不同搜索引擎的其他同学的报告相比较。

 **项目导向**

项目的这一部分将集中于撰写你的商务计划书。

与你的团队成员一起完成下列活动。

1．撰写商务计划书的大纲。对于大纲中的每一个大标题，列出两三个副标题，以进一步说明每一部分内容中将包括的信息类型。

2．撰写商务计划书的介绍部分。在这部分内容中，主要介绍企业及其主要产品或服务，主要的竞争对手和目标市场。

3．使用电子表格程序编制公司的开业预算。列出开业所需要的主要开支和每月发生的各类常规性运营费用。通过互联网查询有助于你做出初步成本预算的信息，完成初步预算，并提供确定每个数额的注释。

 **案例分析**

### 房地产行业转向电子营销

可移动的，人口增长和蓬勃发展的住宅产业使得网络营销成为房地产一种可行的销售工具。住宅产业的变化趋势包括以下几个方面：

- 退休人员和空巢老人规模更加缩小，属易于管理；
- 越来越多的家庭希望摆脱拥挤的城市在郊区住更大的住宅；
- 大城市工人购买在市中心的新的或翻新的房屋以避免长时间的通勤；
- 在低利率刺激下，越来越多的公寓居民开始置业买房。

未来的购房人不愿意把时间浪费在看那些不符合他们口味和要求的住宅上，如果这一情况事前没有被屏蔽，对于那些成天看房的购房人来说是令人沮丧的。为了有助于挑选，住宅销售商设计了丰富多彩的宣传手册以宣传待售的房屋，该手册包括关于房屋面积及特点等信息。色彩艳丽的宣传手册生产成本是昂贵的，而且传单陈列柜必须保持不断的投放。

住宅销售商现在正在使用虚拟参观的方式售卖住宅。在张贴在住宅上的待售标志上，通常会列出提供虚拟参观的网站地址。这一营销选项可以使潜在购房人在实地看房前预先了解相关情况。

住宅销售商也已开始转向使用网络营销广告宣传它们的产品。为了实现销售，许多住宅销售商提供给潜在顾客由彩色照片组成的令人印象深刻的作品专辑。一册专辑需要花费 5 美元或者更多的制作成本。统计数字表明，一套新住宅为了实现销售必须展示给大约 30 个潜在顾客。因此，这种彩色组合可能就成为一种昂贵的营销工具。网站可以展示住宅开发商专辑信息和更多的其他信息，对于定制住宅，开发商可以通过链接页面展示他们房屋卓越的材料与品质。

住宅销售商可以通过它们的网站追踪交易以权衡它们网络营销战略的成功。

⊃ **辩证性思考**

1. 解释为什么房地产业对于网络营销而言已经比较成熟了。
2. 在住宅销售商网站上应该包括哪些链接？
3. 什么是房产的虚拟参观？为什么说这是一种有效的促销方式？
4. 通过网络销售住宅给潜在购房人的优点是什么？

 **实践准备**

### 定制住宅开发商网站建设角色扮演

美国住房建造商协会（NAHB）对定制住宅（Custom Home）建造商所下的定义是：定制住宅是为一个特定的客户量身定制的、独一无二的住宅。定制住宅开发商是指，在客户自己的土地上并按客户的要求建造住宅，或者在定制住宅开发商自己所有的土地上建造定制住宅。一些定制住宅开发商可以同时提供设计和建造服务，或者为单一家庭建造住宅，定制住宅开发商一般是少量住宅建造者，每年建造 25 套或者更少数量的住宅，趋向于建造高档住宅。

史蒂夫·哈里斯是奥兰多地区的一个较大的定制住宅开发商。他独一无二的房屋使用了包括大理石、板岩和美丽的硬木地板等最高品质的材料，并因品质完美而闻名。

史蒂夫·哈里斯家园与其他建筑商建造的标准化住宅相比是独特的。建筑商建造房屋每平方英尺造价为 75～85 美元。各种建筑监理通过建筑商管理房屋的建筑。这些建筑商的目标是快速地建造房屋。他们雇用了一系列的转包商但并不会一直监察转包商的工程质量。

史蒂夫·哈里斯亲自监督其住宅的建造，而不是雇用建筑监理监督工程项目。哈里斯为其每一套定制住宅使用相同的转包商。转包商为了承揽哈里斯的工程必须符合高标准。

哈里斯建造的住宅每平方英尺收费 135 美元。他保证他的工作质量并且提供能为其住宅建设质量提供参考意见的顾客的名字。

哈里斯希望有一个能突出宣传其工作质量的网站。网站宣传的主要目的是使那些潜在顾客相信，哈里斯更高的房屋造价是保证房屋优质所必需的。

哈里斯请你来规划其网站。他想知道，在网站上你会如何组合展示其房屋图片，他对虚拟参观的可能性也比较感兴趣。详细描述你对该网站应该包括哪些内容的创意。

你有 30 分钟的时间准备你的情况介绍，还有 10 分钟的时间解释你的战略方案，还有 5 分钟的提问时间。

### 评估指标

1. 理解哈里斯通过网络广告宣传其定制住宅的机会与挑战？
2. 确定定制住宅开发商网站的主要目标。
3. 描述网站将要包括的信息内容。
4. 明确史蒂夫·哈里斯提供的产品与建筑商提供的产品的不同。
5. 统计并采纳来自满意顾客的赞成票。
6. 详细介绍该网站及其将实现的目标。

### ➲ 辩证性思考

1. 史蒂夫·哈里斯如何才能将其产品与竞争对手产品形成明显的区别？
2. 为什么虚拟参观是该网站必要的元素？
3. 该网站应该包括哪些关键信息以有效说服顾客花费每平方英尺 135 美元购买哈里斯的定制住宅？

# 教 学 支 持 服 务

圣智学习出版集团（Cengage Learning）全方位信息服务的全球知名教育出版集团，为秉承其在全球对教材产品的一贯教学支持服务，将为采用其教材图书的每位老师提供教学辅助资料。任何一位通过Cengage Learning北京代表处注册的老师都可直接下载所有在线提供的、全球最为丰富的教学辅助资料，包括教师用书、PPT、习题库等等。

鉴于本书资源已由电子工业出版社世纪波文化发展有限公司翻译成中文，并且仅适用于老师教学使用，烦请索取的老师配合填写如下情况说明表。

--------------------------------------------------------------

## 教学辅助资料索取证明

兹证明_____大学_____系/院_____学年（学期）开设的_____名学生□主修 □选修的_____课程，采用如下教材作为□主要教材 或 □参考教材：

书名：_____

作者：_____ □英文影印版 □中文翻译版

出版社：_____

学生类型：□高职高专 □本科 □在职培训

任课教师姓名：_____

职称/职务：_____

电话：_____

E-mail:_____

通信地址：_____

邮编：_____

对本教材建议：_____

系/院主任：_____（签字）

（系/院办公室章）

_____年_____月_____日

--------------------------------------------------------------

*相关教辅资源事宜敬请联络电子工业出版社世纪波文化发展有限公司。

北京世纪波文化发展有限公司
电子工业出版社
Tel: 8610-88254199
Fax: 8610-88254200
E-mail: sjb@phei.com.cn

Cengage Learning Beijing Office
圣智学习出版集团北京代表处
北京市海淀区科学院南路 2 号融科资讯中心 A 座 408 室
Tel: (8610) 8286 2095 / 96 / 97
Fax: (8610) 8286 2089
E-mail: asia.infochina@cengage.com
网址: www.cengageasia.com